9787533952860

U0716645

凝陇 著

风波骤起 下

浙江出版联合集团

浙江文艺出版社

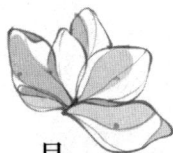

目　录

第三十一章 起风波

　　傅兰芽醒来的时候，首先投入眼帘的便是乌沉沉的棚顶，耳旁是辚辚的车轱辘声。

　　她怔松了好一会，等忆起昏迷前的场面，面色一白，连忙搂着覆在胸前的薄毯坐了起来。

　　四下里一顾，这才发现自己正坐在马车的软榻上，熹微的晨光随着不时被风吹起的车帘透进来，将车内照得忽明忽暗。

　　就听平煜的声音从外头传来，似是在跟李攸低声交谈。

　　傅兰芽忍不住起身，掀起窗帘往外看。

　　平煜并不在窗旁，而是在前头跟李攸并驾齐驱，从挺直的背影判断，并未受伤。

　　车后，则是渐行渐远的万梅山庄。

　　萧瑟的秋风将焦煳的味道送入鼻中，庄中事物的轮廓已经模糊不清，但想必经过昨夜那场大火，那几座原本雕梁画栋的大殿此时已成了残垣断壁。

　　竹篮打水一场空，用来形容文氏父子再贴切不过了。

　　因着白日的缘故，昨晚深深烙印在她脑海中的血腥场景淡化了几分。她缓缓放下窗帘，回到榻上，抱膝而坐，望着车帘出神。

　　也不知刚才自己昏睡了多久，行动间，身子依然极不舒服。

可惜嬷嬷不在身边，她连个依靠撒娇的人都没有。

平煜嘛……

她脸一红，躺下，翻了个身，默默想着心事。

昨夜在林间的事，瞒得过旁人，却无论如何瞒不过林嬷嬷。也不知一会见了林嬷嬷，她该如何自处。

一想到林嬷嬷不知会作何反应，她便生出几分惴惴。

又想到，这一路走来，无论是镇摩教左护法还是昨晚的金如归，但凡参与争夺坦儿珠之人，几乎都没有什么好下场。

想来不过是一件用途不明的北元异宝，不知为何竟有那么大的魔力，引得这些人前赴后继，甚至不惜付出生命的代价。

胡思乱想间，金如归死时的可怖场面毫无防备地浮现眼前，她吓得心猛地一揪，忙紧紧闭上眼睛。

回程的路有些漫长，她一时惊惧，一时烦忧，许久过后，才倦极而睡。

不知过了多久，耳畔传来杂乱的声响，她茫然抬起头，迷迷糊糊分辨一晌，这才意识到外头已是闹市，叫卖声和丝竹声不绝于耳，夹杂着行人说笑声，颇为鼎沸。

掀开一点车帘往外看，外头果然人来人往，不知何时，已到了金陵城中的繁华商埠。

又行了一段，马车突然停下，李珉的声音在外低低响起："傅小姐，你醒了吗？"

傅兰芽忙清清嗓子，应道："醒了，李大人。"

车帘掀开，外头的亮光蓦地射进来，照在脸上，有些刺眼。

"到地方了，傅小姐先将这件斗篷披上再下车。"

傅兰芽接过，见是件灰扑扑的斗篷，连着帽，从头罩下，可将她整个人裹在其中，叫人无从瞥见相貌。

她系好后，强忍着腰间和双腿的不适，掀帘下车。立定后，抬头一望，这才发现马车不知何时到了一座客栈的后巷中。

身旁是李珉和陈尔升，以及那二十名暗卫。再过去，则是都尉府的一帮兵士。

巷尾，一名气宇轩昂的男子骑在高头大马上，正是平烁。平煜却不知去了何处。

"平大人为了掩人耳目，先送那名假扮傅小姐的女子回了府。又说傅小姐受了伤，索性让属下护送傅小姐先来客栈安置，请大夫给傅小姐好好瞧瞧再回府。平大人说了，忙完那边的事，就会过来接傅小姐。"

察觉平炼明亮锐利的目光射来，傅兰芽竭力不让自己露出心虚的姿态，应了一声，缓缓跟着李珉和陈尔升从后门进了客栈。

客栈里头的布置倒比傅兰芽想的还要明亮气派，与寻常客栈不同。一路走过，安静得很。走了一段，从一侧楼梯拐角处转出来一名满身绫罗绸缎的中年男子。

那人并不敢多看傅兰芽，只恭恭敬敬对李珉含笑道："已收拾好客房，请这位小姐进去歇息，一会大夫便过来了。"

李珉笑了笑道："好。"

引着傅兰芽到了二楼最为僻静的一间客房门前，止步，道："就是这里了。傅小姐请进去稍歇，等下请大夫好好看看。山中寒凉，莫要落下什么病根才好。"

李珉本是无心之语，傅兰芽却僵了一下，旋即点点头，含笑道："多谢。"

那掌柜却若有所思地看了看李珉和陈尔升，噙着笑意退到一旁。

傅兰芽推开门，里面是间收拾得雅致妥帖的客房，一套三间，外头是起居室和书房，最里头才是寝间。

寝间内，除了悬着绯红色帘幔的花梨木床架，另有妆台和圆桌春凳。

床前设了一架水墨山水屏风，屋内不知焚着何香，暗香浮动，缭绕鼻端。

她绕过屏风，思忖着在床沿坐下，少顷，抬头四处一望，不知净房在何处。

她身上出了许多汗，虽然此时已然干透，但内里的衣裳贴在身子上，仍不舒服，渴望好好洗个澡。

她这般想着，便重新起身，慢慢在屋中转了一会。走到床后头的屏风前，无意中往后一看，这才发现后头竟藏着一间极大的净房，地面皆铺着琉璃砖，偌大一座浴池，金光灿亮。饶是她自小见过不少奇珍异宝，也被晃得眼睛花了一下。

平煜这是把她安置在了一个怎样的销金窟？

从净房出来，她意识到屋中格局有些不对劲。伸手在墙上摸了摸，暗忖：难道这房间还有暗门？

正要好好研究研究，外头有人敲门，却是客栈的下人来送沐浴用的热汤。

傅兰芽忙重新将那件斗篷披上，掩上脸面，打开门。

一行婢女捧着衣裳巾帕鱼贯而入，径直走到净房，屈膝对傅兰芽一礼道："奴婢们服侍小姐沐浴。"

傅兰芽怎敢叫旁人瞧见自己身上的端倪，忙道："不必了，将衣裳巾帕放下，我自己沐浴。"

等婢女们出去，便走到浴池边，一件一件将衣裳脱了，浸到热水中。

她自小到大，身边从来不乏伺候起居之人，哪怕家中遭了事，一路上亦有林嬷嬷随行，像今日这样自己沐浴，还是头一回。

她在净房逗留了许久，直到将身上每一处都仔细洗净，可是，哪怕是忍痛擦拭了好几回，那些落在前胸和腰上的痕迹依然洗不掉。

她颓丧地将巾帕放回热水中，怨怼地想，也不知平煜为何这般不知轻重，若叫林嬷嬷看见这副模样，可就什么都瞒不住了。

她屈膝抱胸，情绪低落地在浴池中坐了好一会，直到一身雪肤被热气蒸腾得透出粉红色，这才从热水中出来，拭净了身子，取了那一叠干净衣裳来穿。

她早先脱下的裤裤上还有些斑斑血迹，垫在下面的披风更是一片狼藉，只要不是瞎子，一眼就知道发生了何事，无论如何不能拿回府中，势必得找个地方丢弃才好。

她捧着那两件衣裳，咬唇想，一会平煜来了，就让他去处置吧。

磨磨蹭蹭从净房出来，一抬眼，就见桌上已摆了几样粥菜，正冒着热气。

她走到桌前坐下，默默用完膳，用巾帕拭了嘴，便回到床边坐下。

也不知平煜何时会来接她。她等了一会，困意上来，干脆和衣倒在床上，一闭眼，睡了过去。

正睡得香，忽然传来一名中年妇人的声音。

"大人放心，掌柜特领我从另一边暗门进来的，没叫门前的几位大人瞧见。"

傅兰芽一惊，哪还有半点睡意，忙坐了起来。

透过屏风往外一看，就见屏风前立着两个人，其中一个身形颀长，似是平煜，另一个却是名妇人。

"好好给她瞧瞧。"平煜的声音有些不自在，"别落下什么病根才好。"

下一刻，那妇人便屈膝对平煜行了一礼，手中提着一个小匣子，转身朝屏风后头走来。

傅兰芽此时已知道这妇人正是平煜请来的妇科圣手，连忙用斗篷盖在脸上，免得叫那妇人瞧见自己的脸。

那妇人惯在内宅行走，一向知趣，听平煜是京城口音，客栈掌柜又对他极为恭敬，知道他来头不小，哪敢多加打探？目不斜视地走到床边，并不朝头端看，只正色道："姑娘莫臊。姑娘刚破了身，万万轻忽不得，容老身替姑娘仔细瞧瞧。"

傅兰芽听到"破身"二字，羞得差点闭过气去了，哪还顾得上接话？

未几，察觉床尾的被褥一陷，却是那妇人放下匣子，自顾自坐了下来。

过了一会，那妇人低声劝道："姑娘，将裙子解下吧，让老身瞧瞧。"

平煜在外头听见，也闹了个大红脸，只是他脸皮到底厚些，负手立了一会，便走到桌旁，撩袍坐下。

心不在焉地敲了会桌面，听得屏风后塞塞窣窣传来脱衣裳的声音，喉咙干得直冒烟，忙给自己斟了盅茶，却因留意里头的动静，只将茶盅放在唇边，久久都未饮。

过了许久，那妇人低声嘱咐了几句，起身从里头出来。

"大人。"那妇人走到跟前，将一个白脂玉的罐子放于桌上，温声道，"姑娘那地方有些红肿破皮，万幸未损到根本，大人须得怜惜着些。这罐子里的药膏能消肿止疼，每日抹上两回，半月内不同房，也就无碍了。"

半月内不同房……平煜耳根发烫，"唔"了一声，想起一事，心里掠过一丝不安，问道："不知……有什么不伤身子的避子之法？"

那妇人含笑道："但凡要避子，势必对身子有亏损。姑娘身上虚寒，本就不宜用寒凉之物。大人这般疼惜姑娘，想来也不忍用药来强行避子的。"

平煜眉头不易察觉地蹙了蹙，起身，来回踱了两步。

他自然是恨不得一回京城就娶傅兰芽进门，可是王令那边还需费好些功夫来应对，傅兰芽的身份也需好好打理，不宜太过仓促，更不能露了痕迹，免得白白让傅兰芽遭人指摘。

若是这期间傅兰芽有了身孕，怎能瞒得过旁人的眼睛？

"不过大人请放心。"那妇人又道，"方才老身问了姑娘的癸水，若是昨夜同的房，从日子上来看，姑娘断断不会有孕。"

平煜听得"癸水"二字，蒙了一下。

妇人却笑道："过两日姑娘就来癸水了，昨夜同房无碍的。"虽然不能保证十拿九稳，但以她这么多年的妇科经验来看，应该不会出什么岔子。

平煜并不能理解癸水跟避子之间的联系，但听妇人这么说，勉强松了口气。

妇人见平煜无话，便道："没有旁的嘱咐，老身便告退了。"

平煜迟疑了一下，令那妇人从后头暗门走了。

一等房中恢复安静，他便走到桌旁，将那药罐拿到手中，暗想，那妇人是金陵城有名的妇科圣手，多年来浸淫此道，倒比他想的还要细致，方方面面都顾及了。

自然，他倒是没想着亲自给傅兰芽上药，只是那妇人既交代了一日上两回药，何不趁傅兰芽还未回府，先给她上一回，也免得误了事。

这般想着，便厚着脸皮到了屏风后。

傅兰芽刚走到屏风边，不防见平煜进来，脸蓦地一热，来不及仔细看他，只觉昨夜的委屈和惊吓统统涌上心头，眼圈都红了起来。

平煜一腔绮念顿时被浇灭，哪还敢有旁的心思，只好将傅兰芽搂在怀中，低头替她拭泪。

也不知她是还在为金如归之事后怕，抑或是为了林中之事觉得委屈。他愧疚心疼，一时竟不知用什么话来安慰她。

傅兰芽无声地掉了一会泪，在平煜怀中抬起头，见他正低眉望着自己，脸上线条说不出地柔和，哪里还有半点初见时的凌厉？

再一低头，才发现他回府一趟，倒是将先前那件溅到了金如归鲜血的衣裳换了下来，现下穿着件雨过天青色的袍子，许是沐浴的缘故，颈间有些淡淡的皂角香。

她重新埋头到他怀中，手轻轻揪着他的前襟，闷声问："你先前都在忙些什么？"

平煜闻弦歌而知雅意，心知傅兰芽这是怪他久久不至，将她一个人丢在这里。

十分受用，只道："金如归已成了废人，邓安宜受了伤，两大心腹大患已除，所以我刚才回府重新安排了布防。"

"金如归未死？"傅兰芽眼睛微微睁大，"那——最后一块坦儿珠找到了吗？"

平煜"嗯"了一声,拍了拍她的背,哄道:"你才受了惊吓,这两日不宜劳神。等你好些,我再跟你细说。"

傅兰芽万万没想到金如归竟然未死,盘桓在心头的恐惧多少缓解了些。默了默,又问:"那我们……什么时候回府?"

一天一夜未回去了,林嬷嬷此时必定万分忧心。

平煜道:"等另一个大夫给你探过脉,开了方子再回去。"低头看她,问:"身上还疼吗?"

傅兰芽红着脸"嗯"了一声。

平煜望着她,低头吻了吻她的脸颊,故作镇定道:"刚才那妇人说你伤处肿痛,须得上药,让我给你瞧瞧好吗?"

说话时,心猛地撞了几下,屏着呼吸,等傅兰芽的回答。

傅兰芽错愕了一下,脸直烧到脖子根,想也不想便摇头拒绝道:"不好——"

平煜跟她对着脸红,口里却道:"那妇人说的你也听见了,一日须得上两回药。这已经过了晌午了,就算一会回府让林嬷嬷给你上药,也来不及抹两回。兹事体大,马虎不得。"

傅兰芽一时都忘了羞,目瞪口呆地望着平煜,没想到这家伙竟连"兹事体大"的话都出来了,又狐疑地想:那妇人既是妇科圣手,若不照她嘱咐来做,是不是真会留下病根?

可是,比起让林嬷嬷给自己上药,为何她宁愿让平煜来做呢……

平煜却不容她多想,一把将她打横抱起,往床边走,觍着脸道:"好芽芽,让我给你瞧瞧。"

回到平府时,已是日暮时分。

许是为了迷惑东厂的人马,马车未走大门,而是径直绕到府后的窄巷停下。

傅兰芽等车停稳,裹着那件斗篷下了车。

走了一段路,她不得不承认,那药的确有奇效,抹过一回后,这时候腿间的不适已经好了很多。

只是,一想到她到底没能拗过平煜,还是被他哄着给上了药,她就说不出地羞恼。

上药的过程漫长又羞耻,她恼怒地催促了他好几回,他却全没有罢手的打算。若不是李珉在外头敲门说"大夫来了"，平煜还不知要磨蹭到什么时候。

想到此处，她怒意顿起，悄悄抬眼，瞪向前方平煜的背影。

他人高腿长，这时已走到甬道尽头，金灿灿的夕阳余晖落在他身上，将他挺拔的身影拉得极长。无论是灿亮的双眸还是满面春风的表情，都透露出他此时心情正佳。

傅兰芽看得越发胸闷，正要将视线移开，忽然从前方匆匆走来一人。

仔细一瞧，正是府中那位慈眉善目的管事。

那管事走到平煜跟前，不知说了什么，就见平煜脸色微沉，眉头蹙起。少顷，回头看她一眼，淡淡地对李珉和陈尔升道："我去外书房议事，你们送傅小姐回院。"

说罢，不等李珉他们作答，便转身快步朝外院方向走去。

傅兰芽心知他从早到晚就没有得闲的时候，尤其为了坦儿珠之事，尚有许多事要筹谋，便收回目光，默默地跟在李珉和陈尔升身后。

走了一段，一抬眼，见前方不远处便是她和嬷嬷所居住的那座小院，原本安定的心又慌乱了起来。

若是让嬷嬷知道了昨夜的事，不知会伤心惊怒成什么样。可是她的起居一向由林嬷嬷悉心打理，那事就算瞒得了旁人，断然瞒不过林嬷嬷。

平煜的态度倒是坦荡，明知她介怀林嬷嬷，却一句都未提起过此事，不知是不是存心忽视林嬷嬷，还是觉得此事根本无须向一个下人做交代。只说进京之后便会从速迎娶她，叫她莫要胡思乱想。

她心绪不宁，想着想着，脚步不自觉地放缓。

李珉走了一路，回头见傅兰芽立在原地不动，讶道："傅小姐。"

傅兰芽回过神，咬唇喟叹一声。事情既已发生，躲是躲不过去了。只是，嬷嬷那般疼她，等知道真相，一场伤心是躲不过去的。

这么想着，心事重重地回了院子。

平煜到外书房时，李攸早已在书桌后等了许久了。

除了李攸，书房内还有一名十八九岁的女子，体形跟傅兰芽一般地玲珑有致，生得明眸皓齿，一双眼睛灵动得出奇。

见平煜进来，她微微露出一点笑意，上前行礼道："大人。"

平煜看也不看她，挥挥手，道："没你的事了，下去吧。"

那女子脸色微僵，抬眼看一眼平煜坚毅的面容，缓缓地将手中那张易容面具收回袖中，笑了笑，道："是。"

李攸目光始终落在手中的信上，脸上阴得要滴水，等那女子走了，猛地将那封信丢到桌上，愤然道："皇上真是昏了头了！"

平煜接过那信，展开一看，脸色瞬间沉了下来。

"枉咱们部署了这么久，谁知到了要紧的关头，兵部的程巍竟毫无作为。皇上已经下旨，说坦布率麾下两万蒙古骑兵攻打宣府，城破在即，为了起到震慑之势，皇上决定效仿先皇，如今粮草军马均已齐备，过几日便要亲征！荒唐的是，你猜皇上点了谁做统帅？王令！又令兵部一干人等随军出征，从文官到武将，朝中足有百人随行。"李攸满心愤懑，来回踱了两步，回身看向平煜，"如今京城乱成了一锅粥，等皇上亲征，京中空虚，势必会动摇国之根本。平煜，咱们既已知道五块坦儿珠的下落，何不索性赶往宣府，将布日古德那老匹夫杀了，也免得被这蒙古人祸害咱们大明的江山。"

平煜默了会，冷声道："王令已令东厂人马在金陵渡口设下埋伏，除了要对付我们，另又将矛头对准了邓安宜，只等我们——"

还未说完，管事忽然在外高声道："公子，世子来了。"

话音刚落，平烁扶着腰间的剑踏过门槛，大步走了进来，脸上表情前所未有地凛然。

平烁自然也是为皇上亲征一事而来。

他本应了平煜之托在客栈外头守护傅兰芽，弟弟来了之后，他便率领底下人回了都尉府。

回去时，他心事重重，一路都在回想万梅山庄发生的事。

金如归在追缠三弟时，他因紧追不舍，离他二人颇近，不可避免地听到了几句金如归口中的淫言秽语。

见三弟情形不对，他心知三弟多半着了金如归的道，自是心急如焚，却因顾及三弟的自尊心，一时不肯声张。

后来在他的相助下，三弟总算摆脱了金如归，带着傅小姐进了梅林。

出来后，无论是傅小姐当时的情态还是三弟暴涨的内力，都无法不让他想到昭月教的金宵丸。

因着驻守金陵城的关系，他对此药早有耳闻，加之心思素来敏锐过人，很快便想通了其中关窍。

三弟是守礼之人，傅冰又是名满天下的能臣，在此之前，三弟和傅小姐就算互有情愫，也断不可能有什么逾矩之举。

万没想到傅兰芽为了救三弟一命，竟肯做到这个地步。如此至情至性，难怪三弟会对她这般心折。

他厚道磊落，此事关系到傅兰芽的闺誉，到了他这便会打住，就算烂在肚子里，也断不会向旁人透露。

只是一想到进京之后，三弟不知需费多少功夫来打点傅兰芽进门之事，就心生喟叹。

自打从宣府回来，三弟性情便变了许多，明明是血气方刚的年纪，身边却从未有过女人。

平家家教甚严，不允许子弟三妻四妾，但在成婚前，难保没有几个通房丫头，似三弟这等不让女子近身的情形，太过少见。

母亲一向狡黠，为了试探三弟，特给他放了两个天仙似的丫鬟在房里。谁知一年过去，三弟不但连一根指头都未碰过，就连平日净身换衣裳都不肯假手于人。

母亲忧心不已，唯恐宣府三年的军营生活让三弟转了性情，万一染上龙阳之好可如何是好！

后来父亲有意留心三弟平日的行踪，数月下来，倒不见三弟去那些不干不净的龙阳馆厮混，只是闲下来时，偶尔会在别院召见一名唤作叶珍珍的女子。

从这名女子来去匆匆的情形来看，很有可能是锦衣卫训练的暗卫之流。

在三弟离开京城前往云南办差时，这女子还跟着出了京城。

母亲本就豁达，加上因担心得狠了，再顾不上挑嘴，见三弟肯跟这女子来往，特意在三弟出京城后来信金陵，细细交代前因后果，叮嘱他这个做大哥的帮忙留意这女子。

谁知三弟来金陵后，压根儿没提过那名暗卫。在去往万梅山庄时，反倒让这女子假扮傅兰芽。

而对傅兰芽，三弟倒是几回舍命相护。

由此可见，三弟跟那名暗卫之间不过是上级跟下属罢了，仅此而已。

不过，母亲若知道自己白白担心了两年，最后三弟竟主动求娶傅冰的女儿，心中不知作何感想。起初想必是不肯点头的，但事在人为，他这个做大哥的，总不能坐视三弟和父母两头闹得不愉快。

这般想着，便拿定了主意，一等回府，便要去信京城，在父母面前，先将此事透露一二，尤其对于傅兰芽，务必要多美言几句。

不料刚一进门，就接到京城发来的令他连夜整兵前往宣府的命令。

他见事态紧急，一接了命令，便匆匆来找三弟商议。

……

李佽道："平大哥，皇上刚下了旨意，令平煜连夜押送傅兰芽回京，再赶往宣府听令。可见亲征之事已成定局，回京拦阻断不可行。为今之计，只有径直取道蒙古，在王令和坦布勾结之前，找机会将王令除去。以这老匹夫对坦儿珠的志在必得，要对付他，坦儿珠多半是最为关键之物。"

"最后一块坦儿珠果然在陆子谦处？"平烁来得太急，眼下十分焦渴，端起茶盅抿了一口，问道。

李佽点头："陆子谦被金如归踢中时，不慎露出了怀中之物，我正好在一旁，清楚看见那东西正是坦儿珠。若不是有坦儿珠做遮挡，以陆子谦的身板，金如归一脚下去，焉有命在？我就是有些想不明白，陆家世代在朝中为官，跟江湖中人全无往来，最后一块坦儿珠怎么到了陆子谦手中。"

又问平煜："对了，陆子谦和我师父一来竹城，你不是就派了人去打听陆家跟师父到底有什么渊源吗，眼下可有了消息？我师父身为武林盟主，却肯撇下帮中一干庶务，护送陆子谦来云南，此事想来值得推敲。若弄明白当中缘故，也许就能知道陆子谦为何会有一块坦儿珠了。"

平煜皱了皱眉："还未回话，最迟便是这两日了。至于邓安宜嘛——"他看向平烁，"大哥，邓安宜所使出的御蛇分骨手是镇摩教右护法的看家本领。右护法已经失踪二十年，以邓安宜的年纪来看，要么是找到了右护法并拜他为师，要么他自己便是那个右护法，而从他身上的陈年伤疤来看，我跟李佽都倾向于后者。"

平烁先前便已跟平煜讨论过此事，再不像初闻这消息时那般震惊，手持茶盅默了一晌，对平煜道："大概五年前，永安侯府在京郊狩猎，邓安宜身边一名随从意外摔落山崖，摔得面目全非，当场毙命。邓安宜因此受了惊吓，一病不起。当时你年纪还小，未必如我这般记得仔细。我却记得在病了一场之后，邓安宜无论相貌还是身板，都跟病前有了些许不同，只因他在床上躺了数月，当时这些细枝末节也就无人深想。照如今情形来看，二十年前右护法失踪，便是潜藏到了永安侯府中。"

平煜道："多半如此。皮相可以造假，神态和举止却最难模仿，右护法

11

若不是在邓二身边待了许多时日，不至于可以仿冒邓二逼真到这般地步，加之以重病数月做掩护，便是形貌上有些不同，也无人起疑。"

李攸甚是唏嘘："照我看，当时那名摔得面目全非的随从十有八九便是邓二。右护法为了顺利假扮邓二，所以才会痛下杀手。可惜当时邓二不过十五六岁，就这么白白丢了性命。"

默然一晌，又嗤笑道："那邓文莹回京路上，几回让她二哥帮着她缠磨你。恐怕她做梦都想不到，她这个叫了多年的好二哥竟会是个假货。"

平烁讶异地看向李攸，正要问个明白，平煜却生硬地把话题一转："如今想来，当时在云南用引蛇术将左护法救出的那人，多半便是邓安宜了。

"他手中如今有了两块坦儿珠。就是不知他如今刚被金如归打伤，又在东厂面前露了马脚，可还能顺利护着这两块坦儿珠赶往蒙古。"

李攸大刺刺道："咱们跟东厂斗了这一路，邓安宜没少明里暗里给咱们使绊子，也该让他尝尝被东厂找麻烦的滋味。他们斗他们的，咱们正好养精蓄锐。等勘破坦儿珠的秘密，咱们便一刀砍下布日古德的人头，为天下苍生诛杀此贼。"

平煜把脸色正了一正，抬眼看向平烁："大哥，王令即刻要随皇上赶赴宣府。为了尽快集齐坦儿珠，王令已失了耐心。一从万梅山庄出来，王世钊便令东厂的徐能等人在金陵渡口设下埋伏，好夺取坦儿珠和傅小姐。我等明日一早便出发，为了不被东厂耽误工夫，还须借助大哥手下都尉府的兵力牵制住徐能等人，也好早日赶赴蒙古。"

平烁道："放心，我这就回都尉府连夜清点兵马，明晨便出发。东厂那几个阉人，大哥自有法子拖住。"

平煜起身郑重道："那就有劳大哥了。"

等平煜安排好明日上路事宜，已是后半夜。

他大步流星往内院走。

虽然已是子时，府中却不时有人走动，大多是在为上路之事做准备。见到他，纷纷止步，点头或是行礼，又匆匆离开。

一众人中，除了锦衣卫的下属，另有秦门及形意庄等门派的弟子。

这两大门派在江湖中都算得手眼通天，傍晚时便已听说皇上亲征之事。就在刚才，洪震霆和秦晏殊都亲来寻他，跟他商量一道前去对付蒙古骑兵之事。

他自然无不允的道理。

至于傅兰芽处，因他想让傅兰芽好生歇息，特地吩咐，不许旁人前去相扰，想来此时十分清静。

他原本想让她在金陵好生调养身子，谁知京中骤然生变，为了早日将皇上从王令手中救出，他们不得不连日出发，连喘息的工夫也无。

路上为了赶行程，想来十分颠簸，如金陵这般从容不迫的日子很难再有。

想到此处，明知她多半已歇下，他仍忍不住想尽快赶到她房中。哪怕说不上话，听着她匀净的呼吸，跟她共宿一室，也是好的。

他此时颇有些后悔下午未在客栈中跟她再厮磨一会。尤其是一想到在床上时她无比羞涩的模样，仿佛春日枝头盛放的桃花，情状无比娇美诱人，便有些跃跃欲试。

正走着，忽听前面传来压得极低的争执声。

"阿柳姐，你不用跟我说什么大道理，我知道你为了什么要跟平大人他们一道去蒙古。"却是李由俭的声音。

声音传来的地方是一座假山，外头有茂密的茶花掩映，平日里算得隐蔽，少有人会路过。

平煜因急于回内院见傅兰芽，有意抄了近路，这才会不小心在此处撞见李由俭和秦勇说话。

听李由俭话里的意思，似是因着什么事跟秦勇起了争执。平煜一贯没有听墙角的兴趣，当即皱了皱眉，左右一望，转过身，打算沿另一条路走。

不料刚走两步，就听身后有人唤他："平大人。"

回头，正是秦勇。

她像是一听到外头的动静，便立刻从假山中绕了出来，此时正立在花丛旁望着他，嘴角微弯，笑意透着几分勉强。

她身旁正是李由俭，冷冷望着他，目光里涌动着说不清道不明的敌意。

平煜的目光在他二人脸上流转了片刻，他忽然生出一种极为怪异的感觉，仿佛他二人此时的不对劲跟他有些关联似的。

他无心细究，牵牵嘴角，淡笑道："时辰不早了。明日天不亮便要起程，这便要回房安歇了。"

秦勇忙笑道："是该早些歇息了，我跟由俭也正好要去西跨院。"

平煜往她身后望了望，绕过假山，的确有条近路可以去往西跨院，这说法算得合情合理。他惦记着傅兰芽，也懒得深想，随意一拱手，转身离开。

秦勇见他步履匆匆，面色黯了黯。

李由俭在一旁看得越发气苦，恨声道："阿柳姐，你还敢说你对他没有心思——"

"是又如何？"秦勇耐性告罄，猛地转头打断他，语气冰冷。

李由俭怔了一下，呆呆地望着秦勇，舌头突然打起了结，再说不出一个字。

秦勇满脸失望地看着李由俭，好一会才含着涩意道："你说得没错，我的确倾慕平大人，可那又如何？"

她坦荡磊落地道："他心系傅小姐，我知道此事后，从未再有过旁的念头。之所以要一道去蒙古，一来是为了报傅小姐的救命之恩；二来，是奸宦当道，天下危亡，我等身为武林中人，岂能独善其身？倒是你……"她眼里涌起深深的疲惫和厌倦，"你太令我失望了！"

李由俭面色大变，张了张嘴，想要辩解，秦勇却根本不给他机会，再次打断他，愤懑道："你敢说你没有起歪心思？在万梅山庄时，若不是你和王世钊故意卖了破绽，金如归怎会突围而出？你无非是见我倾慕平煜，心生嫉恨，所以才跟王世钊一道放水，我说得对不对？"

"我没有！"李由俭脸涨得通红。

然而未等他说完，秦勇冷冷瞥他一眼，转过身欲走。

她明明白白的厌弃看得李由俭心头一刺，他忙拦在她身前，道："今晚你若不让我把话说明白，我就算死也不会瞑目的。是！王世钊的确是来找过我几回，他看出了你对平大人的心思……"

秦勇脸蓦地一红，更多的是惊怒："他什么人你不知道？你是不是猪油蒙了心，竟能糊涂到这般田地？他既然借此事来挑拨离间，你为何不早告诉我？"

"我当时便一口回绝了他！"李由俭目光坚毅，语气决绝，"他找过我几回，屡次劝说我，说——"

"说什么？"秦勇脸色前所未有地严厉。

李由俭滞了下，嗫嚅道："他说女人的心一旦系到男人身上，便是九头牛都拉不回来。除非……除非平煜死了，否则我永远也别想把你的心拢到自己身上。"

"啪"的一声，无比脆利响亮。

李由俭被这个突如其来的耳光扇得脸一偏，抬眼，是秦勇怒得仿佛能喷出火来的明眸。

"你就任由这么一个阴险小人背地里败坏我？甚至因此坏了心性，无端去祸害旁人？"她声音发颤，手也因怒意而抖了起来。

他眼圈赤红，低吼道："我没有！"

她一句话都不想再听，拔腿就走。

李由俭身形一闪，拦在她面前，还未说话，"唰"的一声，一柄雪亮的剑抵在他喉头。

他身躯一震，不敢置信地望着秦勇。

秦勇对他怒目而视，持剑的手极稳，丝毫没有作罢的意思。

"阿柳姐。"他咬了咬牙，清俊的下颌线条因而变得越发清晰，定定地看着秦勇，一字一句道，"万梅山庄那一次，我的确是不慎让金如归钻了空子，可那也是因为我见你一直在留意平煜，心里有些不舒服，这才不小心走了神。然而天地可证，我从未想过要暗害平煜。"

他心里酸涩难言，抵着那剑往前直挺挺走了几步，哑声逼问秦勇道："阿柳姐，你不也是一样？你明明喜欢平大人，不也从来未曾做过对傅小姐不利之举？你我一处长大，彼此的心性再清楚不过。喜欢就是喜欢，坦坦荡荡，从不掺杂旁的心思。你清楚我的为人，为何……对我连起码的信任都没有？"

秦勇虽然盛怒之下拔剑指向李由俭，到底有多年情分，怎能忍心刺下去？被他逼得情不自禁退了两步，望着他透着炽光的眸子，怒意渐渐有消散之势。

见他逼问自己，不自觉生出几分心虚，也许……她就是想趁此机会跟他撇清关系，从此往后，两不相干，也免得让他心里存了指望，白白苦等下去。

念头闪过，她心肠硬起，正要将话说得再决绝些，谁知手上的剑忽然一沉，却是李由俭不顾剑锋，徒手将剑握在手中，猛地一把将她拽到了怀中。

她心中正是千头万绪，毫无防备，等反应过来，勃然大怒，忙要一掌将他推开。可还未抬起胳膊，肩上便是一麻，李由俭竟极快地点了她的穴道。

她惊怒交加，正要呵斥他，谁知刚一抬眼，头顶阴影压了下来，有什么温热的东西含住了她的唇瓣。

她脑中一空，却因动弹不得，只能错愕地任他为所欲为。

李由俭品尝了片刻，离开她唇畔，转而将嘴移到她耳旁，语气迷离道："阿柳姐，我恋你慕你，除了你，这辈子我谁也不娶。"

说罢，低头看了她一会，倏尔出其不意地将她穴道解开。在她跟自己算账之前，红着脸一纵而起，几个起落便不见了。

秦勇岂肯放过他，忙急追两步。眼见李由俭的身影消失在树影中，一时追不上，又羞恼不已地立在原地，想起方才情景，身上一时冷一时热，全没了主意。

第三十二章 意难平

　　四更天时，林嬷嬷睁开了眼睛。

　　她多年来养成了早醒的习惯，只透过帐帘往外一瞥，见外头一片青灰，便知离天亮尚早。

　　转头一望，一张梨花般白皙明媚的脸庞近在眼前。因着睡眠的滋润，脸颊上红扑扑的，娇俏的鼻头微微沁着汗，淡粉色的唇微启，吐气如兰，长长的睫毛覆在眼上，有一种婴孩般的宁静。

　　林嬷嬷摸了摸小姐的额头，沾手便是一层微汗，心知小姐这是睡得热了，忙将先前紧紧裹在小姐身上的衾被松了松。

　　动作时，小姐不知梦到了何事，秀眉微蹙，往她怀中钻了钻。

　　她陡然想起昨夜之事，心头涌上一阵浓浓的伤感，满怀怜惜地搂住傅兰芽，像对待孩子似的轻轻抚着她的肩背。

　　她怎能料到小姐不过是跟平大人出去一天一夜，竟能在外头出了那样的事。

　　起初，小姐还想瞒着她，连沐浴换衣裳都不肯让她伺候。就寝时，竟还想法子支开她，偷偷摸摸地脱衣裳上床。

　　若不是她留了个心眼，突然杀个回马枪，焉能在小姐用被子裹住身子前，看见小姐脖颈上的点点红痕。

　　小姐一段脖颈儿生得极好，玉雕似的，上头半点瑕疵都无。也正因生

17

得太好，有点什么痕迹一眼便能看出来。

这一路上，她除了担心小姐的性命安危，最担心的便是小姐像别的罪眷那般被男子轻薄或是祸害。

当即吓得手脚冰凉，不顾小姐的推阻，拉开了她的亵衣细看。这才发现何止颈上，沿着锁骨一路往下，全是欢爱过后的痕迹。

她心跳得几乎从嗓子里蹦出来，骇然问小姐究竟发生了何事。小姐见实在瞒不过，这才吞吞吐吐将前因后果交代了出来。

她当时听了，失神了好一会。山庄里的事，一环套着一环，闻所未闻，岂是她一个内宅仆人能想明白的。

她只知道，经此一遭，小姐失身给了平大人，往后不知会如何。

想来想去，竟连个怨恨的对象都找不出，最后只得满心忧思地重将目光定在小姐脸上。

木已成舟，她便是再跌足长叹又有何用？只担心万一平大人改了主意，到京之后，不肯明媒正娶地求娶小姐，小姐该如何自处。

心下惴惴，别无他法，呆了好一晌，末了只好搂着小姐，不停地抹眼泪。

因着这一遭，主仆二人到很晚才睡。

小姐睡着后，她却全没有睡意，躺在床上，眼睛直愣愣地看着帐顶，脑子里乱糟糟的，想起去世的夫人、仍在牢中的老爷和大公子，一时悲一时喜。

到后半夜时，听到平煜进屋，她心头一紧，忙翻了个身，悄悄将小姐搂住。

她不是不知道这些年轻男子一旦尝了情事的滋味，直如开了闸的堤坝，压根儿管不住自己。

更何况平大人跟她主仆共宿一屋，若是对小姐一再索求，占着近水楼台的便宜，小姐便是不愿意，也没法子推拒。

可无论如何，尘埃落定前，她不能再让平大人哄着小姐得了逞。毕竟第一回是为了解毒，是迫不得已，第二回、第三回又算什么？再说婚事未定，婚期更没个准信，小姐总不能大着肚子嫁进西平侯府。

正担心，就听榻上传来轻微的响动，却是平煜解下绣春刀躺了下来。他动作极轻，似是唯恐吵醒小姐。

她听在耳里，手臂诧异地一松，渐渐地，芜杂的心绪镇定了不少。

是啊，她怎么忘了，平大人到底是个正经人，以往那么多同屋而住的夜晚，也没打过轻薄小姐的主意。眼下虽有了那事，平大人顾及小姐的闺誉，总不好由着性子胡来。

一个晚上，彼此相安无事。

到拂晓时，她刚一醒转，便听平煜穿上衣裳，开门出去。她越发放了心。

眼见天色还早，她打算再睡个回笼觉，外头却有人敲门。

打开，却是下人送了早膳来，说公子吩咐，即刻便要出发，时间无多，让她主仆二人从速收拾行李。

林嬷嬷并不知不过一个晚上，朝中便出了足以撼动国之根本的大事，看了看仍一片幽蓝的天色，怔了一会，诧异地接过食匣放到桌上。

"嬷嬷，可是要即刻离开金陵？"傅兰芽脸上还残留着浓睡刚醒的痕迹，眼波却清亮极了。

"管事刚才是这么说的。"林嬷嬷顾不上揣摩傅兰芽为何知道此事，快手快脚将食匣打开。第一层便是一碗乳鸽汤，用来补气最好不过，看这汤的火候，至少熬了小半夜，方能这般浓白香醇。

除此之外，下头还有热气腾腾的粥点，全都是依照大夫开的方子做的药膳。

不用说，定是平大人连夜吩咐人做的。

她见平煜这般珍视小姐，轻叹一声，悬了一晚上的心越发落了下来。忙将食匣里的粥碗呈在桌上，又走到床旁，服侍傅兰芽穿衣裳。

"小姐，咱们动作得快着点，看这架势，恐怕天亮前就得出发。"

傅兰芽"嗯"了一声，走到净房的盆架前，任由林嬷嬷拢着一头散在肩上的乌发，正要低下头舀了盆中的水净面，就听外头又有人敲门。

林嬷嬷忙去开门，外头却是一名笑容可掬的妇人，因迎光而立，熹微晨光将这妇人眼角的纹路照得清晰无比。

"见过嬷嬷。奴是云裳斋的绣娘，大人吩咐奴给小姐送些东西。"妇人捧着一叠轻薄的衣料，层层叠叠，姹紫嫣红，各种颜色都有。

林嬷嬷不知所谓，问："这是什么？"

那妇人粲然一笑："这是大人令送来的。大人说小姐衣裳小了，特令奴送些里头的衣料过来。"

说着，不顾林嬷嬷错愕的目光，捧着那叠云霞般耀目的衣料进到房中，放于榻上，又将一包物事递给林嬷嬷，含笑道："这是给嬷嬷做活计用的针线包。大人说了，嬷嬷路上无事时，可替你家小姐做些换洗的衣裳。"

说罢，屈膝一礼："大人嘱咐奴不得多逗留。若没旁的吩咐，奴这便告退了。"匆匆离去。

林嬷嬷张大嘴目送那妇人走了，回过头，拿起衣料一看，老脸顿时涨得通红，竟……竟全都是用来做抹胸的上佳料子。

起程之后，船在河面缓缓航行。

傅兰芽坐在舱中，听甲板上整日人声嘈杂，脚步声来来去去，没个停歇的时候。心知皇上亲征之事轰动朝野，东厂人马又一路尾随，平煜内忧外患，必定有许多棘手事要处理。

于是她终日待在船舱内，甚少出来走动。

闲暇时，不是挑灯看书，便是揣摩母亲那本满是鞑靼文的怪书，一路上，倒也充实安宁。

林嬷嬷跟傅兰芽共宿一舱，每日服侍完傅兰芽起居，无所事事，又不敢随意出舱，只得在一旁百无聊赖地望着小姐读书。

如平煜所料，不过几日，林嬷嬷便因实在闲得发慌，不得不认命地拆开针线包，拿出那叠她原本十分排斥的锦缎，不情不愿地开始替傅兰芽做小衣。

船行了数日，平煜从未来找过傅兰芽，一是因太多事要忙，从早到晚没个闲的时候，更多的，则是怕落人口实。

让傅兰芽意想不到的是，当她跟林嬷嬷在李珉等人的"看押"下出来走动时，偶尔会在甲板上遇到陆子谦。

每到此时，陆子谦便会忘了跟身边的洪震霆等人说话，立在原地，定定地望着傅兰芽，眉宇间缓缓浮起一层愁色。

傅兰芽望见，心里很是纳闷。原以为平煜会像来金陵时那般将陆子谦安排到另一条船上，没想到末了竟允了陆子谦跟他们同乘一船。

此事只需稍一转念，便能想明白其中缘故。

陆子谦身上现有一块坦儿珠，为了将陆子谦身上的坦儿珠收拢过来，平煜断不肯让旁人占了先机，怎么也得让陆子谦在自己目力所及范围之内。

只是她怎么也想不明白，最后一块坦儿珠怎么会到了陆子谦的身上。

想来想去，一件原本湮没在记忆中的往事倒被她挑出了一点线头。

记得好几年前，有一回陆子谦的妹妹陆如玉前来寻她。

两人玩耍时，陆如玉无意中说起陆子谦在京郊随几个同窗爬山时，在山脚下救了一个病得奄奄一息的江湖游侠。

陆子谦不忍那人死在荒山野岭，不但好心地将那个游侠带回府中，还殷勤地为其延医问药。

说到此事时，陆如玉话里话外满是赞赏，说她哥哥如何品行如兰、知行合一、广结善缘……

因陆如玉褒奖起自己哥哥来几乎算得不遗余力，故傅兰芽对此事很有些印象。

如今想来，这件事是傅兰芽记忆中陆家唯一一次跟江湖中人扯上关系。

也不知那个江湖游侠跟陆子谦得到坦儿珠一事有无瓜葛。

而洪震霆之所以自称欠了陆家一份人情，是否又跟此事有关。

她现在分外好奇陆子谦那块坦儿珠的来历。想来以平煜的行动力，最多到沧州，便会想法子让那块坦儿珠暴露人前。

果真如此，陆子谦刚出现在竹城时对她说的那番语焉不详的话，兴许就能找到答案了。

后来几日，傅兰芽傍晚无事，在甲板上漫步，从身后李珉和陈尔升的低声交谈中，得知金陵军营的人马已经先他们一步赶往宣府。

她这才知道，原来平煜的大哥也在应召之列。

船上的日子枯燥而平淡，不知不觉间，七八日过去，船行到了沧州渡口。

傅兰芽甫一踏上渡口，便觉脚底下土壤分外踏实坚固，再不似在船上那般漂泊不定，不由得轻舒了一口气。

昨日她在甲板上曾听李珉说起过，到沧州后，众人最多在此处盘桓一宿，翌日清晨便要径直赶往宣府。

立定后，她环视周遭，就见一旁官道上早有不少车马在渡口守候。想来当地留守的官员得了消息，有意做了安排。

平煜上了马，身边被几骑人马所环绕，面容被遮住，傅兰芽看了一晌，只能隐约看到他的衣袍一角。

上马车后，本想再仔细打量打量平煜，不料永安侯府的船队也泊了岸。

傅兰芽见因着永安侯府一干人的加入，原本肃穆的渡口重又喧嚷起来，只好放下车帘。

正要上路，瞥见林夫人扶着林之诚上了另一辆马车。傅兰芽诧异不已，这才知道林之诚夫妇也一道来了沧州。

想来是洪震霆怕林之诚如今功力尚未恢复，若留在金陵，难保不会遭东厂暗算，这才不辞辛劳将他二人一并带上路。

只是，从林夫人冷漠疏离的神色来看，他们夫妻二人的关系似乎依然未破冰。

傅兰芽主仆坐稳后，马车启动。少顷，邓文莹等人的马车也紧跟锦衣卫的车马往驿站驶去。

沧州驿站来往商旅官役颇多，客房建得甚为宽绰。

后院共有三栋小楼，足可接纳上百人。

客房后头，另有一座院落，却是马厩。

傅兰芽主仆的客房被安置在了东面那栋小楼。

秦门及陆子谦等人人数众多，在西面小楼下了榻。

永安侯府的人马来迟一步，别无选择，只能在潮湿阴暗的北面小楼将就一晚。

傅兰芽主仆在李珉和陈尔升的引领下，上了三层一间位于走廊尽头的客房。

一路颠簸，风尘仆仆。一放下行李，林嬷嬷便快手快脚地取出傅兰芽的干净衣裳，一一展于床上，只等热水送来，便要服侍傅兰芽沐浴。

傅兰芽趁林嬷嬷去净房忙碌的工夫，坐到桌边，一边饮茶，一边将袖中那包解毒丸取出，拿在手中把玩。

待口中干渴之感稍缓，便放下茶盏，抽开那个绣囊的系带，倒出里头的药丸。

圆滚滚的药丸在她掌中滚动了片刻，静悄悄停在掌心。

不多不少，正好两粒。

在云南时，她为了解周管家给她下的致梦魇的毒，曾给自己服用了一粒。

之后秦晏殊被镇摩教的媚术暗算时，也服过一粒。

至于平煜嘛，他吃得最多，先后吃了两粒。一回是为了解金如归靴上利刃喂的毒，一回是为了解金宵丸的毒性。

前者有效，后者嘛……

她珍珠般白嫩的耳垂静悄悄绽开一层宛如荷花初放时的水粉色，沿着她漂亮得近乎完美的下颌线条，蔓延到被乌发掩映的后颈。

怔了一会，她敛了心神，重新把注意力放到药丸上。

从前几回的经验来看，这药丸远比她想的有效。

无论毒药出自镇摩教还是昭月教，它都有法子化解和克制，可见母亲所言这药丸能解天下奇毒的话，半点不假。

可惜的是，这么好的解毒丸如今只剩两粒，又没有现配的方子。若是连最后两粒都用完，恐怕再也配不出一模一样的药丸了。

据林之诚所说，母亲当年正是用此药解了父亲的蛇毒；又听平煜说，这药似乎名叫赤云丹，除了能解毒，好像还有提升内力之用。

但愿到宣府或是蒙古对付王令或是右护法时，不会遇到什么需要解毒的突发状况，否则单凭仅剩的这两粒药丸，也不知是否足以化解……

用晚膳时，傅兰芽想着近十日未能跟平煜说上一回话，心思免不了有些浮动。

船上地方逼仄，耳目颇多，他为了避嫌，不肯单独来看她，算得情有可原。眼下却是在客栈，若是依照他从前的性子，怎么也会想法子来找她的。

眼看已到了掌灯时分，他却迟迟未露面……

这么想着，嘴里的饭菜仿佛失去了滋味。干巴巴地用完膳，便令林嬷嬷挑了灯芯，坐于灯下，强令自己认真研读那本小书上的奥秘。

谁知刚一展开书页，身后忽然传来一声咕噜噜的怪异声响。

她吓得寒毛竖起，立刻起身，仓皇回头一望，却见林嬷嬷四仰八叉倒在床上，不知何时，竟睡了过去。

且从嬷嬷口中发出的震天鼾声来看，睡得还极沉。

她万分惊讶，林嬷嬷就算瞌睡来了，也不至于说睡就睡。

这么想着，目光惊疑不定地在主仆二人刚才用过膳的碗筷上一溜，惴惴不安地想，难道说有人在饭菜中做了手脚？

可为何她无事，单只林嬷嬷遭了暗算呢？

出了会神，她满腹疑云地快步走到床边，推搡林嬷嬷："嬷嬷、嬷嬷，快醒醒。"

唤了一晌，林嬷嬷兀自睡得极沉。她怔怔地望着林嬷嬷，越发觉得不对劲，脸色倏尔一沉，正要起身去唤门口的李珉等人，就听窗口传来响动。

她一凛，忙从床上起身，探身一望，却是平煜。

相比傅兰芽的满脸讶异，平煜神色倒是从容，目光灼灼地望着她，摸摸鼻子道："嬷嬷可睡了？"

傅兰芽眼睛诧异地睁大："原来是你做的手脚？"

平煜足有十日未跟傅兰芽共处一室，日子过得万般煎熬。

白日事多且杂，他无暇生出绮念，也就罢了。可每到夜深人静时，他独宿一舱，想起梅林中那永生难忘的美景，身上便仿佛着了熊熊烈火，翻来覆去，压根儿睡不安宁。

以往他不是没对她有过渴念，但因着不过是些空泛的臆想，从不会像这回在船上这般焦渴难耐。

可自从尝到了跟她云雨的滋味，他便时常惦记此事，尤其孤枕难眠时，更是无时不渴望将她娇柔的身子搂在怀中。哪怕不能再像上回那般为所欲为，能品鉴一回她花朵般的樱唇，或是埋在她颈间，闻闻她身上的甜暖幽香，也是好的。

故一到客栈，他沐浴换了衣裳，便将李珉等人招来，从速安排了一干事宜。

做好部署后，他想起林嬷嬷如今防他如防贼，为了跟傅兰芽好生说话，又冒着被傅兰芽迁怒的风险，亲自在林嬷嬷的饭食中下了点"好东西"。

这东西不会在体内留下残毒，且药性能持续一个时辰，足够他跟傅兰芽好好温存一回了。

若单单只是想要跟傅兰芽说话，他大可以在众人睡了后悄悄来寻傅兰芽。可是，他不得不承认，如今他想要的可远不只是说说话这么简单……

傅兰芽迅速想明白了前因后果，果然十分惊怒，压低声音道："你……你给嬷嬷用的什么？"

说话时，眼睛瞪着他，心里却哭笑不得地想，这人难怪是锦衣卫的指挥使，暗算起人来，真叫神不知鬼不觉。

可此事一旦起了头，往后只会变本加厉。平煜如果一觉得林嬷嬷碍眼，便随心所欲，想下手便下手，该如何是好？

也不知这药有没有害处。嬷嬷年纪大了，经不起他三番五次折腾，断不能由着他的性子来。

平煜早料到傅兰芽会生气，走到她面前，笑道："这药对身子没有半分害处，睡一觉而已。嬷嬷舟车劳顿，正需好好歇一歇，我这是在帮她。咱们别吵嬷嬷，让她一觉睡到明日早上才好呢。"

傅兰芽听他如此大言不惭，含着愠意道："对身子有没有坏处先不论，你不能这么对待嬷嬷。"

平煜搂了傅兰芽在怀，抚了抚她白皙娇嫩的脸颊，低声道："我想你了。除了这个法子，可还有旁的法子跟你好好说会话？"

见傅兰芽仍不依不饶地瞪他，笑道："好，好，我下不为例。"

他的手臂坚实地搂着她的腰。两个人许久未这么亲近了，眼下相贴在一起，不过片刻工夫，便有什么无形的东西从他坚韧的身躯蔓延开来，热气蒸腾，涌上她的脸颊。

傅兰芽望着他漆黑明亮的双眸，脸烫得厉害，怔怔地忘了接话。

平煜伸指缓缓划过她的唇瓣，呼吸越发滞重，压抑了一路的欲念勃发出来，想也不想便低头吻了下去。

忽然，隔壁客房传来敲门声，一个女子的声音响起："平大人。"

平煜心知下属不会无事前来找他，他便是再不情愿，也只能硬生生停下。

傅兰芽忙推开平煜，正要凝神分辨外头那女子是谁，那人又唤了一声。

平煜眉头皱起，亲了亲傅兰芽的唇，低声道："等我一会。"转过身，快步走到窗边，翻窗出去。

傅兰芽抚了抚胸口，扶着桌沿坐下，侧耳听着外头的动静。

平煜到了邻房，打开门，外头却站着一名俏丽的女子，正是叶珍珍。

她手中持着一封信，进到房中，低头双手呈上："大人，密信。"

平煜目光落在那封信上，一眼便知是打听陆子谦跟洪震霆渊源的复信，不急着接，只望着叶珍珍，冷冰冰道："我的书信往来只由陈尔升和李珉打理，谁让你自作主张来送信的？"

他好不容易跟傅兰芽有温存的机会，却被叶珍珍给打断，正窝了一肚子无明火。

叶珍珍听平煜语气不善，抬头看他一眼。

他身上穿着件新换的袍子，领口露出一截雪白的亵衣领子，鬓边湿漉漉的，显是刚沐浴过。

不正常的是，他的鼻尖和额角都有些细汗，脸色也有些潮红。

再一低头，鼻端闯入一缕幽香，说不出地雅致婉约，分明是女子惯用的调香，好巧不巧正是从平大人身上传来。

她手脚一凉，思绪都僵住。未几，脸上努力挤出个若无其事的笑容："刚才李珉和陈尔升忙着安排旁的事，一时走不开，怕误了大人的事，便让属下将信送来。属下不懂规矩，万望大人轻罚。"

说罢，垂着头，单膝跪下，摆出一副任凭处置的姿态。

平煜垂眸望着脚下的叶珍珍。

因着锦衣卫衙门的特殊性，时常有些任务须得女子去执行，故自上一任指挥使起，暗中训练女护卫已成为不成文的规矩。

到了他手上，叶珍珍是几名女暗卫中最为出色的一位，无论功夫还是应变能力，都算得一流，当作棋子来用，很是趁手。

故出京时，他为着以防万一，特令叶珍珍暗中跟随。

可是，当棋子变得太有主意时，便是好用也变得不好用了……

叶珍珍许久未等到平煜的回答，忍不住抬头暗暗往上看，就见两道冷锐的目光投在自己身上，带着打量和审视，不知这样盯着她看了多久了。

她早被训练得心性坚硬，情绪轻易不受外界影响，可因为在意，这两道目光没来由地让她打了个寒战，心里更是涌起一种类似委屈的不悦。

良久之后，清冷平直的声音从头顶传来："扣半年俸饷。将你手上所有事务交由陈尔升接手。回京之后，再另听安排。"

叶珍珍一怔。平大人这话她再明白不过，这是让她从即日起，不得插手锦衣卫任何事务。

也就是说，短时间内，像这等近身跟他接触的机会再不会有。

她定定地望着眼前的地面，俏脸逐渐笼上一层灰败之色。

不甘心是一定的。毕竟，跟随了一路，好不容易可以光明正大伴随在他左右，哪知才短短几天工夫，便因她太过冒进而被他从身边撵开。

怪只怪她急于确认平煜对傅兰芽的心思，心浮气躁之下，才会失了往日的冷静。

可她也知道，平煜之所以年纪轻轻就坐上指挥使的位子，所凭的绝不只是世家子弟的身份。杀伐决断、言出必行，平煜样样都做到了极致。

一味求情或辩解，只会让他坚定闲置她的决心。

至少目前他尚未彻底将她厌弃，只要有心，总能慢慢寻到机会挽回他对她的印象。

要知道，过去一年多时光，她也是凭着这份耐心，一点一点取得了他对自己的信任……

她听话地应道："是。"

将手中的信搁在桌上，低头道："属下这便跟陈尔升交接。"

起身，见平煜没有旁的吩咐，干脆利落地转身，开门出去。

路过傅兰芽的门口时，她淡淡地看一眼那扇紧闭的门，面无表情地快步走过。

平煜阴着脸看她出去，默了一会，唤了驿站里的伙计，请他将李珉和陈尔升叫来。

回到桌前，拿起那封信，见上头锦衣卫特制的火漆完好无损，眸子里的戾色稍稍和缓了些，打开信，一目十行地看完。

傅兰芽未等多久，就听到窗边传来声音，忙起了身，走到窗边。

"刚才是谁找你？"她仰头，柔柔地问他。

那女子能不请自来，又如此得平煜的信任，除了那名女暗卫外，她想不到旁的人身上。

一想到以往这暗卫多半也是以这种方式跟平煜往来，甚至可以在平煜客房来去自如，她心里便有些不舒服。

可她惯来沉得住气，脸上未流露出半点痕迹。

平煜垂眸看她。

今夜月光皎皎，将她的脸庞照得纤毫毕现。

一对墨丸般的明眸里仿佛盛着一泓清水，盈盈地望着他，比月光还清亮几分。

她的语气柔和，声音娇悦如黄莺出谷，一如从前。

她的嘴角微弯，可那弧度却透着几分勉强的意味。

他心头仿佛注入一道月光，倏尔亮堂起来。

因着职位的缘故，他最恨旁人在他面前耍弄小心思，可当这个人换成她时，心里竟仿佛饮了蜜一般。

他不让自己的语气露出谑笑的痕迹，搂着她的腰肢，一本正经地解释道："那人是锦衣卫的一个暗卫，有桩急事来回禀，我已经打发她走了。"

她目光在他脸上细细流连了一会，眼波一转，靠在他胸膛上，若无其事地替他理了理前襟，故作随意道："嗯……就是见她来得急，还以为有什么要事……"

平煜低眉看了看她光洁的额头，配合地点点头，竭力不让自己的笑意透过胸膛传到她身上。

她心思敏锐，察觉到了什么，仰头看他，纳闷道："怎么了？"

她觉得自己的小心思掩藏得很好，他时而心细时而心粗的，未必能看破什么。

平煜索性捧住她的脸颊，额头抵着她的额头，含笑道："无事。就是在想，你为何这么好……"

她因着这话怔了下，红唇微启，似要说话。

他却一向喜做不喜说，一偏头，将那两瓣想了许久的柔软饱满的小东西吻住，贪婪地索取她口中的香津，本该清甜如蜜，偏又带着佳酿特有的甘醇。

吻了一回，他竟真如饮了酒一般，脸上染了一层醉意，心怦怦地猛烈跳动起来。

原是为了解渴，谁知竟越饮越渴，一晌过后，反比没吻她之前更加难耐。

欲念一旦起了头，根本无从压抑。

意乱情迷间，他将她抱起放于窗台上，一只手滑向她纤细的小腿，撩起她的裙摆，探入裙下。

这姿势和动作的意味不言而喻，傅兰芽一个激灵，如梦初醒，忙慌乱地止住他作乱的手。

"平煜！"她羞得无地自容，慌乱地捧着他的脸颊。

若是这副情形叫嬷嬷给撞见，她往后还有什么脸见人？

许是她声音里的惧怕激起了他的理智，他动作微顿，粗喘着望向她，眸光迷蒙，里头盛满了几乎能溢出的欲望。

若他一意孤行，很快便能得偿所愿，再一次尝到那销魂蚀骨的滋味。

可是，有些东西，是凌驾于爱欲之上的。

虽然喘息如旧，但跟她含着泪的双眸对视片刻后，他慢慢冷静下来。

终于，他喉结动了动，复又将她搂在怀里，拍抚着她的背，哄道："怕什么？我就亲亲你，又不做别的。"

傅兰芽见平煜总算肯停手，多多少少镇定了些。

听他声音粗哑，想起梅林中的那一回，心知他不过是嘴硬罢了，红着脸撇了撇嘴，也懒得戳破他。

平煜将她稳稳地搂在怀里，手漫无目的地在她的肩背上轻轻拍着，想起在金陵时买的那叠做小衣的面料，手忽然有些发痒。也不知林嬷嬷路上给傅兰芽做了几件？合不合身？

极想往她系着抹胸带子的部位摸索一番，可这动作唐突而鲁莽，她皮薄面嫩，他便是想，也不好随心所欲。

便搂着她的双肩，将两人拉开半只手臂的距离，咳了一声，带着几分不自在，低声问她："嬷嬷给你做小衣了吗？"

傅兰芽上回便因此事在林嬷嬷面前无地自容，听他哪壶不开提哪壶，羞得脖颈都红了，瞪他一眼，闷声道："问这个做什么？"

平煜脸有些发烫，却固执地追问："你只告诉我做了吗？"

傅兰芽拗他不过，轻轻咬了咬唇，几不可见地点点头。

平煜眸中漾开一点笑意，凑近到她耳边，认真问："什么颜色？"

傅兰芽闹了个大红脸，拒绝回答这轻薄的问题。

平煜咬了咬她的耳垂道："你不告诉我，我也有法子知道，不如现在便告诉我。"

傅兰芽实在被他缠得没法，没好气地道："翠色……"

翠色？他怔住了。

傅兰芽羞得不敢看他，一把推开他，扶着他的肩，从窗台上下来。

正在此时，床上传来一阵哼哼唧唧的声音，却是药效过了，林嬷嬷醒转了过来。

傅兰芽心漏跳了两拍，忙走到床边，扶林嬷嬷起来。

"嬷嬷。"

平煜慢悠悠地走到桌旁，一撩衣摆坐下，取出那封密信细看。时间掐得刚刚好。林嬷嬷醒就醒吧，反正他跟傅兰芽亲热了一番，眼下心满意足，可以聊聊正事了。

林嬷嬷眨着眼，茫然地看了看傅兰芽，又茫然地看了看坐在桌前读信的平煜。

怎么也想不明白自己刚才怎么睡了过去。

不过，坐了近十日的船，她这把老骨头几乎没在船上被晃散架，难怪一下船便困成这样。

见小姐含着几分忧虑望着她，她忙坐起身，道："嬷嬷怎么就睡着了？刚才睡了多久？"

傅兰芽面不改色，十分镇定地道："就睡了不一会。"

平煜眼睛看着信，嘴角却不易察觉地弯了弯。

傅兰芽见林嬷嬷睡了一晌，精神反比傍晚时来得好，不似留下什么残毒的模样，稍稍放了心。

等林嬷嬷起身去净房洗漱，便走到桌旁坐下，含嗔看平煜一眼。

随后，饮了口茶，目光落在他手中的信上。

他不开口，她不好主动打探，但平煜既然能当着她的面打开这封信，想来没打算向她隐瞒信上的内容。

果然，片刻后，平煜开口道："明日天不亮我等就须起程赶往宣府。在此之前，我一直在等去打探陆家消息的人的回复。所幸的是，总算在出发之前收到了复信。"

傅兰芽微怔，心知那四块坦儿珠都已有了下落，而从王令和邓安宜口中，根本无法问出什么底细，因此陆子谦手中那块坦儿珠的来历，便成了探知坦儿珠秘密的关键。

"信上说些什么？"

平煜道："洪震霆有位妻弟叫李伯云，本是逍遥门的少掌门。因逍遥门地处台州，时有倭寇作乱，二十年前李伯云接任掌门之位后，便率领门中弟子前往倭寇作乱之地剿寇。谁知一去后，李伯云及门下一众弟子从此杳无音信。洪震霆找寻李伯云多年，始终未能打探到这位妻弟的下落。一直到五年前，京中有人给他来信，说李伯云已近弥留，想见家人最后一面，他这才知道李伯云不知何时竟到了京城。好不容易见上面，却是永诀。"

傅兰芽心微微撞了一下："来信的人可是陆家？"

平煜先是讶异，望了傅兰芽一会，脸上露出了然之色，少顷，缓缓道："嗯，确切地说，是陆子谦给洪震霆写的信。"

傅兰芽早猜到点线索，点了点头："五年前，陆子谦的妹妹到我家来玩耍时，曾提起陆子谦救过一名江湖游侠……"

还未说完，平煜心中一酸，脸色黑了下来，

傅兰芽抬眼，见平煜无端摆起了一副臭脸，便是再迟钝，也明白平煜这是在吃味儿。

想起他上次因着陆子谦的挑拨无端质问她，心生恼意，并不接话，只淡淡地望着他，看他又要如何发作。

不料两个人对视一晌，平煜忽然端起茶盅，饮了口茶，随后放下，云淡风轻道："陆子谦收留的那位游侠，你可知道名字？"

说话间，刚才还透着愠意的脸色已然恢复了和缓。

傅兰芽目光停留在他脸上，姑且不论他是装的，还是真的如此通情达理，好在总算没再像上回那般不问青红皂白发脾气，便扬扬秀眉道："不知。偶尔听陆子谦的妹妹提过几次，所以有些印象。"

平煜见傅兰芽口气虽柔和，态度却十分强硬，猛然想起上回因帕子一事惹她发了怒，心中一紧，忙摆正态度，和颜悦色道："嗯，看来这人便是李伯云了。"

林嬷嬷轻手轻脚从一旁走过，见平煜明明前一刻还一副高高在上的架势，不过一眨眼的工夫，便老老实实收起了尾巴，错愕之下，老脸上忍不住绽出一点笑意。

怕平煜看出什么，忙低下头，走到净房，拾掇主仆二人换下的脏衣裳。

"洪震霆赶到京城后，李伯云早已昏迷不醒，守了两日，不治而亡，临终前未留下只言片语。但因承蒙陆家收留，李伯云总算不至于曝尸荒野，洪震霆对陆家父子千恩万谢，将李云伯的尸首从陆家运出，扶柩回了台州……

"至于过去这十五年李云伯遭遇了什么，为何会落得贫困交加的境地，从洪震霆后头的所作所为来看，他似乎并不十分清楚。唯一一个知道点内情的，恐怕就是陆子谦了。"

傅兰芽思忖着道："你怀疑陆子谦手中那块坦儿珠是李伯云的？"

五年前，陆子谦不过十五岁，自小受着陆家的家训，总不至于不问自取，无端昧下李伯云的遗物。故而他手中那块坦儿珠，很有可能是李伯云生前主动赠予他的。

"是与不是，今晚就能知晓。"平煜双眸沉沉，"明日便要起程去宣府，我没那耐心再跟陆子谦耗下去。"

说罢，余光瞥了瞥净房，忽然长臂一展，出其不意将傅兰芽拉到怀里搂住。

傅兰芽毫无防备，不小心跌坐到他膝上，怕林嬷嬷瞧见，大窘，忙拧着身子要从他腿上下来。

平煜却捧住她的脸颊，正色道："皇上率二十万大军前往宣府前线。战场上刀剑无眼，凶险万分。本来送你回京是最为稳妥的安排，但东厂和右护法的人马窥伺左右，你若是跟我分开，难保不出差错，只好委屈你跟我一道去宣府了。"

傅兰芽见他语含歉意，忘了挣扎，也心知此去宣府，须得正面跟布日古德打交道，情势复杂难料，忙摇摇头道："你我同进同退，又何必说这样的话？"

平煜微微一笑，声音低了几分，郑重道："宣府的事……处理起来极为棘手。不过，你别怕，万事都有我，前头纵是刀山火海，我总能想办法护你周全。"

这是一句掷地有声的承诺。在她仍在回味时，他将她从腿上放下，脸上恢复了一本正经的表情，若无其事地道："我今夜有事要忙，便是过来也很晚了，明日天不亮就要出发，你和嬷嬷早些睡。"

傅兰芽眸光一转，见林嬷嬷正好出来，心中暗叹，平煜简直脑后长了眼睛，偏能将时机掐得这么准。

心知他今夜恐怕已做了局，就为了赶在上路之前将最后一块坦儿珠的来龙去脉弄明白，不便耽误他，"嗯"了一声，在他身后殷殷嘱咐道："路上太辛劳，若忙完了，早些歇息。"

平煜听她话里含着浓浓的依恋，心中一热，含笑看她一眼，走到窗前，重又攀了窗出去。

陆子谦躺在床上，眼睛望着帐顶。

战事一触即发，京中如今想必已乱成一团，他却因一路追随傅兰芽，未能及时赶回京城。

侥幸的是，父亲并未在随军亲征之列，不至于一把年纪遭受战火之苦。

如今回京是断不可能了，别说傅兰芽仍未脱离险境，便是皇上如今被王令给哄骗得上了前线，他身为人臣，于公于私，都不能为了苟安而返回京城，只能一道赶往宣府。

只是一想起京中家人，他难免有些怅然。

离开京城时，表妹肚子里已有了五个月的身孕，如今一个多月过去，想必早已显怀。

他虽不喜她，可她怀的毕竟是他的骨肉。此去宣府，前途未卜，也不知他能否赶在她临盆前顺利回京。

一想到表妹黏丝糖一般的眼神，他心头一阵起腻，皱着眉翻了个身，怅惘地想，若是傅兰芽不那么清冷决绝，待他有表妹一半的心意，他也不至于陷入如今这等进退两难的境地。

他本来一门心思想救她，谁知半路杀出个平煜。因着这缘故，他迟迟未能下决心将所知的真相说出来。

可眼看要到宣府了，再不想法子救傅兰芽，真等五块坦儿珠集齐，她就会陷入万劫不复的境地。真到了那时，他再想救她，恐怕……就来不及了。

想到此处，他犹豫了片刻，探手入怀，摸了摸那块硬物。

此物得来纯属意外，要不是五年前无意中救了一名叫李伯云的江湖侠客，他焉能知道一段二十年前惊心动魄的往事。

记得当时见到李伯云时，此人已陷入昏迷，一身破破烂烂的衣裳，褴褛又憔悴，左手握着一柄长剑，而右手掌心……却紧紧攥着一块玄黑色的烙铁似的物事。

救李伯云回家时，他顺手将那物事纳入己怀。

李伯云醒来后，第一时间便是询问那东西的下落。他坦荡荡地将东西从怀中取出，交还给他。

李伯云见状，似是受了触动，忽然长叹一口气，黯然说起自己不久于人世，不但不肯接过坦儿珠，反而抖着手从随身行囊中取出一本书，将两样东西一并托付给他。

他这才知道这位看上去面黄肌瘦的老者竟也曾是武林中享誉一时的豪杰。

见那书上画着的似乎是幅地图，他不知何意，心中疑惑，便要推拒。

李伯云却指着坦儿珠和那本书说："这两件物事甚为不祥。过去十五年，我为这东西所累，连家都不能回。好不容易勘破了这东西的玄妙，却因当年受伤太重，药石罔效，终究到了油尽灯枯的地步。如今想来，我所思所求不过是镜花水月——一场空罢了。烦请公子将这两样东西找个妥当的地方处置。如果家人前来寻我，万莫让他们知道它们的存在。"

接下来几日，李伯云时睡时醒，在醒着的时候，断断续续向他吐露了一桩十五年前发生在夷疆的往事。

未过多久，洪震霆接了信，前来找寻李伯云。李伯云却已彻底陷入昏迷，没来得及跟洪震霆见上面，便含恨而终。

陆子谦遵守承诺，未将坦儿珠之事告诉洪震霆。

可是在那之后，他便时常研究李伯云留下来的这块北元异宝，与此同时，还会仔细揣摩李伯云耗费十五年心血画出来的那幅路线图。

渐渐地，他将李伯云未能讲述完的剩下那部分真相拼凑完整。

让他万万没想到的是，五年后，用作坦儿珠药引之人竟会是傅兰芽。

正因如此，当他无意中得知江湖人士都赶往云南抢夺坦儿珠和傅兰芽时，他便毫不犹豫地离京找寻傅兰芽。

他将坦儿珠从怀中取出，举高到眼前，借着银霜般的月光细细打量。

对此物，他毫无贪念。

但自从知道此物跟傅兰芽的生死挂钩后，他再看此物时，感觉便完全不一样了。

而且他也知道，离宣府越近，就意味着离此物解密之地越近。

只要沿着李伯云当年走过的线路去找寻，勘破坦儿珠的奥秘指日可待。

可是，他只要一想到王令偏在这时候怂恿惠皇帝亲征，宣府成为讨伐瓦刺大军的第一线，原本笃定的事情突然变得不确定起来……

就在这时，外头传来衣袂掠过的声音。

因是夜里，这声音显得格外刺耳惊心。

紧接着，窗口有几人闪身飞扑进来，白光闪过，几名手持利刃的黑衣人朝床前杀来。

陆子谦面色一变，忙从床上滚下，一边躲闪一边大喊道："快来人！救命！"

离床边最近的那名黑衣人却猛地一把拽住了他的衣领。

生死攸关的时候，陆子谦不知从何处生出一股蛮力，胡乱往后一顶，仓皇间听得啪嗒一声，有什么东西掉了下来。

那黑衣人一惊，顾不上再抓陆子谦，脚尖一钩，将那东西踢到手中握住，随后又飞速藏入怀中。

然而就是这电光石火间的工夫，陆子谦已看清那东西上的字样，瞳孔猛地收缩："东厂！"

平煜怀中抱着绣春刀，立于驿站后院东墙的阴影下。

李攸在一旁，带着几分不耐来回踱步。

夜很凉，两人心中却都有些焦灼。离天亮已不到两个时辰，他们须尽快从陆子谦处得到最完整的真相。

忽然，有人悄无声息地沿着墙快步奔来，到了跟前，一跃而下。

"平大人，鱼已上钩。"那人道，"陆公子惊怒不已，坚信抢夺坦儿珠的正是东厂的人。"

"干得好。"李攸脸上微喜。

"收网。"平煜点点头，快步往客栈内走去。

听到陆子谦的呼救后，洪震霆即刻赶到邻房。可惜那几名"阉人"武功未见得多高，轻功却俱是一流，足足追了二里地，却始终未能追上，最后不得不无功而返。

平煜等人赶至陆子谦客房外时，洪震霆等人恰好从外头返转，眉间可见疑惑之色。

事出突然，他们不是没怀疑过那几名刺客的真实来历。只是他们没料到平煜为了引陆子谦吐露真相，早在从万梅山庄出来时便开始设局，方方面面都考虑得极周详，加之坦儿珠的确是东厂垂涎之物，故老练如洪震霆，一时也未能看出破绽。

见平煜和李攸"闻讯"而来，洪震霆目光复杂地看一眼陆子谦，对平煜道："平大人，那个王同知去了何处？"

在此之前，他因不知陆子谦藏有一块坦儿珠，虽然一路相伴，却并未专门派人日夜保护陆子谦，是以今夜那几名刺客能轻而易举地闯入陆子谦的客房。

可在知道东厂为何找陆子谦的麻烦后，他震惊之余，第一个怀疑的对象便是王世钊。

毕竟此人虽在锦衣卫任职，实则是王令的侄子。先前众人在万梅山庄一道对付金如归时，王世钊又全程在场，既然得知最后一块坦儿珠的下落，焉能不有所行动？

平煜本就打着栽赃给王世钊的主意，听洪震霆这么问，讥讽一笑，顺水推舟道："自从王公公跟皇上率军离开京城，王同知因挂心王公公的安危，前日在金陵时，只给我留了一封信，便不辞而别，这几日人影全无。王同知跟王公公叔侄情深，想是怕战场上刀剑无眼，已自行前往宣府跟王公公会合，也未可知。"

言下之意，王世钊如今不在锦衣卫，不再受他管束，越发可以放开手脚替王令收集坦儿珠。

陆子谦惊魂未定，在一旁听见，抬头狐疑地看向平煜。

平煜恰好朝他看来，眸光意味不明。

对望一阵子，陆子谦败下阵来，不甘心地收回目光。

最初的慌张过后，他已经多少恢复了镇定，开始仔细回忆今夜的每一处细节。照刺客出现时的情形来看，有些地方很值得细细推敲。

可他明知如此，却别无他法，因坦儿珠已然暴露，无论东厂还是锦衣卫，都不会轻易放过他。

为今之计，他只能将坦儿珠乖乖奉上。

他想救傅兰芽，可他也不想给京中家人惹来无穷无尽的麻烦。

唯一让他感到不甘心的是，相较于东厂，他竟宁肯将所知道的一切都告诉平煜。

平煜想必也是吃定了这一点，所以才会在他面前如此沉得住气。

"陆公子，我十分好奇，你身上怎会有一块坦儿珠？"平煜望了陆子谦一眼，似笑非笑地开口了。

陆子谦眼皮掀了掀，一哂，缓缓道："此事说来话长。天快亮了，若平大人不想让人半途相扰，烦请帮我屏退不相干的人，容我细细道来。"

等房内重归寂静，陆子谦便从怀中取出一本书，搁置于桌上那块坦儿珠旁边。

他先将当年如何无意中救了李伯云一事交代明白，这才道："二十年前，李伯云有个情投意合的未婚妻。不幸的是，这个未婚妻还未过门便病亡了。"

洪震霆吃惊不小："难道伯云是因为这个缘故才去镇摩教抢夺坦儿珠？怪不得当年那个未过门的杏娘病逝后，伯云病了一段时日。忽有一日登门来找他姐姐，只说如今倭寇作乱，他堂堂七尺男儿，不能苟安一隅，要帮官府剿倭，不等他姐姐细问，便匆匆而别。我和他姐姐只当他已对杏娘的事释怀，没想到他竟是偷偷去了夷疆。"

说到此，洪震霆悲从中来，长叹一声。

陆子谦顿了顿，毫无波澜地道："所谓剿倭不过是托词，李伯云实则是在听得坦儿珠之名后，既生了一丝能复活未婚妻的侥幸，也生了贪念，唯恐这等稀世奇珍落入旁人手中，这才连夜点了门下几名精明干练的弟子，跟他一道赶往夷疆。

"也就是在那回镇摩教血战时，他不慎被右护法放出的毒蛇咬伤，虽因内力浑厚，侥幸活了下来，一身武功却因此尽丧，所带的门下弟子也悉数命丧大岷山。

"好不容易伤愈，他想起因着自己的贪欲，不但武功全废，连教中精英弟子也折损大半，自觉无颜回去面对洪帮主夫妇及逍遥门的几位长老，便藏着夺走的那块坦儿珠，滞留在夷疆，终日浑浑噩噩，借酒度日。数月后，他在一座荒庙中夜宿时，无意中发现了两名镇摩教教徒的踪影，一路跟随，听到这两人说话。

"这两人说，当时来教中抢夺坦儿珠之人，因掩了脸面和招式，无从得知究竟是哪门哪派。

"多亏教中的左右护法细细打探，现已大致知道其中一人便是东蛟帮的帮主。而另一块不慎遗失的坦儿珠，因当时西平老侯爷率军扫荡镇摩教所在的大岷山山脚，十有八九落在了西平老侯爷的手里。教主如今病危，右护法打算让左护法留守教中，自己则去京中，想办法从西平侯府将那块坦儿珠偷出。"

此话一出，屋子里肃穆得落针可闻。

不止平煜，连李攸和洪震霆都露出错愕表情。

平煜脸色阴沉沉的，冷声道："你是说我祖父夺了一块坦儿珠，而右护法知晓此事？"

不对，在他的记忆中，祖父从未提起过"坦儿珠"三个字。若府中真有坦儿珠，此物又曾在江湖上掀起腥风血雨，祖父就算不相信关于坦儿珠的传言，势必也会对家人有所提及。

故而，这一切不过是右护法一厢情愿的猜测罢了。

陆子谦摇头道："李伯云当时不过略一提及，并未深究这话里的真假。但他见镇摩教对坦儿珠如此执着，本已经心灰意冷，却因着不甘心，在听到那两名教徒的谈话后，也跟着离开了云南，赶往京城。

"到了京城后，他易了容貌，用剩余的积蓄在西平侯府附近开了一家酒肆。为求恢复功力，每日锲而不舍习练心法。"

平煜听得"西平侯府"四个字，不易察觉地握紧了手中的茶盏，好不容易才按捺住自己打断陆子谦说话的冲动。

"一年过后，李伯云内力有了恢复的迹象，无事时，便时常拿着那块坦儿珠揣摩。时日久了，他发现那上头所雕刻的东西似是一幅地图，于是便搜罗来京城所能获得的地图，整日里对灯研究。可惜的是，他将手中地图一一比对完毕，始终未有头绪。

"无奈之下，他想起当年镇摩教一战时，曾听左护法痛骂那个潜入教中的叛徒，称此人为布日古德，骂此人是鞑子。他心中一动，打算索性找些北元境内的地图来看。

"因当时朝中大开马市，时有北元人率马队到我朝，贩售马匹的同时，换些布料和瓦器回去。李伯云便从一个北元商人手中高价买下一幅北元境内的地图，又借着跟马队中随从攀谈，打探北元可有什么起死回生的传说。

"那人倒是说起了一座山，说那山下有座庙，被当地人奉为神祇。据说月圆时分，庙中神明或会显灵，若带着供品进庙，诚心许下愿望，没准能感动神明，达成所愿。

"可惜的是，那山虽不难找，庙却因有神明护佑，少有人见过。传说中，只有有缘之人才能有幸寻到庙的所在之处。听说百年前，有一位北元王爷无意中勘破了庙外的机关，费尽千辛万苦求得了神明的垂怜，唤回了他本已咽气的母亲。"

平煜自是不相信所谓起死回生的鬼话，然而听了这番话，却免不了想起当年充军时曾在北元境内见过的异象，尤其是那座一夜之间消失的古庙，最为古怪。

便问："那座山是不是叫托托木儿山，就位于旋翰河附近？"

陆子谦哑然，看了看平煜，点头："正是。"

平煜眸中起了波澜。难道此庙果真跟坦儿珠有关？

陆子谦却又道："知晓此事后，李伯云索性又赠了些银两给那名北元人，托他画些托托木儿山的地貌给他。没料到的是，此人极重承诺，一年后，不但再次随商队前来我朝交易，同时还将一幅托托木儿山的详细地形图交与李伯云。

"李伯云喜出望外，比对了手中那块坦儿珠上雕刻的痕迹，越发肯定上头所画的是座山，至于是否就是托托木儿山，因他手中只有残余的坦儿珠，暂且无法下定论。

"只是，他越发觉得五块坦儿珠若拼凑在一起，极有可能是一把开启某处大门的钥匙，而那座时常神秘消失的古庙，没准藏有什么北元秘宝。只要找到托托木儿山，加上有坦儿珠做匙，不难找到那座古庙。

"他认为，如果当年镇摩教教主所言为真，启动坦儿珠时需滴落药引的心头血到坦儿珠之上，方能让五块坦儿珠上头的痕迹显形，那么在他看来，这所谓用心头血显露出来的东西，也许恰好便是进入那座古庙的路线图。"

平煜怒极反笑。什么东西非得用心头血方能显形？简直是无稽之谈！

"如此一边揣摩坦儿珠的秘密，一边暗中找寻右护法。不知不觉间，李伯云在京中蹉跎了三年，原本僵冻的内力逐渐有了化开奔涌之势。在此期间，西平侯府始终未有不妥。他心知镇摩教之人均擅长易容，右护法更是个中翘楚，既到了京中，说不定早已改易容貌、扮作他人。可惜人海茫茫，他就算有心找出右护法，一时也难有头绪。"

平煜听了此话，心底那种不祥的预感再次涌起，死死盯着陆子谦，脸色变得极为难看。

他清楚地知道，右护法二十年前便已潜入永安侯府，五年前，更害死真正的邓安宜，取而代之，成了永安侯府的二公子。

倘若这个假扮邓安宜的右护法认定祖父手中有块坦儿珠，在找寻药引的同时，难保不会将主意打到西平侯府头上。

巧的是，恰是在五年前，平家突遭大难……

他心底突然变得一片冰凉。

照如此说……五年前那一场覆顶之灾，始作俑者难道另有他人？

因这消息太过震撼，平煜脑中混乱得仿佛有什么重物在咚咚地敲。

陆子谦的声音近在耳旁，每一个字他都听得真真切切，偏偏无法领会话里的含意。

李攸见平煜神色有些不对劲，皱了皱眉，唤道："平煜。"

平煜抬头，见李攸目露忧色，想起陆子谦接下来要吐露的消息极为重要，忙又镇定心神。

于是陆子谦的话语仿佛穿透厚重迷雾，重又清晰了起来。

"李伯云为了证实自己的猜测，几番想前往北元旋翰河附近一探究竟，终究因路途遥远，北元屡犯我边境，始终未能成行。然而自本朝开国以来，不只太祖皇帝八征北元，先皇也曾五回攻打蒙古，到第四回时，北元总算被北征之军打压住，边境因而获得了片刻安宁。李伯云听得这个消息，喜出望外，自觉前往北元的机会终于来了。

"这几年他为了琢磨坦儿珠的秘密，不但时常研习鞑靼语，更有意接触京城中的北元人。因当年元顺帝北逃，不少北元子民滞留我朝，为了能活命，这些人大多选择了归顺。李伯云没费多少功夫，便在京中找了几名已改换了姓名的北元老者。他以银钱和烈酒作饵，让这几位潦倒老者用鞑靼语跟他讲述家乡风俗或是北元异闻。

"两年下来，他一口鞑靼语学得不赖，北元人的习俗更是烂熟于心。为了能顺利成行，他又花了数月工夫准备马匹和干粮，终于在不久后瓦剌人的马队再次来我朝交易时，扮作在中原滞留许久的北元商人，跟随马队去了蒙古。

"一路艰辛自不必说，还因为偶尔懈怠，路上有好几回险些露了馅。好不容易千辛万苦摸到了旋翰河，他本以为便可顺理成章找到那座古庙。可惜的是，他在河边逗留了半月之久，日也找，夜也找，根本未能找到那座传闻中的古庙。

"有一晚，他盘坐于帐篷边，仰望一轮银月，想起这些年自己为了一块坦儿珠无端蹉跎掉多少岁月，不由得勾起了思乡之情。当年在夷疆抢夺坦儿珠之事早已过去多年，因着岁月的冲刷，他心中对当年死在镇摩教的门下弟子的愧疚也已减淡了不少，加之被眼前苍凉景象所触动，于是暗下决心，明日便打道回府，再不过这等不人不鬼的生活。

"不料他刚回帐篷宿下，便听到地底传来闷雷般的震动。他虽然内力不比从前，但经过这些年的休养，勉强恢复了七八成，一听这动静，便知附近多半有什么巨物在移动，且从这声音的响动和引起的共鸣来看，极有可能是一条大得出奇的地底暗道。

"他顿时来了精神，使出轻功纵出帐篷，循着那声音的来源找了过去。谁知那声音未持续多久，突然被什么打断似的，再次归于沉寂。李伯云心急如焚，好不容易河边有了异动，说不定正跟坦儿珠有关，他可不想就此断了线索。于是狂奔出一段路，正要停下细辨方向，没想到眼前竟出现一幅叫他永生难忘的场景。

"当晚正是月圆时分，目力所能及之处，全都被月光照得雪亮。大约十丈之外，原本的平地上，竟凭空出现了一座古庙。诡异的是，此处他早前明明已来过不下十回，却不知这座古庙究竟是从何处冒出来的。"

平煜的眼皮突突跳了几下。五年前，他所在的军营出征攻打坦布，路过旋翰河时，因夜降大雨，一干人为了避雨，无意中闯入一座古庙。从李伯云的描述来看，他当年所见到的那座古庙，很有可能跟李伯云见到的是同一座。

在他的印象中，那古庙甚大，处处透着阴暗苍凉之感，从剥落的墙漆和殿柱来看，年代应在百年以上。

那古庙的构造的确费了些心思，除了地上那一层，下面很有可能还另有乾坤。

可惜当时众人都疲乏不已，根本无心打量那庙里的结构。为了解乏，众人纷纷在大殿内席地而眠，很快便睡了过去。

古怪的是，一个月后，他们因行军再路过同一个地方，那座古庙凭空消失了，那夜所见的仿佛不过是一场梦。

陆子谦又道："李伯云狂喜之下，便要悄悄到古庙前一探究竟。怎料还未近前，那阵熟悉的闷雷声再次响起，那座古庙下面仿佛突然生出了泥淖，竟就此消失在眼前。

"他大骇，担心左右埋伏了强人，也不敢露了踪迹，在原地蛰伏了许久才敢上前查看。就见那地方平滑如昔，不但没有古庙的痕迹，连人影也不见一个。

"李伯云虽然是江湖中人，却也懂得些奇门遁甲的皮毛，见这古庙凭空出现又凭空消失，心知这地方定是被人设下了机关。刚才古庙之所以在月下突现，没准正是有人成功破了阵，古庙失去了机关的屏障，这才显露了出来。就是不知启动机关那人是已全身而退，还是仍被困在庙中。"

平煜眸色越发阴沉了些。在六安那座客栈住宿时，傅兰芽曾跟他说过，京中有座流杯苑，里头暗含机关，跟六安那座客栈的格局几乎一样，问他是否认识客栈主人，因为在她看来，六安客栈的主人跟建造流杯苑之人极有可能是同一个，是个不折不扣的玩弄奇门遁甲术的疯子。

当时听完傅兰芽的推论后，他因着种种顾虑——更多的是对她的不满，不屑于告诉她这两处的主人都是王令。

这决定不知是好是坏，因为就在不久后，通过林之诚的供词，傅兰芽得知正是因自己跟哥哥去流杯苑听戏，不小心在苑外撞见了王令，这才给母亲惹来了大祸。

想到此处，他眼前闪过傅兰芽那张哀戚绝望的脸，心出其不意地绞痛了一下，脸色更差了几分。脑中却暗忖，不论如何，从这件事不难得出一个结论：王令似乎深谙奇门遁甲之道。就是不知，王令精通此术跟北元那座古庙有无关联。

"李伯云怔忪了一会，眼见找不见古庙，越发灰心丧气。他早料到破解坦儿珠的秘密不会简单，但没想到会如此不易，不但须收齐五块坦儿珠，还须精通奇门遁甲术。庙里还有可能出现种种埋伏。若是一时不慎，很有可能会将命交待在此处。

"他想起自己为了坦儿珠，无端钻牛角尖这么多年，突然间大彻大悟。不论是出于贪欲还是为了复仇，到了这个地步，统统都不重要了。他再不肯在此物上浪费心血，于是连夜踏上回京之路。

"回京之后，因支撑多年的信念一夜崩塌，加之颠簸数月，李伯云神思耗竭，一头病倒。谁知因他当时病倒在一家客栈中，那客栈老板见他整日昏睡不醒，担心他病死，想给他延医问药，又怕他好了之后赖账不还，于是悄悄将他枕边那柄剑拿了出来，权当抵押，自己则掏银子给他请了大夫。

"客栈老板有个小儿，见李伯云那柄剑雪光凛凛，煞是威风，羡慕之下，将此剑偷了出去，在大街上跟旁的小儿好一阵显摆。李伯云醒来之后得知此事，脸色大变，心知那柄剑是逍遥门的传世宝，外头看着普通，剑刃里面却另有乾坤，这般在大街上显摆，难保不会被人认出。尤其是自十五年前镇摩教一战后，逍遥门在江湖上没了踪迹，右护法和布日古德若还活着，恐怕早已怀疑到了他的头上。

"他不便埋怨客栈老板，只将看病的钱全数还给了他，自己则取回那柄剑，连夜整理行装，匆匆离开京城。谁知刚走到京郊，后头便有人追杀而至。他跟那人厮斗一晌，不小心滚落山崖，险险逃过一劫。

"在打斗中，他认出那人用的正是镇摩教惯用的招式，心知那人多半是右护法。可惜因右护法善易容，他一未能看清右护法的真容，二无法判断右护法如今的身份——"

李攸跟平煜对望一眼。照李伯云遇到右护法的年头来看，此人当时应该还是邓安宜身边的长随，不久之后，这个假扮长随的右护法顺利取代邓安宜，成了永安侯府的嫡子。

也就是自那时起，右护法手中有了人马和财力，行事不比从前，可以得心应手地着手找寻坦儿珠及药引之事。

右护法既早已查出当年参与争夺坦儿珠的帮派里有东蛟帮，想来会第一个去找该派的麻烦。仗着永安侯府的人力和财力，收服东蛟帮完全不在话下。难怪在六安时，邓安宜会伙同东蛟帮的人做局，引诱傅兰芽上钩。

陆子谦缄默了一会，接着道："李伯云伤得太重，我虽救了他，却没能帮他续命。他将坦儿珠和亲手绘制的找寻古庙的线路图一并给了我，又告诉我二十年前众人抢夺药引和坦儿珠之事。我唯一没想到的是，五年后用作药引之人竟会是傅兰芽。听说坦儿珠被北元先祖下了诅咒，丢不掉也焚不毁，就算我将其丢弃，难保不被有心之人捡去，最后依旧会累及傅兰芽，还不如索性将源头毁了。

"我颇懂奇门遁甲之术，万不得已时，或可借李伯云的地图找到那古庙，闯入其中，再将让坦儿珠和心头血结合在一起的阵法破坏，那么……这些人永远也别想用傅兰芽或是她后代的心头血做药引，她永生永世都安全无虞了。"

他口中一阵发苦，眼里寒意闪闪，带着几分挑衅看向平煜，淡淡道："这就是最后一块坦儿珠的来历。平大人，你对我的供词可还满意？"

曙光透进窗户，众人面色复杂地望着陆子谦，一时无人接话。

李攸不必往平煜那边看，也知他心里定不舒服，不以为然地撇了撇嘴。李伯云之所以将潜入北元之事说得轻描淡写，是因为他是二十年前名震江湖的逍遥门少掌门，武功与谋略都是万里挑一。李伯云能潜入北元，顺利找到那座古庙，不代表旁人能做到。

陆子谦却因此误以为此事并不艰难，以为凭一己之力便可破坏坦儿珠之局，委实不自量力。

邓安宜进房时，邓文莹早已穿戴整齐，正托腮坐在桌前，看着下人收拾行装。

邓安宜往床上一扫，一眼便看见一叠叠软烟轻罗的衣裳、一匣匣平日装扮用的首饰，当真累赘。面色一沉，不悦地看向邓文莹。不过出京去趟云南而已，她非带上这么多家什做甚。

想到"女为悦己者容"这句话，他心中一刺，脸色越发郁结起来。本想发作，见邓文莹倒是颇有兴致的模样，也不忍苛责她，只好按捺了下来。

只暗忖，如今他身上有坦儿珠之事已经暴露，无论东厂还是锦衣卫，都不会善罢甘休，若放文莹一个人回京，难保那两帮人马不认定他将坦儿珠藏在了邓文莹身上，转而去找她的麻烦。

为今之计，只能带她一道去宣府。

其实早在荆州时，他就该决绝地让护卫送她回京，而不是依着她的性子，带她一同来金陵。

若是早回了京，哪还有后头的事？

如今瓦剌作乱，去往宣府路上必定万分艰险，便是想让她远离战火，怕是也不能够了。

一路上，他既要防备东厂，又要想法子将陆子谦掳出来，恨只恨平煜委实太过奸猾，他跟了一路，始终未能寻到机会。

好不容易到了驿站，正要下手，谁知平煜因着天时地利人和，再次抢了先。

倘若陆子谦手中真有一块坦儿珠，经过今夜，多半已落在平煜手中。

他再要想夺回来，比从陆子谦手中夺取无疑难上万倍。

邓文莹见邓安宜脸色阴沉得吓人，忙起了身，快步走到他身边，担忧地道："二哥，你是不是又不舒服了？"

自从上回在万梅山庄受了伤，二哥胸口便时常不适，这几日为了不让外人看出端倪，一味强撑，装得若无其事罢了。

邓文莹一靠近，身上特有的少女幽香便钻入邓安宜鼻尖，再加之她挽着他的胳膊嘘寒问暖，他眉头不由得一松，心里多少不豫都消散了。

五年前，他扮作重病之人，终日躺在床上，要多无趣便有多无趣，正是邓文莹唤"二哥"时那把清甜娇软的声音给了他无数慰藉。

几年下来，他对她的情愫早已从对待娃娃般的玩物转变成了对女人的渴望。可惜直到现在，他连她一根指头都不能碰，这种能看不能吃的滋味当真不好受。

若是有朝一日，这声"二哥"是从他身下传来就好了。

想到此处，他弯弯唇，正要说话，邓文莹却似乎听到了什么，眼珠微定，神色瞬间变得有些心不在焉。

他心头火起，根本不必回头，也知邓文莹定是又捕捉到了楼下平煜的声音，一颗心不知飘飞到了何处。

他面色微沉，松开她的胳膊，压抑着怒火催道："莫再一味磨磨蹭蹭，收拾行李，这就出发。下一站便是宣府，京中满朝重臣几乎已倾巢而出，咱们的父兄也在其列，我劝你把心思放到该放的地方。"

邓文莹脸一红，恼羞成怒地咬咬唇，还想替自己分辩几句，邓安宜却已经拉开门，头也不回地去了邻房。

傅兰芽被林嬷嬷唤醒的时候，外头天色还是乌蒙蒙一片。

起来后，见地上的被褥齐齐整整，完全没有睡过的痕迹，心知平煜后半夜根本未来过，不免生出几分心疼。

梳洗时，李珉在房门外催促了好几回，状甚急迫。主仆二人不敢耽误，将驿丞派人送来的干粮放入包袱中，匆匆下了楼。

到了北地，天气不比南国时煦暖，拂晓的秋风吹到身上，沁骨似的寒凉。

　　林嬷嬷怕傅兰芽着凉，除了早早给小姐换上了夹棉裙裳，连平煜给傅兰芽置办的那件织锦镶毛银鼠皮大氅都一并取出，一等到了院中，便给小姐披在身上。

　　这大氅与傅兰芽如今的身份委实不匹配，亏得外头的织锦用的是茶色，加之天色阴阴的，穿在身上，并不如何打眼。

　　驿站的庭院甚为宽敞，足可容纳百人有余。

　　秦门等江湖人士立在院中，一片肃然，并不彼此交谈，只静默地听候安排。

　　前方战火一触即发，他们此次即将赶赴的不再仅仅是某个地名，而是与蒙古骑兵近身厮杀的战场。

　　见傅兰芽主仆出来，立在众人前头的秦勇含笑冲傅兰芽点点头。

　　傅兰芽莞尔，一礼回之。

　　秦晏殊本在与白长老等人议事，听到动静，负手回头，瞥见傅兰芽，见她对自己微微点了点头，便娉娉婷婷从身旁走过，一举一动说不出地娴雅端庄，虽然穿着件灰扑扑的大氅，头上也毫无装饰，依然如明珠美玉一般，光华灼灼，无法不让人注目。

　　他浑然忘了掩饰，目光情不自禁地追随着她。在她走过后，盯着她身上那件大氅瞧了一会，心里起疑，记得他曾仔细留意过傅兰芽主仆的随身行囊，印象中，主仆二人都只有一个包袱，简朴得很，并无装纳这等大氅的余地。

　　想了一晌，转头见平煜从楼上下来，顿时恍悟了几分。

　　以傅兰芽如今的境况，除非平煜准许，谁还能神不知鬼不觉地替她置办衣裳？

　　那大氅颜色朴素，既能御寒，又不打眼，可见为了暗中关照傅兰芽，平煜委实费了一番苦心。

　　他心里一时间五味杂陈。论起对傅兰芽的真心，他自认为不输于平煜，可是谁叫平煜占了近水楼台的便宜，他就算有心想取悦傅兰芽，也根本找不到机会。

　　更叫他黯然神伤的是，照以往的种种迹象来看，傅兰芽早已倾心于平煜，眼里甚至从未有过他的影子。

　　哪怕他有朝一日对她倾诉衷肠，换来的恐怕也不过是她的烦恼和不喜罢了。

事到如今，他只盼着平煜对傅兰芽情真意切，到了京城后，能排除万难迎娶傅兰芽。这样的话，他心里虽不会好受，至少输得心服口服。

若是平煜敢打旁的主意——他眸中闪过一丝戾气——哪怕倾尽秦门之力，他也要将傅小姐抢回来，绝不会让她受半点委屈。

自我排遣了一回，他心头仍仿佛压着一块巨石，闷闷地不舒服。

在他眼里，傅兰芽样样都好，若是未遇到她，他不会平白生出一段痴念，一路上饱尝求而不得之苦，而往后再想遇到这等蕙质兰心的女子，恐怕是再也不可能的了。

唯一聊以自慰的是，那回他阴差阳错服下了傅兰芽赠他的赤云丹，如今内力仿佛江流大海，有日渐磅礴之势，加之有秦门的苍澜剑法打底，以后江湖中恐怕难有敌手，总算是一段造化。

傅兰芽并不知不过打个照面的工夫，秦晏殊已在她身后思前想后地考虑了这许多，她只知道，不远处那位被永安侯府一众仆妇包围的邓小姐的目光委实不善。

每回见到这位邓小姐，除了从不重复的裙裳和首饰以外，最让她印象深刻的，便是她目光里浓浓的敌意了。

走了一段，见邓文莹仍在盯着她，不禁暗暗蹙眉。虽然在去年父亲被贬谪至云南之前，傅家一直住在京中，但父亲为人清高，甚少跟永安侯府、西平侯府这等老牌勋贵世家往来。在她的记忆里，自己跟邓家人从未有过交集，也不知自己到底何处得罪了这位邓小姐。

从容地走到门口，听得身后传来平煜的声音，她忽然福至心灵，淡淡瞟向邓文莹，就见邓文莹不知何时已撇过头，跟身旁仆妇低声说着什么，并不肯朝平煜的方向瞧。

她静了一瞬，目光缓缓下移，落在邓文莹那双握着披风边缘的白皙细嫩的手上。

从邓小姐指节发白的程度来看，握得着实太用力了些。

她越发了然，忍不住想起那回在六安客栈，邓氏兄妹就住在对面客房，每回邓文莹跟平煜在走廊上相遇时，似乎都有些不自然，如今想来，这些蛛丝马迹着实值得推敲。

一边想着，一边走到马车前。掀帘时，因着心思浮动，忍不住停步，悄悄往平煜看。就见平煜皱眉快步走到车旁的马前，接过随从递过来的缰绳，翻身上了马，眼睛下方有些青色，看得出昨夜整晚未眠。

傅兰芽看在眼里，又有些拿不定主意了。照邓文莹身上流露出的种种迹象来看，她跟平煜势必有过一段公案，只不知具体情状为何。可惜平煜从未跟她提及此事，她又不好拐弯抹角地向李珉等人打探……

这时，门口一阵喧腾，秦门及形意庄等人先后出来。

连陆子谦、林之诚夫妇也赫然在列。

众人到门口上马后，浩浩荡荡往宣府而去。

因着奔赴战场的豪情，诸人情绪高昂，白长老等老者坐于马上，不时引吭高歌，所唱之曲古朴浑厚、哀而不伤，与太平盛世时的丝竹八音不同，满含苍凉之感。

一晌过后，门中弟子情不自禁和着调子哼唱起来。

傅兰芽听着外头的歌声，闭目休憩了一会，想起前路茫茫，此去宣府，也不知能否成功扳倒布日古德。若是不能，别说为母报仇，她和平煜等人能否全身而退都成问题。

她满怀沉甸甸的心事，反倒将邓文莹之事放到一旁。

行了一段，到得一处崎岖山路时，前后及两旁忽然无声无息地冒出许多劲装男子，足有上百人。

当头两骑，一人面白无须，年约五十，身材微胖，满脸含笑。

另一人诸人再熟悉不过，威风凛凛地坐在马上，全身上下都写着"不可一世"，一双鹰目不善地紧盯着平煜，不是王世钊是谁？

"平大人别来无恙。"那白胖太监拱了拱手，"自京城一别，好久不见。"

平煜从腰间抽出绣春刀，望着那太监笑道："刘一德刘公公，难为你一路遮遮掩掩跟在我后头，恐怕连个囫囵觉都未睡过。今日是怎么了，竟肯出来打个招呼？"

刘一德被当面拆穿谎言，面色无改，只大笑道："平大人还是这般爱说笑，杂家也是奉命行事，若有得罪之处，平大人莫要见怪——"

"跟他啰唆什么！"王世钊阴着脸对平煜抬了抬下巴，"王公公早有吩咐，他老人家要的东西，现有四块在你们这些人手中。难为平大人替他老人家搜罗齐全，这便要我们过来取回。他老人家催得紧，休要多言，趁早将傅小姐和坦儿珠乖乖交出来！"

平煜扯扯嘴角，冷笑道："东西在这，就看你们有没有命来取了。"

说罢，目光一凛，从马上一跃而起，身姿迅疾如鹰，一抖刀身，朝刘一德胸窝刺去。招式要多快便有多快，可见短短时日，平煜功力又大有长进。

其余诸人也纷纷亮出兵刃，按照先前的部署，各司其职，杀向四面八方包抄而来的东厂人马。

刘一德在王令的授意下，一路上都对平煜等人采取了明严实松的计策。

平煜手段高明，想要顺利凑齐四块坦儿珠，在刘一德看来，并非不可能做到。姑且不论坦儿珠在谁人手中，统统任平煜去夺就是了。

尤为让刘一德高兴的是，平煜一贯强势，就算明知王公公打的什么主意，为了化被动防御为主动出击，也不得不将计就计，打起精神来应战。

故不论是云南的镇摩教，还是金陵的昭月教，每回生出事端时，他顶多偶尔添把柴、加把火，大多数时候，他都选择了冷眼旁观。

此外，他和王公公早已达成共识，那就是以王世钊的能力，要想在平煜眼皮子底下讨到便宜，无异于痴人说梦，更别提从那些蛰伏在暗处的武林帮派手中夺回坦儿珠了。

是以这一路，他从未对王世钊有过指望，只求王世钊能不出乱子，稳稳当当跟随在平煜身边，间或传递些平煜那边的动向或消息，就算烧高香了。

这也就是王世钊在六安客栈遭刺时，他当机立断将五毒术传授给王世钊的原因。

只因在京城时，王公公便再三交代过他，每一个棋子都要利用充足，绝不允许出现闲子或废子的情况。

倘若王世钊因伤重无法上路，他就连收集消息的作用都丧失了。

得授五毒术后，王世钊年轻体健，短短两个月，便已习练至第五层，足以对付一流的武林中人。

而他自己，更是早已习练五毒术多年，以他如今的功力，放眼整个天下，除了金陵的金如归、岳州的林之诚，便只剩一个王公公能在他之上。

然而这个自信满满的想法，在他见到平煜挥刀朝自己刺来的迅捷和刚猛时，头一回产生了动摇。

他差点就忘了，王世钊前几日跟他提过一回，平煜不知何故，内力突飞猛进，且所习的内力与阴玄的五毒术全不相同，不但光明正大许多，且似乎正与五毒术相克……

刀锋带着寒意，凛凛然逼至眼前，生死只在一线间。

刘一德再没有工夫胡思乱想，嘿嘿一笑，身子极为怪异地一扭，直直往马侧倒去。

永安侯府这一边，也被东厂人马团团围住。

战事来得突然，自北直隶往南，如今尽皆戒严。

邓安宜有心要回京调人手对付东厂，却因消息受阻，未能将信及时送出。

因此，他明面上的人马只有永安侯府的护卫及东蛟帮一干人等。

他早年尝遍了腥风血雨，习惯了步步为营，从不会坐以待毙，故而他在万梅山庄受伤后，再不掩饰自己跟镇摩教的关系，而是将从左护法手中夺回的令牌和自己的令牌一道发出，在最短时间内，将江南一带的镇摩教教徒召集而来，在金陵会合。

加上东蛟帮和永安侯府的护卫，他手上三股力量汇作一处，总算不再处于劣势。

在东厂之人包抄过来时，他从怀中取出一支短笛放于唇畔，吹出尖锐而短促的怪音。笛音未落，蛰伏在周围的镇摩教教徒便如破土春笋般，纷纷钻了出来。

跟在众教徒身后的，是昂扬着蛇头、一路咝咝不绝的群蛇，数目之众、声势之大，直如滚滚而来的黑色海浪。

邓文莹本在车上回忆先前在驿站时见到平煜的情形。

借由帷帽的遮挡，她将平煜今晨穿的衣裳、跟人说话时的模样、略显疲惫的神色，一一看在眼里。

她自然也发现了平煜从头到尾都没肯多看傅兰芽一眼，每每想到此处，她心里便一阵发凉。

这个举动意味着什么，她再明白不过。只有真正在意一个人，才会连每一处细节都考虑得这般周全。

她自然是不忿的。

在京中时，她曾费了许多心思打探平煜的房中事，知道他母亲在他房中安置了两个貌美的丫鬟，然而一年过去，那两个丫鬟始终未开脸。

京中那些烟花之地，平煜更是甚少流连。

因着这个原因，虽然平煜不肯答应跟她的亲事，她并不像现在这般煎熬。

可是,这种隐秘的满足感,在她上回亲眼见到平煜给傅兰芽买衣裳时,瞬间被击得粉碎。原来他不是不肯亲近女子,只不过肯亲近的人不是她罢了。

想到此,浓浓的妒意充斥了整个胸膛。

她犹记得,她八岁那年,有一回,母亲带她去西平侯府赴宴。

春日明媚,微风徐徐,她和姐妹们在平家的后花园放纸鸢。

平家的园子又大又绚丽,她拿着纸鸢放了一会,不小心松脱了手,纸鸢被风刮得挂在高高的槐树上,一时无法取下。

正要让婆子们搬梯子,一个十二三岁的少年突然在墙头出现,轻轻巧巧跃到树梢上,将纸鸢取下。

她一眼便认出那俊美少年正是平煜,顿时又羞又慌,立在原地,紧张地绞着帕子,眼睁睁看着他走近。

原以为他会跟她一样,对自己的定亲对象有些印象,谁知他只笑着将纸鸢递给身边的婆子,全无耐心在原地多逗留,一转身的工夫,便重新跃上墙头,少年心性展露无遗。

当时他高自己足足一个头,脸上的笑容仿佛镀了一层金光,亮得迷了她的眼。

而今,那等无忧无虑的笑容再也没能在平煜脸上出现过,与之一同消失的,还有她和他的姻缘。

难过和不甘交织在一处,她心里绞榨似的憋闷。走投无路之下,忽然开始恶意地回想刚才见到傅兰芽时的情景。

此女每在人前出现,从来都是一副冰清玉洁的模样,可谁知私下里,她有没有用狐媚手段引诱平煜?

平煜并非喜好渔色之人,又对傅家怀着恨意,若不是傅兰芽有心勾引,怎会对她那般倾心,说不定……傅兰芽早已委身平煜,也未可知。

这个念头来得猝不及防,她大吃一惊。可是,一想到平煜和傅兰芽那般亲热,她喉头便仿佛被什么堵住,难过得呼吸都急促了起来。

嫉恨顷刻间冲昏了头脑,她咬唇,恨恨地想,若是她将傅兰芽行为不检的事到处散播,哪怕平煜再坚持己见,平夫人也定不肯让傅兰芽进门。

念头一起,她焦躁不安的情绪竟奇异地平复了不少。然而此事到底太过阴毒,哪怕她如此恨傅兰芽,一时也难以下定决心。

记得二哥曾跟手下说过一句话:“要么不做,要么做绝。”她当时偷听到了，心里还曾生出一种怪异的感觉，怎么都觉得这话不像是素来谦和的二哥能说出来的。

可是，此话细究起来，似乎有些道理。也许就是因为她遇事总是瞻前顾后，所以才在平煜面前屡受挫折。

要不要……做绝一回呢？

忽然，她听到了外头那咝咝不绝的怪声，透着让人心悸的意味。

她担心二哥的安危，忙掀开窗帘一看，谁知跳入眼帘的，是她此生从未见过的骇人景象。

她惊呼一声，晕了过去。

傅兰芽紧紧贴在马车车壁上，听着外头激烈的争斗声，虽然明知平煜定然早有准备，依然担心得无法静下心来。

尤为让她惴惴不安的是，未过多久，她竟于一众铿锵作响的锐器相击声中，分辨出了蛇群来袭的声音。怔了一下，意识到定是扮作邓安宜的右护法使出了引蛇术。

她本就怕蛇，联想起那一回她和平煜被蛇群追袭时的景象，慌得再也坐不住，"呀"了一声，忙将头埋在林嬷嬷怀里。

这时，平煜的声音从车外传来，比平日哑了几分，却依然镇定："莫要掀帘往外看。"

傅兰芽听在耳里，虽仍不敢睁开眼睛，一颗七上八下的心总算落了地。

不一会，一股淡淡的药味透过帘子弥漫进来，傅兰芽有了上回的经验，一闻便知是雄黄。

秦勇在外扬声道："傅小姐莫要怕，我等对付蛇群不在话下，绝不会让这东西伤到你。"

这话绝不仅仅为了宽慰傅兰芽，实是秦门跟镇摩教由来势不两立，上回右护法放出蛇群救走了左护法，秦门特地收集了蛇尸里的毒液细细研究，很下了一番功夫，路上改进了药粉的配方，就是为了应对右护法。

故而这蛇群或许对东厂之人有震慑之威，对秦门的药粉却避之不及。

厮杀了大半日，空气中血腥气越发浓厚，不时听到重物落地的声音。

跟以往不同，因眼前的敌人是东厂之人，不止平煜等锦衣卫，连洪震霆等江湖人士也杀红了双眼，恨不得将这帮祸乱朝纲的阉党一一斩于剑下。

到了日暮时分，邓文莹终于幽幽醒转，忆及昏迷前的景象，吓得脸色都有些发黄。抖着手掀开帘子往外看，谁知未看到二哥，却看见山路上横七竖八躺了好些尸首，情状可怖，仿佛人间炼狱。

而不远处，平煜正好一刀将一人的头颅砍下，热气腾腾的鲜血在空气中喷洒出一片血雾。

邓文莹呼吸一滞，全身血液仿佛凝固住。就见那人头一张脸盆似的白胖圆脸，仍保持着圆睁双目的不甘模样，正是王令甚为得用的刘一德刘公公。

平煜早上还整洁的竹青色锦袍上早已被鲜血洇湿了一大片，脸上溅了不少殷红的血迹，一手提着刀，一手提着刘一德的人头，满脸杀气，状若修罗。

邓安宜那边瞧见，忙刺出一剑，暂且逼退眼前一人，旋即拍马过来，正要焦急地替邓文莹将窗帘放下，邓文莹却已再次昏了过去。

昏过去前，依稀听见一句："平煜，王世钊逃了！"

等外头彻底安静下来时，傅兰芽从六神无主的林嬷嬷怀里抬起头，僵着身子怔忪了一会，正犹豫要不要掀开窗帘，便听外头有人道："东厂的爪牙，除了逃走的那几个，剩余人的尸首全都在此处，共计一百零八具。"

平煜的声音响起，有些嘶哑，有些疲倦，低声道："好。坦布麾下骑兵，共有五万之众，兵分四路，分别由不同的瓦剌将领统率。其中一路，由坦布亲自率领，围攻大同。因王令专横，无人驰援，如今大同已然失守，守城参将吴刚战死城下，城中数千名官兵尽皆死于坦布铁骑下。塞外城堡一夕之间陷入危境，接下来，便要轮到宣府了。这一百零八名阉党的尸首，正好告慰吴将军在天之灵。"

一阵沉默。

傅兰芽心头突突直跳，一为大同失守，二为守城而死的将士，三为外头的惨烈景象。

除了呼啸的夜风，整座山谷再听不到别的声音。

"平大人。"洪震霆有些发哽。

忽然，有人嗖的一声拔出长剑，厉声道："不诛此贼，誓不为人。"

却是李攸。

众人激昂地应道："杀！"

马车辚辚声毫无防备地响起，傅兰芽身子被颠簸得往后一仰。她扶住林嬷嬷，掀帘往外一看，夜风凛凛，天色不知何时已暗黑如墨，马车飞快地在夜色中疾驰，正片刻不歇地往最后一个目的地奔去。

　　马车颠簸不休，傅兰芽困乏不已，终于在林嬷嬷怀里睡去。不知睡了多久，再醒过来时，已分不清外面是白日还是黑夜，车马却仍未停歇。

　　包袱里放了干粮和水，聊以果腹。主仆二人饿了便吃，吃了便睡，除了偶尔下车打个尖，一路都未停过。

　　到第十日的一个傍晚，马车仍未停下，傅兰芽终于起疑：沧州到宣府并不需这么久的日程，何况是他们这种日以继夜的赶路法。

　　难道临时出了什么变故？

　　正在这时，就听车外传来奇怪的声响，似是有千百人的步伐汇聚在一起，整齐划一，由远及近走来，声势浩大。

　　马车恰在此时停下。

　　她和林嬷嬷听得惊心动魄，讶然相顾了一会，忍不住掀开帘子往外看去。就见道路后方果然乌压压行来一队人马，约莫有数千之众，因天色已擦黑，一眼望去，恍如蜿蜒行来的巨龙。

　　她错愕，难道这是前往宣府会合的急行军？

　　再往远处的城墙一顾，分辨了一会，这才知道，原来他们根本未去宣府，而是径直来了阳和。

　　看这军队来的方向和声势，很有可能是某地应召而来的备操军。

　　那位领头的将军是个三十左右的男子，满面忧色，到了跟前，与早已下了马的平煜见了礼，道："接到急诏，吾等连夜率军前来。眼下大同、怀来已沦陷，吾皇及朝中重臣皆被围困在宣府，却不知土木堡、天镇、阳和如何。"

傅兰芽听得军情紧急，心高高提起，忙全神贯注听那人说话，忽然察觉一道炯炯的目光射来，转头，正好撞上一名年轻女子的视线。

她怔了下，这才发现那位将军身后另有几骑，除了陈尔升、林惟安，那名女扮男装的暗卫也在其中。

她恍然。如今平煜手下人手并不富余，恨不得将每个人都利用起来，但前几日应对东厂人马时，陈尔升几个却不见踪影，她本还有些纳闷，原来是奉命去别处送信了。

那女子见傅兰芽回头看她，先是友好一笑，随后便将视线投向那名将军的背影。

这时，平煜低声对那名将军说了一句什么，声音极低，听不真切。

稍后，又转头对洪震霆等人道："前方关隘太多，我等就算连夜赶路，今夜也无法顺利绕过居庸关，只能在此安置一晚。洪帮主、秦当家、秦掌门、李少庄主，不如吩咐门下弟子早些安营设帐。"

几人应了，自去安排。

平煜这才对那名将军道："荣将军，请随我来。"

傅兰芽见平煜要在此盘桓，诧异莫名。难道平煜不再打算前往宣府驰援，而是想要绕过居庸关，直接突破防线，赶往蒙古？

若真如此，仅仅数千名备操军，如何能抵挡路上随时可能遇到的瓦剌军？

她知道平煜虽主动强势，却并非冲动冒进之人，之所以突然如此，定是有不得不这么做的理由。

还在纳闷，李珉走来道："傅小姐，还请下车，咱们今夜在此处稍歇。"

傅兰芽忙应了，跟林嬷嬷下了车。

这地方沙多风大，虽有帷帽遮挡，下车的时候，傅兰芽仍不小心迷了眼。

她揉了会眼睛，无果。

林嬷嬷看得心焦，忙掀开帽帘，替傅兰芽仔细吹了又吹，谁知依旧无半点缓解，那只进了沙的眼越发眼泪汪汪，林嬷嬷只得又拿了帕子小心翼翼替她拭眼睛。

主仆二人驻足时，四周暗暗投来几道意味不明的目光。

傅兰芽任由林嬷嬷摆弄了一会，心知此地凶险，怕拖延久了，会误了平煜的事，只得将林嬷嬷的手从脸上拿开，摇摇头道："我无事了。"强忍着眼睛里的涩痛，跟在李珉后头往树林深处走。

沙子虽迷了傅兰芽的右眼，却并不耽误她用左眼视物。

一边挽着林嬷嬷的胳膊往前走，一边留意两边。就见那位荣将军带来的军队已经安营扎寨，火石袋、毡毯等物一一分配下去，井然有序，丝毫不乱。

她看得暗暗点头。

再往前走了一段，路过秦门、形意庄等人扎营处，不经意见陆子谦跟洪震霆从帐篷出来，二人并肩往另一处走，似是有话要商议。

锦衣卫的帐篷约有二十余架，设在密林深处。

走到尽头，是平煜的宿营之处。绕过此帐，再向右拐个弯，就见一座帐篷恰好被两座山石夹在当中，正是傅兰芽主仆今晚的安置之所。

林子里风极大，宿在此地，夜间难保不会觉得寒冷。但因着这帐篷两边都有山石遮挡，既可避寒，又极为隐蔽。

毡毯等物也已布置好，且从厚度来看，似是铺了好几层。

除此之外，帐篷地上还点着一盏油灯，将小小的帐中照得亮澄澄的。

进去后，傅兰芽由着林嬷嬷扶着在毡毯上坐下。

林嬷嬷见傅兰芽眼睛仍不舒服，趁李珉未走，含笑商量道："小姐被沙迷了眼，能否请李大人送些干净的水来，老身好替小姐洗洗眼睛。"

李珉二话不说便应了，又道："林子里有溪，似是从峰顶流下，清可见底，一会我令人多送几桶来，嬷嬷和傅小姐除了洗眼睛，还可顺便盥洗一番。平大人吩咐了，接连赶了十来日的路，大家都疲乏得紧了，既已到了居庸关脚下，今夜便好好休息一晚，等养足精神，明日再想法子绕过坦布的防线，潜入北元。"

傅兰芽正用帕子拭眼睛，听得这话，动作顿了一下。原来她的猜测竟是对的，平煜果然放弃了前往宣府会合的打算，而是径直前往北元，直捣王令的老巢。

见李珉似乎没有隐瞒行军计划的打算，她忍不住问道："不知皇上及一干朝中重臣现在何处？宣府之困，是否已解除了？"

李珉脸上顿时笼上了一层浓浓的忧色，也知傅兰芽饱读诗书，并非无知无识之人，叹口气道："宣府已然失守，皇上及亲征大军如今退居土木堡……"

傅兰芽后颈寒毛竖了起来。宣府乃防备瓦剌铁骑南下的最重要的一道防线，连宣府都已失守，这意味着什么，不言而喻。

她定定地望着李珉，哑了似的，半晌不知如何开口。

李珉越发悲愤："坦布攻下大同后，跟赛刊王麾下之师集合，转而一道攻打宣府。在那之前，有朝中大臣劝说皇上暂退居庸关，王令却执意留在宣府迎敌。后坦布诈降，往北撤退，王令又逼令我军前往追袭，皇上特点了驸马薛元挂帅。

"谁知因王令与坦布里应外合，薛将军腹背受敌，不慎中埋伏，折损万名官兵，薛将军也不幸战死疆场。眼看宣府失守，剩余官兵连夜护送皇上退至土木堡。如今土木堡被坦布及赛刊王的数万大军所围困，已有整整三日。土木堡缺水缺粮，也不知皇上等人能坚持多久，一旦土木堡失守……皇上难保不会落入坦布手中。"

这回连林嬷嬷都听得手脚冰凉。若是皇帝都落入鞑子手中，岂不是离亡国也就不远了？

三人都默然了。

少顷，李珉喉结滚了滚，抬眼望向傅兰芽，见她右眼红得厉害，仍挂着泪，勉强一笑道："我这就令人送水来。"

他出来后，正要着手安排，谁知陈尔升立在不远处，唤他道："平大人找你。"

李珉应了，到了平煜帐中，就见平煜裸着上身，正将手中的巾帕丢回盆中，背上仍有些水渍，被灯光一照，绽出星芒般的光泽。

见李珉和陈尔升进来，平煜头也不回，另拿了一块干净帕子擦了擦肩背，随后捡起地上的干净衣裳，一边系襟扣，一边淡淡道："你去找荣将军要点对付沙子进眼的药水。他驻扎沙漠之地，行军时难免遇到狂沙，定有对症之物。"

李珉颇为讶异。

刚才傅小姐下车时，平大哥明明在林中和荣将军议事，未曾见他往傅小姐那边瞧过一眼。难不成平大哥后脑勺长了眼睛，竟知道傅小姐被沙迷了眼？

他便是再迟钝，经过这一路相随，也早看出平大哥对傅小姐不一般。

因此只愣了一会，便接话道："是，属下这就去找荣将军。"

陈尔升唇线微珉，闷声不响地跟在李珉后头出了帐。

二人走到荣将军帐前时，叶珍珍恰好从林外进来，见到二人，甜甜笑道："李大哥、陈大哥，你们这是去做什么？"

陈尔升瞟她一眼，并不吭声。

李珉眼珠一转，笑道："饿了，去弄些吃的。"

说罢，笑着点点头，迈步越过叶珍珍，往前走去。

叶珍珍若有所思地望了二人的背影一会，回过头，默默地往前走了一段，再一抬头，前面便是平煜的帐篷，跟傅兰芽主仆所在的帐篷正好相邻。

眼见帐帘中透出一点微光，她心知平煜正在帐中，巧的是，周围并无旁人。

她心中一动，缓缓停步，盯着帐帘发了一会呆，正自举棋不定，猛然想起那日平煜疾言厉色的模样，后槽牙紧了紧，转而回到自己的帐中。

傅兰芽跟林嬷嬷用过送来的干粮，又饮了水，左右无事，便用帕子捂着眼睛，单等着李珉送水来，好早些擦了身子，换上干净衣裳睡觉。

谁知过了一会，李珉刚将水送到帐门口，林嬷嬷还未起身，便一头栽倒在毡毯上，昏睡了过去。

傅兰芽吓了一跳，因有了上回的经验，并未惊慌，近身轻轻摇了摇林嬷嬷的肩，低唤道："嬷嬷、嬷嬷。"见唤不醒林嬷嬷，无法，只好替她盖上御寒之物。

片刻后，外头果然传来一阵脚步声，再一掀帘，平煜亲自拎着一桶水进来了。

平煜将那桶水放在帐帘口，瞥瞥鼾声如雷的林嬷嬷，不顾傅兰芽诧异的注视，走到她身前，蹲下身子，一把揽过她的肩，低头细看："还疼吗？"

傅兰芽掩去目光里的讶异，静静地望着他。

他来找她，她心里自是说不出的高兴，可是，明明在沧州时，他就已答应她不再暗算林嬷嬷，没想到他今夜又故伎重施。

虽说此药药效来得快去得也快，不像对身子有什么损害，但一想到他又一次神不知鬼不觉地迷昏了林嬷嬷，免不了生出一点不满，抿了抿嘴，并不接话。

平煜自然知道她为什么生气，只佯作不知，小心翼翼地将她捂着眼睛的手拿下，认真打量那只仍然发红的眼睛，随后，从袖中取出一物，低眉看着她道："你眼睛里进了沙，万不可小视。这药水是从荣将军处讨来的，有清凉祛毒之效。你这就躺下，我给你冲冲眼睛。"

一番苦心，姿态又放得低，傅兰芽心软了下来，委屈地"嗯"了一声，轻轻颔首。

平煜心底顿时柔情一片。

他深知傅兰芽在人前一贯坚忍，唯独在他面前，总不自觉地流露出娇俏依恋的情态。见她漂亮的唇线微微抿着，知她恐怕不会轻易揭过他暗算林嬷嬷之事，心下好笑，声音又软了几分，道："药水少不了有些蜇眼，记得莫眨眼睛。"

说着，便要扶着她的双肩让她躺下。

傅兰芽忙撑住他的胸膛，这情状太过不雅，若叫林嬷嬷撞见，不知多难堪。

转头望向睡得正香的林嬷嬷，见嬷嬷仍旧鼾声不断，看起来一时半会都醒转不了，微微松了口气，且眼睛实在涩得难受，只好由着他扶着自己躺下。

两人已有十余日未在一起好好相处了，她靠在枕上，情不自禁地默默望着他。这才发现他俊挺的眉毛上有些水汽，似是方才擦脸时沾了水的缘故，宝蓝色长衫里头露出一截亵衣领子，看上去白净无垢，显是刚刚才换下。

盯着他那双在灯下显得尤为黑亮的眸子看了一会，她忽然意识到对他的思念程度似乎远比自己以为的还要深切。

眼见他俯身朝自己靠过来，她心知滴药的滋味绝不会好受，身子一紧，本能地便要闭上那只进了沙的眼睛。

平煜早料到她会眨眼躲避，在她合眼前，飞快伸出一指将她眼皮固住，另一只手却麻利地将那药瓶凑到近前，毫不犹豫地滴了进去。

药水清凉无比，顺着泪管灌入鼻腔，一直苦到心里。

平煜冲了一会，问："芽芽，你眨眨眼，瞧里头可还有沙子。"

傅兰芽被那药水激得一度屏住呼吸，好不容易得以解脱，忙喘了口气，眨眨眼。

眼睛依旧有些不适，却不再像刚才那般磨得慌了。

她抬起手，用手中一直握着的那条帕子拭了拭眼角的药水，再一次眨眼。果然，右眼慢慢能睁开了，且眼前清明了许多，不再模糊一片。她松了口气，点点头，轻声道："嗯，好多了。"

说着，便要扶着他的肩膀坐起。

因二人贴得近，起身时，她的额头不小心触碰到他的唇，仿佛过电一般，两人心中都猛地一跳。

僵了一会，平煜低头看她，就见她半靠在自己怀里，双手进退两难地搭在他肩上，似乎正在考虑要不要推开他，因着羞涩，珍珠般的耳垂早已悄悄染了色。

因她的脑袋正好在他脸颊旁，温热的鼻息丝丝缕缕拂在他颈窝上，激得他皮肤起了一层微栗，喉咙更是干得冒烟。

其实在来找傅兰芽时，他并未怀旁的心思，只因十余日未能跟她共处一室，心里头委实惦记得慌，想着过来找她好好说说话、温存片刻，也就罢了。

可眼下，压抑了许久的渴望跃跃欲试地抬起了头。

犹豫了下，他转头看向依旧睡得昏天黑地的林嬷嬷，迅速在心里估摸了一下。从下药的时间推断，林嬷嬷至少还能睡大半个时辰。

再用余光瞥瞥那桶放在帐前的水，天色不算早了，明日拂晓便得起身赶路，若想早些歇下，傅兰芽须得尽快净身换衣裳。

计较已定，他颇有底气地重又低头看向她，若无其事地问："你眼睛不舒服，自己擦不了身，要不要……我帮你？"

自认为这建议非常合情合理。

傅兰芽早在平煜设法让林嬷嬷昏睡过去时，便多少有了预感，心知他既来找她，恐怕少不了要跟她亲近一番。可她红着脸等了一会，万没想到等来的竟是这样一句话。

见他神态认真，口吻也一本正经，似乎丝毫不觉得自己的建议有什么不妥，惊讶得忘了搭腔。

帐内静得慌，除了彼此的呼吸声，只有林嬷嬷的鼾声不屈不挠地传入她耳里。

瞠目结舌了一会，鼾声总算将她的意识唤了回来。想到林嬷嬷仍在呼呼大睡，而罪魁祸首竟毫无挂碍地要替她净身，她生出一种啼笑皆非之感，非但不想依着他，还想认真跟他算算暗算林嬷嬷的账。

谁知平煜似是早料到她要说什么，不等她说话，便一把将她搂在怀中，下巴抵在她发顶上，低声道："这些时日，我除了日夜兼程，还须想方设法收集宣府的动向，日日殚精竭虑，几乎未合过眼。好不容易能喘口气，一心只想跟你待在一起。"

这话说得带些恳求的意味，声音更是透着浓浓的疲倦。

傅兰芽呆了下，想起这一路上他承受了前所未有的压力，每一步都行得极为艰辛，若是她料得不差，平煜还很有可能要想法子用坦儿珠引王令前往北元，此举可谓背水一战，吉凶难料。

虽然明知他这话有顾左右而言他的意味，她态度依旧软了下来，环住他的腰身，柔声道："你要是乏了，我们俩好好说会话，一会你早些回帐歇息。"

说着，从他怀里起身，捧着他的脸颊，一双水眸盈盈地望着他。

平煜跟她对视，他可一点也不想回自己帐中歇息。几张薄毡，偌大个地铺，一个人躺在上头，有什么滋味？

更何况他今晚为了见傅兰芽，费尽心思做了好些安排。

就在帐外不远处，李珉和陈尔升等人此时仍在不明就里地巡逻。附近，一时半会也不会有人过来。

这一次，平煜许是因了眼前一战在即的缘故，前所未有地放纵，他见傅兰芽竟也主动回应，更是放肆起来。许久，只听得毡毯上林嬷嬷发出一声哼哼。

这声音仿佛炸雷，两人身子都瞬间僵住。

平煜反应更快些，在傅兰芽大惊失色的同时，飞快地从她身上翻身下来。随后一边用最快速度整理她的衣裳，一边懊恼地想，给林嬷嬷下的药量应该再加些的。

他手忙脚乱地将傅兰芽脱了一半的衣裳穿好，混乱中还不忘吻她一口，耳语道："今日来不及了，下回再替你好好擦身。"声音里含着几分笑意。

傅兰芽睫毛一颤，含嗔瞪他一眼。

等林嬷嬷迷迷糊糊坐起身时，平煜早已起了身，快步走到了帐前。

"平大人。"她脑子依然有些混沌，分不清平煜是刚进来，抑或是正准备出去，双臂撑在毡毯上，眨巴眨巴惺忪的睡眼，诧异地望着平煜。

下一刻，看到了他脚边有一桶水。

她顿时记起睡着之前的光景，怔了一下，暗自琢磨，看这光景，莫不是平大人亲自给小姐送水来了。

傅兰芽挺直脊背坐在一旁，用余光留意着林嬷嬷的一举一动，大气也不敢出。

平煜唔了一声，某处总算平复了不少，耳根却依然发烫，只道："嬷嬷，时辰不早了，水既送来了，不妨早些服侍你家小姐洗漱。"

他心知李珉和陈尔升即将结束巡逻，很快便要去他帐中寻他了。

他想见傅兰芽，却不想因此出了什么岔子，损及她的名声，于是不再逗留，一手掀开帐帘，便要出去。

迈步前，他到底没忍住，回头看向她。

他的目光如有实质，灼灼地、笔直地投在她身上。

她脸色微红，幽幽地望他一眼，旋即垂下眼帘。

只这一对眼的工夫，林嬷嬷便觉仿佛有一股让人口干舌燥的热气在帐中蔓延开来。

原本不明白的东西，顷刻间明白了几分。

等平煜走了，她用审视的目光定定地望向傅兰芽，脸绷得紧紧的。

傅兰芽心虚又愧疚，掩嘴打了个轻轻的哈欠，若无其事地催促道："嬷嬷，我困极了。既然平煜送了水来，咱们这就洗漱了，早些睡下吧。"

所幸的是，林嬷嬷盯着她看了半晌，不知出于什么考虑，并未横下心追究此事。两人擦身换了衣裳后，熄灯躺下。

她闭着双目，静静地躺在黑暗中，心里不免有些懊恼。

自万梅山庄之后，平煜每回来寻她，满心只想着跟她亲热，两人谈论正事的机会少得可怜。

刚才平煜来后，她别说仔细询问前往北元的计划，就连原本想要跟他算的暗算林嬷嬷的账，都不小心被他给混赖过去。

从平煜这几日的行程来看，他似乎还在等什么人。

也不知明日一行人起程，究竟是前去土木堡解救被王令当作手中筹码的天子，还是绕过居庸关，直捣坦儿珠的起源地？

那日斩杀东厂鹰犬时，平煜明明可以乘胜追击，却有意放过了王世钊和右护法。

前者，可以理解为让王世钊去给王令通风报信，好试探王令对坦儿珠的重视程度。后者，傅兰芽却始终想不明白。

右护法手中有两块坦儿珠，因着京城戒严，右护法如今难以调兵遣将，正是夺取坦儿珠的好时机。

究竟出于什么考虑，平煜宁肯放虎归山，也未向右护法发难呢？

里头定有深意。

天还未亮，平煜精神奕奕地从帐中出来。

昨晚跟傅兰芽那一番缠绵，足够他临睡前回味无数回，因此虽只睡了两个时辰，却比往常更来得精力充沛。

唯一遗憾的是，身旁耳目太多，他想跟傅兰芽打听傅冰当年弹劾西平侯府之时可曾跟什么人来往，都未能寻到机会。

忆起昨夜两人的耳鬓厮磨，他默了默。好吧，机会是有，全被他用来一解相思之苦了。

今日起程后，即将想方设法绕过防线前往居庸关，但到了居庸关后，究竟如何行事，还需等半路上的一封回信。

皇上已沦为王令手中的棋子。时局艰难，胜负难料，为求一击而中，还需知道王令见到那东西后是什么反应，再做计较。

用过早膳后，人人脸色凝重，整装完毕，出发前往居庸关。

土木堡。

主帅营帐内，一位轮廓清秀的中年男子身着紫袍银甲，腰背笔直地端坐于几案后。这人年约三十，面皮白净，长眉入鬓，举手投足间有着与生俱来的高贵。

帐中除他以外，另有雁翅排开的一干兵士，每人手上捧着巾帕、盥盆等物，垂首屏息，静悄悄候在一旁。

空气静得连风都不可闻，除了男子偶尔翻阅纸张的沙沙声，再无其他声响。

忽然，外头一阵喧哗，有人报："翁父，属下有急事求见！"

王令听出那人的声音，面色依旧平静，目光落在眼前的书页上，摆了摆手。

少顷，一名男子捧着一物进来，到了王令案前，低头跪下。

王令脸色阴了阴，目光定定地落在那包袱上，少顷，启唇道："何物？"

那人面如死灰，将包袱展开，里头赫然露出一个血迹斑斑的人头。

从浮肿的五官和青灰的脸色，勉强可辨认出正是平日最得王令器重的刘一德。

那人道："翁父，属下等办事不力，平煜手中的坦儿珠……一块都未能夺回。"

王令听得此话，眉毛都未抬一下，只望着眼前人头脖子上的伤口，眸子里射出奇异的光芒，饶有兴趣地问："刘一德的人头是谁割下的？"

但凡习练五毒术之人，练至后头时，宛如在身躯外镀上一层柔韧的硬甲，难以被寻常武器所伤，也就是常言所说的"刀枪不入"。

刘一德习练五毒术已有多年，无论内力还是外家功夫，都已练至上佳境界，等闲之辈别说伤刘一德，便是想要近他的身都颇为不易。

可他竟被人将头颅生生斩下……

从头颅上血液喷洒的激烈程度来看，刘一德乃是生前被杀，而非死后被割头。

"谁杀的刘一德？"王令一字一句重复，语气里已透出一丝不耐。

那人打了个哆嗦，忙道："是……平煜斩杀的刘公公。"说话时，想起当日平煜杀人时宛如上古战神的凶煞模样，背上渗出一层冷汗。

王令常年静若古潭的眸中起了一丝微澜，惊讶道："平煜？"

在他印象中，平煜身上的确具备世家子弟所应该具备的良好素养，可这并不代表平煜的武功也能与刘一德相提并论。

难不成，出京短短数月，平煜竟习练了类似五毒术的快速提升内力的功夫？

记得上回信中，王世钊虽提了一两句，却语焉不详，字里行间只有满满的对平煜的不服气。

他去信详问，却不知为何，久未得到王世钊的回信。

至于刘一德，不知是不是对自己的武功太过自信，更是对此事只字未提。

也因如此，他在安排和布局上失了些准头，使得东厂上百名精锐高手尽皆折在平煜手下。

他耐着性子让那人复述平煜当日杀刘一德的情景。

听完，王令越加疑窦丛生。听起来，平煜似乎并未习练新的功夫，所精进的只有内力而已。

能在这么短的时间内提升内力，偏生又能克制五毒术……

不知为何，竟让他想起一样古老的北元异宝——赤云丹。

可是，数十年前赤云丹便已绝迹，饶是他这些年四处搜刮，花费了无数心血，都未能找到炼制赤云丹的七彩芍药和雪鹿，平煜又是从何处得的此宝？

垂眸想了片刻，他嘴角浮起一抹冷笑。

是了，虽然二十年前努敏在他的有心设计下沦为所谓的"药引"，身上所带之物悉数被镇摩教没收，但此女生性狡猾，惯会绝处逢生，难保没被她钻了空子，藏下什么宝贝。其中说不定就有名震天下的那几样药材。

傅兰芽是努敏的女儿，手中藏有努敏传下来的宝物，不足为奇。

只是不知是傅兰芽主动赠送给平煜，还是平煜从傅兰芽处夺来。

一想到他精心训练出来的上百名高手全军覆没，他虽不至于沉不住气，但已暗暗生出一丝懊悔。

若不是当初打着一石二鸟的主意——既用傅兰芽做饵引其余四块坦儿珠出来，同时顺便借用江湖人士之手除去平煜，他定会千方百计阻拦平煜前去云南。

归根到底，平煜是把双刃剑，虽能利用他找出其余四块坦儿珠，却因锋芒太过，容易割伤己手，不好掌控。

时至今日，万事皆在如他所愿地向前推进，大同、宣府皆已在他和坦布的里应外合下宣告城破，皇上对他言听计从，兵部几个昏庸的老不死都钻进了他的口袋。

只等着土木堡水尽粮绝，天下便要易主。偏偏在这个当口，坦儿珠上出了差错……

土木堡外如今被坦布率军"围死"，若是单只为了围剿平煜，而特意从明军中拨出一部前去追击平煜，难免会引起兵部那几个老东西的疑心，甚或倒戈相向。

毕竟虽然坦布和赛刊王的骑兵正跟明军对峙，但伯颜帖木儿还未从甘州赶来，脱脱不花未攻下辽东，坦布虽号称手中有五万大军，实则只有三万。

若明军那几个老东西横下心来殊死一搏，散沙般的明军被鼓动得上下一心，来个破釜沉舟，坦布的三万骑兵能否攻克明军的八万驻守军，尚未可知。

故而在伯颜帖木儿赶来前，万万不能出任何差错。

为今之计，只能暗中令坦布另派军马去杀平煜、夺坦儿珠了。

事不宜迟，他正要着手安排，帐外突然有人报："翁父，有急报。"

等获准进帐，来人急声道："禀翁父，各地的备操军皆已应召前来，然金陵的都尉府兵马路过沧州境内时，不幸遇到山洪，行军受阻，未能及时赶至；兰州道的备操军路遇坦布的游骑军，困在了芦台，恐怕一时半刻无法前来会合。"

王令怔了下，旋即额筋暴起。

金陵都尉府和兰州道的备操军？

金陵都尉府是西平侯府的世子平炼在统领，而兰州道的备操军指挥是西平老侯爷当年的帐前守卫、如今的护国将军——荣屹。

换言之，全都是平煜的人。

这两路军马会合在一处，足有近两万人，且全是精兵强将，想要顺利围剿，岂是坦布随便拨路游骑军便能做到的？

可若是坦布为了追袭平煜而率领大队军马拔营而去，所谓的土木堡之围不费吹灰之力便会被突破。

他费心布局了这么久的计划也会沦为一个苍白的笑话。

暴戾之气顿时涌上心头，他阴恻恻地笑了起来。

平煜啊平煜，原来你在这等着我呢。

"翁父。"先前那人畏惧地吞了口唾沫，心知一旦将剩下的话说完，他的死期也就不远了，"当时我逃走时，平煜让我给翁父带一句话——"

话音未落，只觉两道刀子般的目光朝他射来。

他瑟缩了一下，硬着头皮道："他说，他会带着其他四块坦儿珠，在旋翰河边等翁父——"

眼前身影一闪，噗的一声。

还未反应过来，胸膛里已直挺挺地探进一只手。

倒是不觉得痛，只是下一刻，他犹在跳动的热气腾腾的心便到了王令的手中。

王令先前的气定神闲已经被狰狞之色所取代，猛地一握，将那血淋淋的东西捏成碎片。

那人喉咙里连声痛苦的闷哼都未发出，便轰然一倒，死在王令脚下。

帐中余人脸上一片漠然，仿佛眼前死的不过是鸡鸭而已。

未几，其中一人捧着盥盆到王令跟前，无声跪下，请其涤手。

王令置之不理，脸上依旧阴云密布，心念却转得极快。

旋翰河……平煜果然知道了旋翰河边的那座古庙。

鹿门歌

他费心维护那座古庙多年，曾杀死过无数破坏了庙外奇门之术、闯入庙中之人。

平煜想必是已勘破坦儿珠与那座古庙颇有渊源，这才故意用破坏坦儿珠之阵做威胁，好引诱他前去北元。

可笑的是，明知怎样做都只能落入平煜设下的陷阱，他偏偏别无选择。

只因坦儿珠和被汉人夺走的江山他都不想放过。

他立在案前，动也不动，想了许久。

到了眼下这境地，唯有让坦布谎称议和暂且撤军，他则假借北上追袭坦布，引明军进入北元境内。

到那后，夺回坦儿珠，再由伯颜帖木儿和脱脱不花从后头包抄明军。

只是，作战计划不能说变就变，尤其还是这么大的变动，不说那些随军老臣，皇上恐怕都会生出疑虑。

这般想着，他忽然道："皇上可还在午歇？"

　　自打从阳和出来，傅兰芽随军日夜兼程，足足二十日后，一行军马才绕过居庸关，进入了北元。

　　让她没想到的是，行军没几日，平煜的大哥竟率领近万军士前来会合，加之荣将军所率的兰州备操军，如今随军人数已近两万人。

　　因此，虽路遇几回瓦剌的游骑军，激战后，己方几无折损。

　　她虽颇受鼓舞，却免不了有些纳闷。

　　前些时日，王令假借圣旨宣各地备操军前去宣府，平炼和荣将军想必也已接了旨意。

　　军令如山，也不知平炼和荣将军用什么法子推托，未去宣府，反倒前去北元。

　　最让傅兰芽不解的是，在邓安宜率领永安侯府一行人假装前来投奔时，平煜竟采取了默许的态度。

　　她总觉得，平煜似乎对右护法身上的秘密抱有极大的兴趣。可除了坦儿珠，她实在想不明白永安侯府会有什么东西值得平煜注目。

　　平炼和平煜都曾在宣府充军三年，曾跟瓦剌军交手过无数回。荣将军更是曾担任主帅，亲率军马讨伐过瓦剌。三人对北元地形都算得心中有数。

　　进入北元草原后，一行军马既要尽量隐藏行踪，又要随时应付瓦剌骑兵，大多时候昼伏夜出，前行速度慢了许多。

行了几日后，一日傍晚，平煜令在一座山脚下扎营。

为了防瓦剌骑兵突袭，傅兰芽主仆的帐篷被锦衣卫的帐篷围在当中。

傅兰芽跟林嬷嬷进入帐中，放下包袱，刚饮了口水，就听得平煜的声音在外响起，似是正跟秦勇等人说话。

她知道平煜这些时日一直在等土木堡那边的消息，若是王令上钩，定会率大军前来北元。

若真能如此，也就解了土木堡之围。

想到此，她停下收拾行囊的动作，凝神静听。

听平煜声音比往日清越愉悦，心中一动：莫不是那边有了好消息？

有心想出去跟他碰上一面，一时却找不到借口，只得暂且按下。

晚上时，帐外生起篝火，李珉等人将刚猎来的猎物架在火上烤，动物肥美的油脂被烤得吱吱作响，飘来令人垂涎的香味。

除了傅兰芽主仆，诸人都从帐中出来，围坐在篝火旁，一边吃肉一边说笑。

平煜和平烁、荣将军、洪震霆、秦晏殊等人在稍远处的篝火旁。

李珉等几个年轻人所在的篝火离傅兰芽主仆的帐篷最近。

几人说笑的声音一字不落地传入帐中。

等肉烤得差不多了，李珉不等平煜吩咐，割下最为肥美的两块后腿肉，用干净的布包了，给傅兰芽主仆送去。

叶珍珍拿了一把小小匕首，吃上头插着的野猪肉，见状，明眸一闪，迅速朝稍远处的平煜看去。

果见平煜正注视这边，见李珉送了食物进帐，这才放心地转过头，专心跟荣将军说话。

叶珍珍的动作缓了下来。

她忽然故作疑惑，转头问陈尔升道："陈大哥，刚才咱们猎的那头麂子去了何处？怎未拿出来烤？"

"给了秦门的白长老他们。"陈尔升默默地吃着肉。

"原来如此。"她恍悟，"我还以为平大人顾念着永安侯府的邓小姐，让人送去永安侯府了。平大人到底是顾念旧情的，连来北元，都肯让永安侯府的人跟着，想来也是不忍让邓小姐落入鞑子之手。"

这当口李珉刚好从傅兰芽主仆的帐中出来，听得此话，讶异地停步。

平大哥跟邓小姐有过婚约的事，不止他和陈尔升知道，其余锦衣卫的同僚，都多多少少曾听见过风声。

为免引起平煜不快，他们平日甚少在他面前说起邓家之事。此事众同僚皆有默契，不知叶珍珍好端端的，提起这些陈芝麻烂谷子的事做甚。

他面色复杂地看着叶珍珍。

她茫然地回望他，似乎浑然不知自己说错了话。

对视了片刻，李珉越发觉得怪异，叶珍珍一向机警过人，少有行差踏错的时候。

但自从在金陵万梅山庄执行任务后，不知何故，行事突然变得没有规矩起来。

他隐约觉得此事恐怕跟平煜有关，面色微沉，便要开口，不料林惟安忽然走过来道："平大人有要事要交代，让你们从速过去。"

李珉怔了下，戒备地再看一眼叶珍珍，就见她已收回视线，继续老老实实用匕首割肉吃，并无起身的打算。

看样子，她总算没忘记平大人不准她参与锦衣卫要务的吩咐。

按照平大人定下来的规矩，他和陈尔升平日至少有一个要留在傅小姐身边，于是冲陈尔升使了个眼色，随后转过身，跟其余同僚去寻平煜。

叶珍珍吃了一会，总觉得对面有两道目光不时落在她身上，扰得她无法心无旁骛地进食。

抬眼，却见陈尔升一声不吭地烤肉，分外专注地盯着篝火，仿佛从未将目光投向过她。

她防备心顿起，干笑了两声，正要找别的话跟陈尔升说，就听帐内忽然传来一声短促的咳嗽声。

从声音上来判断，似乎是傅兰芽身边的那位林嬷嬷。

关键是，这咳嗽声分明透着几分勉强，似是有意为之。

傅兰芽则依旧悄无声息。

刚才主仆间偶尔能听到的交谈声已经不复可闻。

她琢磨着其中的微妙变化，嘴里原本毫无滋味的野猪肉突然变得美味起来。

傅兰芽将晚上要换的衣裳从包袱里取出，递给林嬷嬷。

林嬷嬷接过后，闷声不响地整理，目光闪闪，藏不住忧色。

她就知道，似平大人这般岁数的世家子弟，要么早已定了亲，要么房中有了人，怎会到二十出头还是光棍一条呢。

　　可恶的是，上回在金陵，平大人哄得小姐失身给了他，如今小姐毫无依傍，若是进京后平大人只肯许给小姐妾的名分，小姐该如何是好？

　　傅兰芽自然知道林嬷嬷为什么发愁。

　　叶珍珍声音不小，刚才那番话，她就算想不听见都难。

　　心里多少是不痛快的，更多的是了然。

　　若是个天真烂漫的闺阁女子说出那话，勉强可视作心直口快，可锦衣卫是什么地方？叶珍珍既然能在锦衣卫任职，早该学会了谨言慎行。

　　她一哂，若无其事地将今日要换的一套里衣取出，轻轻放至毡毯上。动作不急不缓，平静依旧，可心情却再也无法像刚才那般毫无波澜。

　　细想起来，平煜……的确从未跟她说起过从前的事。

　　他是否定过亲，如今房中是否有姬妾，跟邓文莹究竟有什么渊源，以及，跟这个叶珍珍又到底是怎么回事……她一概不知情。

　　她并非不信任平煜的为人，只是他身为西平侯的幼子、锦衣卫的指挥使，眼下又已二十出头，她就不信他从未议过亲。

　　记得在金陵时，平煜曾因为一方鲛帕气势汹汹地质问过她。

　　此人当真可恨。为着一个陆子谦，前前后后不知在她面前摆过多少回脸色。他自己的事，却只字不提。

　　说来说去，其实她怎么也说服不了自己：平煜年轻有为，又无病无疾的，过去二十一年，难道就不曾有过旁的女子？

　　尤其是他那么热衷床笫之事。

　　……

　　想起他厚颜无耻的举动，她脸红得发烫。

　　暗忖，今夜在此扎营，并不急于赶路，与其一个人在此胡乱猜疑，何不索性一问？

　　她望向若有所思地看着她的林嬷嬷，努力平复了心绪，含笑开口道："嬷嬷……"

　　平煜等人在帐中议事。

　　离旋翰河日近，摆在众人眼前的要务，除了要尽快找到那座神秘的古庙，更需随时防备王令及坦布所率的大军。

人人脸上都分外凝重。

从陆子谦处得来的路线图摊在桌上，两块坦儿珠正好放在手边。可惜那图画得太粗略，坦儿珠上的图案又太过隐晦，几人研究了一番，看不出个子丑寅卯。

平煜将两块坦儿珠拿在手中把玩了一会，忽然起身，转身走到北元地图前，皱眉细看。

在他的记忆里，那座古庙大约出现在旋翰河的下游，不远处便是托托木尔山，若继续前行，不出三日便可找到古庙所在的地方。

只是不知古庙外头到底设的何阵，竟做得那般精妙，能将这古庙隐藏上百年之久。

五年前他随军夜行时，无意中闯入那古庙，事后回想，他们在庙中夜宿时，那人极有可能也在庙中，不过是忌惮军队人数众多，对方无法杀人灭口罢了。

他至今未想明白，当时那人究竟是谁。

如果不是王令……还有谁知道坦儿珠的起源地就在那座古庙中？

正想得出神，李攸开口了："照你们看，布日古德为何这般执着于坦儿珠？"

见众人望他，李攸笑了笑，再次开口："我跟平煜一样，对王令那套骗人的鬼话一概不信。起初，见这东西须得五块凑在一处，以为所谓的坦儿珠不过是把宝库的钥匙，或跟北元宝藏有关……

"可王令这两年仗着皇上的宠信，早不知搜罗了多少奇珍异宝，照我说，他委实犯不着为了一处宝藏，动用这么多的人力物力。

"尤其围困土木堡本是大好的叛乱机会，可是一听说平煜来了旋翰河，他竟不惜放过这个机会赶来北元，可见在王令心中，坦儿珠的地位有多重要。而这世间，能让人如此苦苦追求之物，除了财宝、权势，剩下的几样，统统遥不可及。照各位看来，会不会那个起死复生的传说是真的？"

荣将军摇头道："可惜啊，如今咱们只知道王令本名叫布日古德，对他在北元时究竟是什么身份，曾做过何事，一无所知。可是，王令既能跟坦布内外勾结，极有可能出自北元的瓦剌部落。"

平煜点头，道："自元亡后，蒙古早已分崩离析，三大部落内斗不休，因势均力敌，本是彼此制衡，无暇来扰我朝边境，可是就在几年前，瓦剌竟突然兴盛起来。巧的是，那时正是王令在太子身边得势之时。而等太子登基后，瓦剌的大汗坦布更是在短短两年内横扫其余部落，怎么看都像有大量钱银做后盾——"

正说着，李珉进来，径直走到平煜身边，耳语道："林嬷嬷突然间咳嗽不止，似是路上受了寒。傅小姐说，她的药丸用完了，托我前来向平大人讨些药。"

平煜起先听见是林嬷嬷生病，并不如何挂心，正要吩咐李珉领军中大夫隔帘给林嬷嬷瞧瞧，忽然听见后一句话，心中一动。

少顷，只淡淡道："知道了。帐中有些治伤寒的药，就放在几上。你取了后，这就给林嬷嬷送去。"

平炜坐于一旁，仔细留意这边的动静。见李珉走后，三弟显见得心不在焉起来，心知方才李珉前来汇报之事，少不了跟傅兰芽有关。

遥想这一路，傅兰芽默默无闻随军跋涉，无论扎营还是赶路，从未叫过一句累，更不曾缠磨过三弟，可见此女心性委实可贵。

三弟更是难得，为着顾全傅兰芽的名声，这二十日，竟一回都未去看过她。

他不是不知道初尝情事是什么滋味，论起三弟这隐忍的功夫，当真少有人能及。

三弟越是如此，傅兰芽在三弟心中的分量越可见一斑。

若是能顺利除去王令，平安回京，恐怕不出几日，三弟便会向父母提出迎娶傅兰芽之事。

也许就在年底，平家便要办喜事了。

这般想着，他这些时日因着天下危亡而分外沉重的心绪竟松快了几分。

果不出所料，片刻后，平煜便起身，只说锦衣卫有些事要安排，便匆匆出了帐。

♥

平煜并未径直去寻傅兰芽，而是回到自己帐中，令人去寻李珉。

傅兰芽从未给他递过话，今夜既假借林嬷嬷生病来寻他，定有什么必须要见他的理由，少不得做些安排，以掩人耳目。

说起来，两人也有二十日未见。在等李珉等人前来的工夫，他脱了衣裳，用水擦了身，里里外外都换了干净衣裳，忙了半晌，这才消停。

可是，在系腰带的时候，他心头掠过一丝疑惑……她找他究竟为着什么事呢？

等了一会，李珉仍未过来，他按捺不住，正要出帐，陈尔升忽然进来了。

平煜纳闷，一边往外走，一边道："你为何在此处？李珉呢？"

"给林嬷嬷送药去了。"

说罢，见平煜心不在焉地朝傅兰芽所在的帐篷顾盼，本想说些什么，想了想，又沉默下来。

平煜正满脑子算计如何能顺利进入傅兰芽的帐篷，忽然瞥见陈尔升眼里竟有同情之色，不禁眉头一皱，暗忖：这小子什么眼神？

忍不住呵斥道："你那样看我做什么？"

傅兰芽在帐内等了许久，平煜仍未来寻她。

白日跟随行军太累，夜里总是困乏得很。

强撑着等了一会，她眼皮沉得仿佛有千钧重。末了，没能抵挡困意的勾缠，一头栽进了黑沉梦乡。

她是个乐观坚强的人，闺中时，甚少有浅眠的时候。然而因这几月心绪不宁，就算是睡着了，梦境也半点都不甜甜。

跟从前一样，这一回，她再一次梦见了母亲。

梦境中，母亲显得格外憔悴，远远立在一旁望着她，满面风霜，有话要说的模样。没等她追过去，母亲便决绝地转身离开。她哭得像个孩童，跌跌撞撞跟在母亲后头，边喊边追。母亲却怎么也不肯回头，背影在一片昏蒙中渐行渐远。

她满心凄惶，正不知如何是好，突然听到了一点窸窸窣窣的动静，似乎有什么极轻的脚步声在帐外走过。许是正在做噩梦的缘故，这声音格外令她悚然。

她惊出一身冷汗，猛地睁开眼。脸上又湿又凉，她茫然抬手一摸，沾了满手的泪。眼前仍是被油灯映得一片昏黄的帐顶，耳畔是林嬷嬷絮絮的鼾声，一切似乎都是睡前的模样。

但她总觉得，刚才那脚步声太过清晰，竟能将她从梦中扰醒，像是有人故意为之。

怔忪了一会，她忆起睡前曾托李珉给平煜递话，镇定了几分。搂着褥子坐起身，思忖着四下里一顾。

果然，枕旁多出了一叠物事。

低头一看，见是一套锦衣卫的衣服，衣裳上头，放着一封书信。

她打开一看，上面只有寥寥几个字："换上衣裳出帐。"字迹遒劲飞扬，正是平煜的笔迹。

她有些错愕，原以为平煜仍会像从前那样到帐中来寻她，没想到竟用这个法子引她出去。

将书信放在一旁，她展开那衣裳细看。无论袖子还是襟袍下摆，都做得十分合身，像是按照她的身材量身定做。

起先有些纳闷，但想起那位叫叶珍珍的女暗卫，她旋即了然。

穿上衣裳后，她又将满头乌发盘绕成松松的髻，一丝不苟地扣入帽中。

待装扮妥当，她谨慎地低头再次检查一遍，确定没露出什么破绽，这才找出包袱里的纸和砚，提笔给林嬷嬷留了张字条，放在林嬷嬷胸上。

之后，她静默了一会，一步一步走向帐帘门口。

这是自沦为罪眷以来，她第一次可以走出所谓的"囚笼"，除了忐忑外，更多的是雀跃。

出了帐，为着防备旁人的视线，她本能地低下头。

可是出乎意料，门口并没有陈尔升和李珉，只有立在十步开外的平煜。

许是深夜的缘故，日里人来人往的营地清净异常，连近旁的众锦衣卫安置的帐篷前都没有人影。

她略松了口气，抬眼望向平煜的背影。

平煜正背对着帐篷而站，手上拎着个包袱，里头不知装着何物。

听见身后的动静，他也不回头，咳了一声，迈步朝右侧走去。

那地方正是出营之地，除了大片草原，还有一条波光粼粼犹如银带似的小河，分外空寥开阔。除了循例前去溪边汲水，营地里少有人前去，方圆左右都格外幽静。

傅兰芽心知平煜是打算去无人相扰的地方跟她说话，抿了抿唇，不紧不慢地跟在平煜后头。

路上偶尔会遇见巡营的士兵，见到两人，纷纷停步，却只冲平煜行礼，并不朝傅兰芽多瞧。

眼看要走到河边，夜风突然大了起来，身上的衣裳在这刀子般的夜风肆虐下顿时沦为薄纸，全无御寒之用。

傅兰芽硬着头皮走了一段，上下牙齿情不自禁轻轻相碰，身上更是冷得阵阵发抖。

虽然明知徒劳无功，她仍瑟缩着紧了紧衣裳。正要继续前行，忽然肩上一重。

她微讶地撇过头，就见肩上披了一件玄黑色的大氅，皮子油光水滑，似是狐裘，极为御寒。

有了这件大氅，夜风被隔绝了个彻底，身上哪还有半点寒意？

她抬头，触上平煜乌沉沉的眸子。

不知是不是她的错觉，不过一对眼的工夫，平煜似是已知道她为了何事找他。

她错愕了一下，忽然生出几分哭笑不得之感。此人当真类犬，似是天生对危险有敏锐的预知能力。

不过这倒也好，她正懒得长篇大论，若是他自己肯主动交代过去的事，她不知多省事。

如此想着，憋了一晚上的委屈多少减轻了些，睨他一眼，越过他，便要往前走。

不料那大氅委实太过长大，她刚洒脱地走了两步，便不小心被绊住了脚，低呼一声，狼狈地往前栽去。

紧接着便觉腰肢一紧，身子被一双伸过来的胳膊稳稳当当地抱住。还没等她站好，身子腾空而起，这双胳膊竟趁势将她打横抱起。

傅兰芽怔了一下，挣扎起来："放开我，我自己能走。"

平煜义正词严地解释道："大氅太长，当心再跌跤。"

河畔静幽幽的，说话时，声音比往常清晰许多。

傅兰芽挣扎无果，没好气地望着他。

耳畔夜风猎猎，寒意透骨，他身上却暖洋洋的，浑不受外界相扰。

虽然早就知道他身子康健，可是体质上的差距，直到此刻，才真真切切体现了出来。

她不服气地转眸看向一旁。

平煜心头微松，索性一鼓作气将傅兰芽抱到河畔一座足有一人高的山石旁，绕过那石头，抱着她坐下。

自从知道她有事寻他，他整晚都心不在焉。

可他既不敢再给林嬷嬷用药，又不想落人把柄，今晚的全副心神，几乎全用在找寻无人相扰的处所了。

琢磨了一晌，这地方最清净，甚合他的心意。

搂着她坐下时，傅兰芽头上的帽子不慎滑落，她满头乌发瞬间如同瀑布般滑落下来。

两人都是一怔。

头顶的熠熠星光洒落在傅兰芽发上，映得她弯眉明眸，娇唇乌发，当真美若天人。

平煜本就怀着绮念，兼之又与她许久未说上话，定定地望了她一会，身子便悄悄起了变化。

傅兰芽被他抱在怀中，端坐于他膝上，自然有所察觉。顿时又羞又惊，此人的欲念说来就来，过去二十一年，焉能未有过排遣？而且照他索求的强烈程度来看，说不定……排遣的对象远不止一个、两个、三个。

平煜瞬也不瞬地望着傅兰芽，未漏过她脸上的每一处细微变化。她墨丸般的水眸异常明亮，小嘴也抿得紧紧的，脸上一丝笑的模样都没有。

按照两人以往争吵时的经验来看，这是她即将发怒的征兆。平煜不由得心中一紧，想起先前李珉所说的叶珍珍之事，自然明白她为什么不悦。她定是误以为他和邓文莹仍有婚约，所以今夜才会对他这般冷淡。思及此，非但不觉懊恼，反倒有一种备受重视的感觉，胸膛里暖洋洋的。手臂一紧，便要将她往胸前搂。

傅兰芽身子绷得紧紧的，十分抗拒他的搂抱。挣扎间，见平煜不但未恼羞成怒，竟还露出点笑意，错愕了一下。揣摩了片刻，明白过来。看来，醋意大并非全是坏事，至少在她有醋意时，此人倒是很能感同身受。

她轻轻哼了一声，撇过头。

从两人认识以来，傅兰芽还是第一回在平煜面前这般别扭。

他先是哑然失笑，随后，越发迁怒叶珍珍。

当初起用叶珍珍时，他看重的是她的沉稳和顺从。万万没想到，不过短短时日，此女竟这么快坏了心性。若不是她身形极肖傅兰芽，在对付王令时或许还有些用处，早将其另行发配了。

他生平最恨被旁人掣肘，本不屑于做些婆婆妈妈的解释，可是，眼见傅兰芽对他冷冰冰的，万分怀念她先前的娇软模样，横下心，清了清嗓子道："你莫要听信旁人谗言……"

"什么谗言？"傅兰芽睨他。

他哽了一下，颇有底气地道："我跟邓文莹的确有过婚约……"

他故意停顿了一会，瞥瞥她，见她眼睛看着旁处，耳朵却支棱着，心中暗笑，把脸色正了一正道："但是自五年前我家被发配宣府，我和她便已解了亲。"

傅兰芽不接茬，对这个回答并不觉得意外。

在金陵时，她和平煜为着那方鲛帕大吵一回，事后平煜求和，说的是"嫁我为妻"。平煜并非信口雌黄之人，尤其他身为西平侯府的嫡子，于婚约一事上，更须慎之又慎。若非深思熟虑，他断不会许下那样的诺言。因而她笃定他并无婚约在身。

可是……除了邓文莹，那些旁的女子呢？

她忍不住抬起眼，没好气地仔细打量他。他模样生得很不差，甚至在她看来，五官每一处都挑不出毛病。这么一个"不算差"的男子，她怎么也不信，过去二十一年，他在男女之事上会是一片空白。

可是，他刚才那般坦荡，摆明了将她一军，她反倒不知如何往下问了。

平煜自觉除了一个邓文莹，并无旁事再须向傅兰芽交代，说出那话后，想当然便以为傅兰芽会消气，谁知傅兰芽一对秀丽的眉尖仍不满地蹙着。

他困惑了，努力在脑中搜刮了一番，委实想不起因何事得罪了傅兰芽。

"还在生气？"好不容易能出来，他不想浪费时间在闹别扭上，低下头去，想要吻她。

傅兰芽偏过头，躲开他的碰触。少顷，忍住气，坦率地点点头："是，我的确有些生气。不只因为你存心瞒着我，我们两人每回见面，你一心只想着……"

羞意涌上来，怎么也说不下去。

平煜自动忽略前一句话，吻了吻她的脸颊，低笑道："只想着什么？"

傅兰芽既然决定开诚布公，索性忍着羞意道："你既这般喜欢此事，我问你，在我之前，你都是如何排遣的？"

想起他在旁的女子面前也是这般求欢，心仿佛被什么狠狠揪了一下，喉咙堵着棉花般的物事，噎得难过。

她微涩地想，怪不得母亲当年跟父亲那般恩爱，归根结底，还不就是父亲房中一个姬妾都无，心里眼里只有母亲一个。因为这个缘故，她曾暗暗羡慕过母亲。

她自小见惯了父亲维护母亲，久而久之，竟错以为天底下夫妻皆是如此。

其实若是家中不出事，就在今年，她便会依着傅陆两家的婚约嫁给陆子谦。婚后不论陆子谦纳妾与否，她都会心如止水地过完这一生。可万万没想到，一场家变，竟叫她遇到了平煜。若是回京后，平煜身边早有红袖添香，她恐怕怎么也做不到"心如止水"。

平煜愣住。原来她竟是为了此事在烦闷。难道她以为自己是性喜女色之人？他有些哭笑不得。

想她万事灵透，唯独对男女之事格外懵懂，便敛了戏谑之色，抵着她的额头，认真解释道："我喜欢跟你亲近，是因我心悦你。"

傅兰芽心头一震。

平煜见状，越发明白症结所在，咳了一声，继续对症下药，道："我房中并无姬妾，在你之前，也从未有过旁的女子。"

傅兰芽露出诧异之色。

平煜跟她对望。须臾，不知何故，猛然想起当年之事，心中不禁一阵恶寒，全身肌肉都紧绷起来。

他情不自禁地咬了咬后槽牙。此事是他毕生之辱，他宁可死了，也绝不肯让傅兰芽知晓此事。

若是傅兰芽追问，他该如何自处？

刹那间，他忽然生出一种落荒而逃的冲动。

可是，他刚一动弹，傅兰芽忽然搂住他的腰身，满足地长叹了口气。

"嗯，我信你。"

似是他刚才的那番话，让她吃了一颗定心丸，从此再没有半点疑虑。

他呆了一下。

回想这一路，傅兰芽似乎总是对他尤为信任，不论是遭遇危险，还是跟他相处，从未无故怀疑或是算计过他。

而他知道，她并不会轻易信任托付他人。在某些时候，行事几乎可以算得狠绝。可偏偏对他，她总是全身心地信赖。

心里仿佛涌过一股暖流，他竟破天荒地生出个原本根本不敢想的念头：会不会……就算告诉傅兰芽当年之事，她也不会对自己产生半分厌弃？

此事压在心头多年，哪怕在父母面前，他也从未宣之于口。午夜梦回时，偶然梦见当年景象，依然叫他愤恨不已。与之相随的，还有当年平家骤然从云端跌落之后被人踩在脚下的苦闷压抑。

郁结至今，心魔依然时不时出来作祟，也就是在遇到她之后，才有所好转。

他有些踟蹰，到底要不要告诉她呢？

傅兰芽柔声说完那句话后，久未得到平煜的回应，忍不住抬头，恰碰上平煜复杂的目光。

跟她水盈盈的双眸对视片刻后，平煜瞬间做出决定，暂且不告诉她此事。至少，今夜不想。

于是低头吻住她，郑重道："不止从前，往后也只你一人。"

傅兰芽心头微撞，搂着他的脖颈，从被动到热络，回应着他。

两人唇舌交缠，年轻的身体很快如干柴烈火般熊熊燃烧起来。

天地之间寂静非常，两人耳畔只能听到彼此急促的呼吸声。

渴望在两人身体贴合处蔓延，蒸腾出源源不断的看不见的热气，驱散寒冷。

等傅兰芽意识过来，平煜已将她的亵裤褪下，用大氅将他俩包裹着以屏蔽周遭的寒气，跻身在她双腿中间。

她一骇，瞬间神魂归位，推着他的胸膛，摇头道："不，不……"

推阻了许久，终是被平煜得逞了。

到李珉送早膳时，她已经可以在林嬷嬷暗中打量的目光中坦然地走到帐帘口，接过李珉手中的干粮了。

"傅小姐。"李珉正色道，"今日我们须在黄昏前赶到旋翰河下游，用完早膳后，就得出发。"

傅兰芽"嗯"了一声，点点头，暗自思忖，若是傍晚时分便能赶到旋翰河下游，依照平煜的性子，立刻会着手安排破解那座古庙外头的阵法。

也不知百年前那位建造古庙之人究竟是何方神圣，竟能设下那般精妙的阵法，以至于百年后，这古庙依旧能掩藏于茫茫草原中，让人遍寻不着。

哥哥最擅奇门遁甲术，若是哥哥也在，定能勘破古庙外头的奇怪阵法，顺利进入庙中。

一想到哥哥和父亲仍然身陷囹圄，能否成功翻案，全在于能否扳倒王令，她忙强打起精神，打开装干粮的纸包，分一半给林嬷嬷，不声不响将剩下的干粮吃完。

吃饱喝足后，主仆二人打起精神，准备上路。

第三十七章 寻神庙

军情急迫，用过早膳后，大营开拔。

秦门和形意庄为防右护法用引蛇术偷袭，跟平煜等人商量后，有意殿后。

刚部署完，秦勇和秦晏殊、李由俭几个正要上马，便见平煜从帐中出来。

秦勇心中一跳，脚步略缓，目光落在平煜身上。

只见他今日身着赭红色的袍子，分外利落英伟，出帐后，扶着腰间的绣春刀，快步走到帐前的马旁。

曙光洒在他俊逸的侧脸上，勾勒出一层金灿灿的线条，尤为惑人的是，他脸上分明不见笑容，眉眼里却藏着笑意，整个人说不出地神采奕奕。

秦勇察觉身旁李由俭的目光瞥来，忙定了定神，跟弟弟和李由俭走到近旁，笑道："平大人。"

平煜正要翻身上马，听到这声音，回过头，笑道："秦当家，秦掌门，李少庄主。"

他今日心情颇佳，连一向碍眼的秦晏殊都觉得顺眼许多。

秦晏殊却觉得平煜的笑容刺眼得很，上了马后，琢磨了一路，怎么都觉得平煜刚才看他的目光里有一纵而逝的自鸣得意的意味。

一队人马沿着旋翰河边行了一日，到黄昏时，部队前方传来停马的命令，秦勇等人抬头，就见平煜和荣将军几个下马走到河边，手中持着地图似的物事，四处眺望。

再一抬眼，就见暮色沉沉，不远处一座绵延的山脉横亘在太阳西沉的地平线。

而那座传闻中的古庙，根本未见踪影。

天色已近黄昏，为赶在王令大军到来前找到破解古庙的机关，众人兵分两路，各司其事。

平煜等人研究阵法，余人则在荣将军及平烁的安排下在河畔安营及布防。

傅兰芽主仆的帐篷离河畔颇近。

在帐中放下包袱，傅兰芽饮了口水，走到帐帘边，悄悄掀开一角往外看，远远地便看见了正在议事的平煜和李攸等人。

出乎她意料的是，陆子谦和林之诚也在其中。

傍晚的草原，风很大。

陆子谦身上披着件厚实的果子狸皮毛玄色大氅，手中持着一张地图似的物事，沿着河畔走来走去。

林之诚身上衣裳则单薄许多。许是习武的缘故，虽然内力受损，身姿却不见半点瑟缩之态。

与四处眺望的陆子谦不同，林之诚只定定地望着远处那座无名的山峰，脸上依旧没什么表情，目光却不时流露出思索的痕迹。

看样子，他跟陆子谦一样，都在帮忙找寻进入古庙的玄机。

傅兰芽见他脚上的玄铁锁链依旧未被解下，身后亦有几名暗卫寸步不离地跟随，略有所悟。再想起南星派那变化无穷的阵法，越发有了结论。

看来平煜之所以坚持带着林之诚夫妇上路，一是为了遵守对林之诚许下的诺言，防止林夫人被东厂人马暗杀。另一个原因，恐怕便是看中了林之成对阵法的研究。

大敌当前，平煜于人尽其才一道上，倒是已修炼得炉火纯青。

正暗自思索，林之诚忽然背过身去，朝河流下游缓缓走了两步。

傅兰芽怔了一下，一眼便看到他背在身上的那两个包袱。

包袱颜色灰扑扑的，年代已有些久远，边角处想必也早有磨损，冷眼看去，与林之诚周身的气度颇有格格不入之感。

饶是如此，林之诚依然对这包袱异常珍视，一路上从未见其解下过。

再一想到洪震霆先前所说当年林之诚痛失双生儿之事，她后颈掠过一道凉风，难道那包袱里竟真装着林之诚那对双生儿的骸骨？

她心慌地收回目光，回到帐中，默默跪坐在毡毯上，想起母亲，忙从包袱里找出那本小书，翻阅了一会，到了作了画的那页，目光凝住。

"怎么了，小姐？"林嬷嬷见傅兰芽怔怔地望着书页不说话，忍不住近前细看。

傅兰芽摇了摇头，目光仍未离开书页，直起了身，掀开帐帘，比对了一会。

果然，那页书上所画的有无数小人跪拜的山峰，跟河流对面那座山峰的轮廓甚为相似，都是状若驼峰，拱着峰顶圆月。

怪异的是，从她这边看去，那山顶的角度如同投射在镜面上一般，有些扭曲也有些歪斜。

无论她拿着书页怎么调整，山峰的朝向都有些微妙的偏差，似是隔了一层看不见的屏障。

她满腹狐疑，这到底是怎么回事？

琢磨了片刻，清了清嗓子，唤道："陈大人？"

她知道今日在帐外把守的是陈尔升，也知道陈尔升颇得平煜的信任。

陈尔升应了一声："傅小姐，何事？"

傅兰芽弯了弯唇，低声道："我有桩要事要禀告平大人，或可有助于破解阵法，烦请陈大人帮忙知会一声。"

陈尔升跟身旁几名同僚交代几句，默默走开。

平煜正在河边研究李伯云当年画的地形图，从图上看来，那座古庙的确便在这左右，可是脚下的草原一马平川，丝毫看不出端倪。

一抬头，落日尚未彻底西沉，皎月已挂在当空。

天地寂寥，日月同辉，这等壮阔景象并不多见。

平煜仰头看了一会夜空，见月亮又圆又大，皱了皱眉，问李珉道："今日可是十五？"

秦勇正好走来，听见这话，接话道："正是十五。"

李攸和平煜对视了一眼。

无论是二十年前镇摩教用被俘的傅夫人做药引，还是当年李伯云无意中在旋翰河边发现古庙，似乎都在月圆之夜。独有平煜夜行军闯入古庙时，天上正下着瓢泼大雨。也不知这其中可有什么微妙关联。

细究起来，诸人都对奇门之术颇有心得，平煜和大哥因着家学渊源，从小没少钻研此道。

林之诚虽是江湖人士，却天赋异禀，算得个中翘楚。

陆子谦一介儒生，本应更精于经史子集，然而因着傅兰芽大哥傅延庆的缘故，耳濡目染，也一脚踏进了奇门之术的大门。

诸人本是各有所长，古怪的是，在河边盘桓了许久，偏无一人瞧出端倪。

因着打霜的缘故，脚底下的土壤被冻得结实坚硬，一丝可疑的缝隙都没有。

但凡要设下用作障眼的阵法，总需借用外物，譬如上回南星派为掳傅兰芽设下的石碑阵，借用的便是数百座"杂乱"排布的石碑。

而能将偌大一座古庙藏匿得无影无踪，更需庞大复杂的阵法。

可到了此处，入眼皆是平原，无石无林，哪怕最近的托托木尔山，也远在数十里之外。

观望半晌，人人心中疑惑不已：那位布下阵法之人，究竟借用的是何物呢？

平煜负手沿着旋翰河走了一会，仰头看看天色，正要说话，陈尔升忽然走来，附耳对他说了句什么。

平煜目光柔和了一瞬，见周围扫来数道目光，面色无改，道："有样重要证物急需我过目，容我先告退片刻。"

说罢，冲众人点点头，不紧不慢转身离开。

到了傅兰芽的营帐外，平煜下意识地停下脚步，负手立在帐外，淡淡问："何事？"

就见帐帘微微掀开一条缝，一本小书递了出来。书页对折，打开的那页纸上，正画着坦儿珠图腾及众小人叩拜的情景。

这是傅夫人留给傅兰芽的遗物，平煜早已研究了无数遍，当下蹙了蹙眉，接过。

以他过目不忘的本事，一早便认出书上所画的山便是旋翰河对面的托托木尔山，画上内容一目了然，所能窥探的信息委实有限。

顶多如李伯云的地图一般，透露出坦儿珠藏匿之处正是在托托木尔山附近，但因画得太过简单，旁的东西，一概不知。

也不知傅兰芽这时将这本书递与他做甚。

他握着书看了一会，左右一顾，见离得最近的人也在数十丈之外，脸色虽然依然保持冷淡，声音却不自觉放柔了几分，低声问："可是看出了什么古怪？"

傅兰芽在帐帘里轻轻"嗯"了一声，白皙的手指在书页上遥遥指了指："你瞧瞧那些小人影子落在地上的方向。"

平煜一滞。

书页上画着一座山，山上图腾升起，山脚下众小人虔诚叩拜。

画面幽暗，图腾旁有数枚寒星点缀，应是夜晚时分。

不知是不是画者有意为之，众小人脸上的五官线条画得极细，虽只寥寥几笔，但近乎疯魔的神情被描绘得一清二楚。可是众人投在地上的影子偏偏融合成了一片，看不清影子投落的方向。

仔细找寻一会，终于在不起眼的角落里找到一个身后影子画得还算清晰的小人。影子画得极短，几乎可当作一个不起眼的墨点，可是只一眼，平煜心中便狂跳起来。

托托木尔山坐东望西，横贯草原。当圆月在托托木尔山升起的时候，月光在每个人背后投下一道影子，本该无一例外全在西侧，可偏偏这个小人的影子怪异地发生了扭曲，仿佛被什么屏障所扰，偏移到了对侧。

他心中一动，究竟何物既能不屏蔽月光的投射，又能不动声色改变影子的方向……

想了片刻，他目光一凛，抬头朝幽静无澜的旋翰河望去。

书上根本未将河流画入其中，若是不亲自到旋翰河边，再结合书上图画一并研读，光有书本在手，恐怕再想个十年，也想不出当中的玄妙。

傅兰芽听平煜久不作声，心知他已窥破玄机，无须她再多说。

果然，下一刻便听见平煜匆匆离去的脚步声。

平煜雷厉风行，既已得知旋翰河有不妥，相信不用多久，定会找到古庙的藏匿之所。

她松了口气，立在帐帘旁发了会呆，回到帐中，一抬眼，见林嬷嬷困惑地望着她。

她缓缓理了理裙摆，挨着林嬷嬷坐下，暗想，母亲留下的这几样东西虽然不起眼，却无一例外都在关键时刻起了大作用，怎么看都像是母亲早有防备，特地做下的苦心安排。若是当年母亲未被王令害死，会不会根本不会有后头的滔天巨浪？

想了一回，喉头有些发堵，忙抹了抹眼角，若无其事地取了干粮出来。

傅兰芽跟林嬷嬷用过干粮，在帐中等了片刻，听外头时有喧哗声，一时也不敢歇下。到后半夜时，她再也熬不住，埋头在林嬷嬷怀里睡了过去。

睡得正香时，听到身下地面传来震动，异常沉闷，直入心底，仿佛有什么巨物从地底浮出。她睡意登时消散，一骨碌爬了起来，披上衣裳走到帐帘前。

刚一掀开帘子，就见河畔人影幢幢，火把照耀，聚了好些人，而原本被星光照耀得如同银带的河面变得一片昏暗。尤为触目惊心的是，不过半晚的工夫，左右河床里的水不知被收拢到了何处。取而代之的，是一座缓缓从地底浮出的小山般的庞然大物。

饶是早有准备，傅兰芽依旧被眼前的景象所慑，出神地立在帐帘前，忘了挪步，连夜风刮在身上都不觉寒凉。

母亲留下的那本古怪的书，果然大有来历。

若未身临其境，平日研究那书时，根本无法联想到画面上暗示了古庙藏匿之处。只有比对真正的托托木尔山，才知书上所画的人和物均被不动声色地做了手脚。山脉的走势有微妙的偏移，小人投在地上的影子亦扭曲得厉害，不像平时肉眼所见之景象，反倒像在水中投射出的影子。

换言之，用来祭祀的古庙并非在陆地上，而是有可能藏在水中。

她默然。来时路上，平煜一心想要找寻到古庙的藏匿处，没想到绕来绕去，最终还需借助那本小书的指引。

忽听外头有人道："傅小姐，平大人让我请你过去，稍后一道进庙察看。"

是李珉的声音，有些振奋。

傅兰芽微讶地拢了拢外裳，暂未作答。

万没想到平煜不肯让她独自留在河畔，竟要带她一道进入庙中。

沉吟了一会，想着王令已率大军奔赴北元，也许就在这一两日，对方随时会杀至此处，种种顾虑之下，平煜不肯将她交给旁人看护，倒也不算奇怪。

便应了一声："李大人稍等片刻，我和嬷嬷穿上衣裳便来。"

经过这一路的惊心动魄，林嬷嬷倒也养成了见怪不怪的性子，错愕了片刻，也就不再一味盯着外头那黑糊糊的巨物细瞧。

回到帐中，从包袱中找出那件织锦镶毛银鼠皮大氅，给傅兰芽披上。

自己则翻出另一件石青色缂丝灰鼠厚褙子，窸窸窣窣穿好。

想着这两件衣裳都是平煜在金陵时所置办的，不只暗中照顾了小姐，连她这老婆子也未落下，她抿抿嘴角，心底藏了好几日的对平煜的不满消散不少。

替傅兰芽绾好髻，系好大氅，两人出了帐篷，由着李珉和陈尔升引着往河畔走。

出来后，果见原本辽阔的旋翰河河面被截断，从东往西奔流不息的水流仿佛被看不见的沟渠引至旁处。

河床上只剩一座孤零零的高耸的屋宇。

傅兰芽边走边打量那轮廓模糊的古庙，暗忖，这周围的阵法太过庞大复杂，须得无数人力物力方能建成，以常人之力绝难达成，可见当年建阵之人必定地位超然。

但自从百年前那位著名的大汗横空出世，蒙古人东征西伐，漠南诸部乃至西夏、金国、中原，俱被征服。

自那之后，元始得建，此后兴盛了近百年。

依照当时元的国力，无论哪位贵族想要寻块无人相扰之处建造一座庙宇都并非难事。

只是不知庙宇中供着何物，光只一个坦儿珠，竟值得百年前那位建庙之人如此费尽心机吗？

思忖着走到河旁，就见荣将军和平烁等人正在庙门口做安排。洪震霆、秦勇姐弟都在其列。

一干人中，唯独未看见平煜。

秦晏殊站在不远处，见傅兰芽走近，情不自禁想要跟她打声招呼，谁知身形刚一动，就被秦勇不动声色地拦在前面。

随后，秦勇温煦一笑，唤道："傅小姐。"

傅兰芽弯了弯唇，回以一个善意的笑容。

秦勇目光微凝，想起刚才平煜不过离开片刻，回来后突然改了主意，不再一味在草原上四处探询，而是转而在旋翰河河底做文章。

在那之后，几个精通奇门之术的人合力找寻，至半夜时，果然找出了启动河底阵法的机关。

她想起傅兰芽素有才情，联想起平煜离去时的情形，不知为何，竟暗中得出结论——平煜之所以能顺利找到古庙机关，其中也许有傅兰芽相助的成分。

这时，平煜和李攸从庙中出来。

瞥见傅兰芽，平煜脸上未有丝毫变化，径直下了台阶。

傅兰芽更是目不斜视，婷婷站在原地。

可秦勇却觉得，空气中陡然间有一种默契感弥漫开来。

尤为让她意想不到的是，古庙中不知藏着何物，吉凶尚未可知，平煜却依然坚持将傅兰芽护在身旁，不肯跟她分开片刻。

这是一种自信，更是一种相守，唯有情比金坚之人才会如此行事。

说不出是沮丧还是失落，她微涩地叹了口气，仰头看向夜空，见皓月当空，夜色幽蓝，触眼之处说不尽地广袤无垠。

片刻后，她心中那块压了许久的大石似被看不见的力量所移开，竟有豁然开朗之感。

察觉身旁李由俭始终在望着自己，她微赧，往对面一望，眉头又不由得一皱。

只见一众等候平煜指示的锦衣卫中有位女暗卫，似是名唤叶珍珍，此时正望着傅兰芽，目光里分明有恶毒之意。而当平煜转头望向属下时，叶珍珍立即收回目光，恢复了温默的姿态。

秦勇眸光冷了冷。

自父亲去世后，她掌管偌大一个秦门，对人心的险恶和黑暗毫不陌生。照方才情形来看，此女分明对傅兰芽怀着恶意。

平煜似乎对此女颇为冷淡，不知会不会让这女子随行。若是准许她一道进入古庙，还需防备此女暗算傅兰芽才行。

正想着，忽听远处传来重重的马蹄声，一人一骑疾驰而来。

到了平烁跟前，那人翻身下马。

那人大喘了两口，大声道："禀将军，前方得报，王令所率大军已进入北元，距此不过五十里地。"

平烁跟弟弟快速地对视一眼，转身便往古庙中走去，沉声道："走。"

看来找寻古庙果然切中王令的命脉，他竟来得如此迅疾。

一行人不再犹豫，上了台阶，鱼贯而入。

傅兰芽抬眼，见平煜落在众人身后，立在台阶旁，似有等待之意。背影挺直，昂然如山，说不出地可靠。她心中踏实无比，挽着林嬷嬷走到庙门前，跟在平煜身后，往庙内走去。

明军为了追袭"落荒而逃"的坦布大军，日夜赶路，昼夜无歇。

　　接连行了十来日，好不容易到了北元境内，可坦布大军却如同钻入了地洞中，凭空在茫茫草原上消失，再也无从寻觅踪迹。

　　君臣中，最为沮丧的不是皇帝，而是当今的国舅爷——永安侯邓阜年，只因他不只奉命随军征伐，更急于找寻"误闯入"北元的次子和幼女。眼看便要追袭到旋翰河边，永安侯府的人马却依然未见踪影，不由得心急如焚。

　　是夜，他正要前去跟皇上商议找寻邓安宜及邓文莹之事，刚一进帐，便见里头欢声笑语，觥筹交错，分外喧哗，不像大战前夕，反倒像得了捷报后，君臣正在举行庆功宴。

　　他心中掠过一丝狐疑。

　　皇上虽资质平平，却还算温良敦厚。可近一年来，不知何故，越发变得骄狂糊涂，不说日益沉溺修道，整日不理政事，连性子都暴虐了许多。仔细想来，与登基前的那个谦谦如玉的太子相比，简直判若两人。

　　到了亲征路上，更是浮躁狂妄，屡屡行差踏错，于行军计划上，却又任由王令胡为。

　　长此下去，就算无瓦剌作乱，天下也必将危亡。

　　正想得心烦意乱，忽听王令的亲信——兵部的程为笑道："皇上有所不知，论起姿色，这些年微臣只见过一位堪称绝色的女子。"

　　邓阜年脸色绷起。程为此人专营酒色，因投奔了王令，在皇上面前颇为得势，年纪轻轻便做到了兵部给事中，平日没少引得皇上胡天胡地，此时无故挑起美人的话头，多半少不了王令的授意。

　　愠怒的同时，邓阜年不免有些好奇。程为素好调弄风月，平日不知见过多少莺莺燕燕，眼界高得离奇，能得他一句夸赞者，莫不是风华绝代的美人。可他刚才形容那女子容貌时，竟用了"堪称绝色"。

　　这句话里头兴许有故意引起皇上兴趣的夸大之词，但若那美人当不起这等赞誉之词，难保皇上不会大失所望，谄媚不成，反惹得皇上不快。

　　然而他也知道，程为此人，旁的事也许平平，于揣摩圣意上，却颇有心得。

　　也就是说，程为的话里并未掺杂水分，那女子的确当得起"绝色"二字。

眼下正是万分艰难之时，别说寻欢作乐，便是能否顺利从北元撤军亦尚未可知。程为又是从何处寻来能取悦皇上的美人？

果然不止皇上被引发了兴致，连几位随军征战的世家子弟都将目光朝程为投去。

皇上笑道："连你都赞不绝口，那美人想必生得极好。现在何处？"

程为觑一眼王令。

后者将手中酒盏举于唇边，正慢条斯理地浅酌。

他收回目光，笑道："此女早有艳名，皇上也该有所耳闻，说来不是旁人，正是傅冰之女。"

帐中先是一片寂静，随后哄然，唯有前两日才来投奔王令的王世钊不接茬，只管闷声不响地饮酒。

有人借着酒意，拍桌笑道："我就知道是傅小姐。虽然此女藏在闺中，以往从未见过，但早就听闻此女有洛神之姿。"

邓皋年狐疑地抬眼看向王令，暗忖，王令城府极深，每行一步皆有深意，于此时让人在皇上跟前提起此女，究竟所图为何？

傅兰芽挽着林嬷嬷的胳膊，跟在平煜身后进入古庙。

甫一进门，一种古朴之感沉沉压顶而来。她脚步微滞，抬眼四处打量。

主殿空荡肃穆，两旁墙壁上写满了鞑靼文，虽然大多已斑驳褪色，却不难想见曾经的辉煌瑰丽。许是年代久远，但凡触眼之处，隐约弥漫着一种挥之不去的苍凉感。

穿过长长的厅殿，她原以为会在主位上见到神像，没想到一抬眼，竟看见帘幔后供着一块牌位。

奇怪的是，牌位上空空如也，一个字未写，供桌上却端端正正摆放着烛台等物。

从器皿尚且完整的漆面来看，多是近年来所添置，显然时常有人前来打理。

她停步，认真盯着那无字牌位，瞧了又瞧。

为了供奉此人，百年前，不只有人耗费无数人力建造神庙，更有高人费尽心思在庙外设下奇门之阵。神庙沉入河底后，又不时有人前来供扫。

也不知庙中所祭奠之人究竟是什么身份，值得这些人如此慎重相待。

想起母亲那本小书上众小人无比虔诚的神情，她纳闷地移开视线。

大殿格局方方正正，走到尽头，右侧有一偏殿。

透过隔扇门，可见偏殿尽头又设了一门。若是推开隔扇门，想当然便可进入偏殿当中，但傅兰芽知道，当年建庙之人既能在庙外设下障眼之阵，庙内必然也做了手脚，万万不能轻举妄动。

正想着，果听在队伍前列的李攸抬手道："止步。"

待众人停下，他转身道："刚才我和平煜进来察看过，此庙不只外头布了障眼之阵，庙内也做了格局上的改动，若是贸然推门进去，不知会被这里头的阵法引到何处，须得慎之又慎。"

平烁和荣将军等人不语。

几位年长的江湖人士却诧异地朝平煜看来，目光里都有些犹疑。因为在他们看来，眼前的偏殿空空荡荡，实无可疑之处。

平煜见状，索性在众人注目下走到那两扇阔大的隔扇门前，停步。随后，从袖中取出一枚小小暗器，在掌中抛掷了两下，忽然屈指一弹。

只见那小东西透过隔扇门中的空当直直飞入便殿中，须臾，传来硬物触及地面及滚动的声音。

奇怪的是，那偏殿并不是很大，地面又光滑平整，暗器飞入其中后，顶多不过片刻工夫便会被某处所阻拦，无法再往前行。谁知那滴溜溜滚动的声音竟不绝于耳，似是滑入一条看不到尽头的甬道，一路滚将下去。

平煜挑挑眉，道："除了我们所在的这一层，下面应还有地殿，但地殿入口绝不会在偏殿内。若是任由那建庙之人牵着鼻子，在庙中胡乱走动，随时会触动机关，永生永世被困在阵中。"

傅兰芽暗暗点头。

哥哥曾跟她说过，跟外界的五行八卦阵不同，但凡要在封闭之所设下障眼之阵，须得先在房屋中设下三盘，即所谓天盘、地盘、人盘。

人立于地盘上。地盘又囊括八宫，各含玄机。地盘平日静止不动，但天盘却对应六仪，若是以地盘为基准，暗中参照日光变化的轨迹，做些巧妙的调整，常可不动声色地骗过踏入八宫之人。

每回说起奇门之术，哥哥常笑谈：不过是玩些障眼的把戏而已。

可傅兰芽知道，当真正身陷精心布置的奇门阵法中时，往往凶险万分，一不小心便会误中暗藏的陷阱，绝不仅仅只是被困其中而已。

想到此，她忍不住抬头看向黑漆漆的殿顶，试图从天盘上找寻玄机。

看了一会，未发现半点破绽，心中焦虑顿起。是她想得太过简单了。

百年前建庙之人既能想出将神庙藏于水底的法子，不用想也知是位不世出的奇才。此人设下的阵法，岂是一时半刻便能破解？

可是，王令大军眼看便要赶来，时间所剩无多，倘若无法在王令到达前揭穿他的底细，如何能反败为胜？

忽听平煜道："三年前我随军夜行时，不小心闯入此庙。记得当时天降大雨，旋翰河下游因而河水高涨。我等进庙后，因太过困乏，来不及四处察看，径直在殿中打了地铺，睡了一觉，直至拂晓方走。

"此事虽诡异，却不难得出两个结论。第一，当时我军人数众多，全在主殿中盘桓，却无一人受伤，可见主殿中并无要人命的机关，诸位只要不四处走动，不会陷入险境。"

此话一出，殿中不少江湖人士如释重负，有几人甚至悄悄挪动了脚步，不再一味停在原地。

洪震霆看了看正凝眉仰望殿顶的林之诚，问平煜道："不论阵法如何错综复杂，总有阵眼一说，否则那位护庙之人何以能来去自如？平大人，当务之急，是从速找到阵眼。"

平煜笑了笑，并未接话。

陆子谦暗暗摇了摇头。偌大一个古庙，要想找到阵眼谈何容易？庙中藏着重重机关，一个不慎，别说顺利进入地道中，连性命能否保住也未可知。

平煜继续道："刚才只说了第一点。这第二嘛，此庙被人悉心呵护百年，既然当夜雨势急骤，为何无故启动机关，平白让古庙浮出地面，遭受雨水肆虐？更不通的是，因着此举，我等得以闯入庙中，险些发现庙中隐藏多年的秘密。

"此事细究之下，委实不合常理。照我看，当年并非有人故意将此庙放出，而是因雨水太过磅礴，不小心冲毁了古庙外头的机关，这才致使古庙暴露人前——"

傅兰芽心中咯噔一声。

平煜又道："经过此事，守护古庙之人定会大为恼火，正所谓吃一堑长一智，为好好保护古庙，定会重新加固阵眼。刚才我等在河下足足找寻了半夜工夫，好不容易找到外头的机关，正是屋檐上一处斗拱，漆色与旁处不同，且加了好几枚暗钉。显然经过当年之事，护庙之人将庙外机关又重新做了加固。"

到了这时，不止傅兰芽，林之诚、李攸等人也面露恍悟之色，隐约猜到平煜接下来要说什么。

"当年那场大雨太过少见，古庙本就已建造百年，怎经得起这般冲刷？事后那人为了慎重起见，除了重新加固外头的机关，里面的阵眼多半也不会放过。但凡在墙壁或是木料上做过修缮，哪怕一眼难以看出区别，只要仔细找寻，就不难发现藏着阵眼处比旁处略有不同。"

殿中先是一默，随后便传来洪震霆的朗笑："妙极！妙极！只要找到阵眼，便可像护庙之人那般长驱直入，根本无须防备庙内外的机关。"

众人直如拨云见雾，精神一振。

傅兰芽目光并不往平煜那边瞧，嘴角却忍不住翘了翘。

当年一段从军经历，本该艰难备至，没想到三年岁月下来，不但打磨了平煜的品格，更是无意中留下了找寻阵眼的线索，此事细说起来，当真玄妙。

平煜说完后，李攸等人立即四散开去，在殿中找寻可疑之处。

白长老等人也手持兵器在墙上敲敲打打起来。

时间过得极快，半个时辰后，众人见一无所获，正有焦灼之意，忽听李珉兴奋的声音响起："平大人，找到阵眼了！"

不远处的营帐中，邓安宜阴着脸来回踱步。

邓文莹坐在一旁，用目光追随了他一会，含着哭腔道："二哥，你不是说皇上和父亲很快会率军前来吗，为何还未见到踪影？平煜手中虽有兵，却只许我们远远跟着，全不管我们的死活，若是不小心遇到鞑子的游骑军，咱们加起来不过几百人，如何能敌得过？二哥，我好怕……"说着说着，眼圈因着畏惧红了起来。

邓安宜听得心头火起："这时你知道怕了？当初在荆州时为何不肯径直回京，非要跟二哥一道去金陵？真是自作孽不可活！"

邓文莹转身扑在毡毯上哭了起来："我怎能想到皇上说亲征便亲征？原以为可从金陵顺道回京。就算不能回京，到了宣府后，自然可去寻爹爹和大哥。有了明军的庇护，便是瓦剌再凶悍又如何？谁知军情这般变幻难测，如今连宣府都不能回。二哥，你倒是给个准话，爹爹他们是不是很快就要赶来了？"

邓安宜听得心浮气躁。他整晚都在留意平煜那边的动静，就在两个时辰前，亲眼见他们将旋翰河底一座古庙打捞上来，心知那地方多半藏了坦儿珠的秘密。

而以平煜果决的性子，多半会不等王令赶来，第一时间进入庙中。

若他们只是勘察坦儿珠的秘密也就罢了，怕就怕平煜为了不再让傅兰芽背负"药引"之名，会索性将阵眼一并毁坏。

到那时，他手中持有的两块坦儿珠只会沦为废铁，而他这些年所苦苦追寻的一切，更会成为泡影。

不行，哪怕明知是螳臂当车，他也势必要前去阻拦。

下定决心，他回头望向邓文莹，见她哭得伤心，生出几分踟蹰。

他本是全无心肝之人，早在几十年前混迹江湖时，便已不知良心是何物。无论当年身处魔教，还是后来混迹京城，该杀人时，他绝不会手软，该狠心时，绝不瞻前顾后。

而今，正是千钧一发的时刻，他本该奋力一搏。哪怕无法达成所愿，以他的手段，想要在平煜当众揭穿他身份之前抽身离开，根本不在话下。说来说去，诸多需要顾虑的问题里，唯独无须考虑她的死活。

可是看着她耸动的肩膀，听着她一声声含含糊糊的"二哥"，他竟仿佛身陷泥淖，根本无从施展手脚。

这声"二哥"已在他耳畔萦绕了五年。他自小无父无母，在过去几十年的记忆里，满是冰冷无情，只有邓文莹对他的依恋，算是唯一有温度的部分。

他咬了咬牙，快步走到她身旁，一把将她拉将起来："我这就将你送到平煜等人的军营中去。平煜并非不知轻重之人，就算看不惯你，顾及你的身份，总不会将你赶走。父亲和大哥也很快会随军赶来。若是我天亮前未回来，你不必惊慌，届时只管跟父亲和大哥回京便是。"

邓文莹吃了一惊。

趔趔趄趄地被拉到帐帘口，这才想起挣扎："二哥，为何你天亮前赶不回来？还有……平煜心里眼里只有傅兰芽，我去了只会惹他厌烦。二哥，我不想去他的营帐，想跟你待在一起。"

邓安宜听得后头一句话，心中微荡，猛地转过头，一把将她揽住。眼看要搂到怀里，见她双眼诧异地睁大，醒悟过来，又硬生生松开了她。

他撇过头，语气恢复了往日的温和："平煜如今急于对付王令，根本无暇顾及你，你只管好好待在那边军营中。到了明日早上，不论我回不回来，一切自有分晓。"

说罢，不容邓文莹辩驳，扯着她出了帐。

启动阵眼后，供桌旁的地砖朝两边缓缓移开，原本光滑完整的地面陡然出现一条地道。

傅兰芽在平煜身后，听见动静，身子微侧，往前看了看。瞥见地道黑黝黝的入口，竟无端生出一种心悸之感。

这感觉来得毫无预兆，她情不自禁地抬起手，捂住胸口。仿佛只有如此，胸膛里那种闷钝之感才会稍有缓解。

上一回出现这种奇怪的感觉，还是第一次看见坦儿珠时。虽只持续了短短片刻，但那种不适感太过强烈，令她记忆犹新。

她惊疑不安，不明白为何身子会无故出现这种变化。

林嬷嬷察觉傅兰芽不对劲，吃了一惊，忙抬起手来摸了摸傅兰芽的额头，焦急道："小姐这是怎么了？可是刚才在外头吹了冷风？"

平煜人虽在前头，却时刻留意着傅兰芽，听见林嬷嬷的声音，忍不住转头一看，就见傅兰芽脸色发白，身子显见得有些不适。

他本已拔刀准备进入地道中，又面露迟疑之色。

平烁回头一望，瞧见弟弟的神情，先有些不解，转眼看见傅兰芽的脸色，旋即了然，道："这地道是护庙之人进出所用，只要不胡乱触碰墙上机关，当可安全无恙进入地殿中。三弟，王令大军将至，为防生变，你留在主殿当中殿后。若地道中有什么不妥当之处，我等会立即知会你。"

此话一出，不止平煜和李攸诧异，连傅兰芽都暗吃一惊。

她不是不知道平煜有多看重他这位大哥，跟李攸更是情同手足，放在平日，定会跟他们共蹈险地，刚才之所以踟蹰不前，多半是见她身子不适。听见平煜大哥这么一说，怕平煜为难，忙要状若无事地跟上众人步伐。

没等她迈步，平煜却应了，冲平烁和李攸点点头道："不止王令，右护法也蛰伏左右，此人觊觎坦儿珠已久，见神庙现形，势必会有所行动。我早就有心跟他算五年前的一笔账，钓了他一路，就等着他今夜自投罗网。"

这是默认平烁的安排了。

李攸平日少不了打趣平煜几句，如今大敌当前，也没了心思。

地道并不开阔，无法容纳太多人，只能点些精兵强将，在平烁的引领下进入地道。

秦勇和秦晏殊见傅兰芽留在殿中，并不随李攸等人下去勘察，遂自告奋勇留下，以便保护傅兰芽。

李由俭跟秦家姐弟形影不离，自然也没有非要进地殿不可的道理。

平煜见状，若有所思地看一眼秦勇。

直到此时此刻，他对秦门的防备和疑虑才终于放下，不再怀疑他们保护傅兰芽的初衷。

秦勇一向敏锐，见平煜看向自己的目光里有些释然之意，怔了一下，虽不解何故，仍回以一笑。面上看着再寻常不过，耳根却免不了有些发烫。

转头，却发现傅兰芽正静静地望着她和平煜，一双黑白分明的明眸里透着了然。

那种隐秘心事被人窥破的感觉又来了，她莫名地有些心慌，为了掩饰，正要镇定地移开视线。谁知傅兰芽忽然展颜一笑，竟友好地冲她点了点头，随后便转头跟林嬷嬷低声说起话来。仿佛刚才的一切不过是她的错觉。

尴尬的感觉顿时消除，她不由得暗自松了口气，虽然心中难免有些狐疑，却因傅兰芽刚才的态度太过落落大方，让她全无窘迫之感，又怀疑自己想岔了。

时间这东西，非常奇妙，有时过得极慢，有时又如白驹过隙，不知不觉间，半个时辰过去了。

平煜在外头做了安排后，蹲下身子，将手中绣春刀撑在地道口处，凝神听着里头的动静。

众人虽然偶尔彼此交谈，心却无一例外悬在半空中。

忽然听得里头传来急促的脚步声，似乎有人往出口处无措地走来。下一刻，便听见有人急声道："平大人，平将军和李将军请你速速下去！"声音有些走调，激动之情溢于言表，似是在下头发现了极为震撼之物。

殿中诸人霍地站了起来，齐齐拥至地道入口。

第
三
十
八
章　
探
地
宫

酒席不过持续了几个时辰，王令随即下令拔营，连夜赶路。

几个老臣心中不免纳闷：王令既如此心急火燎，刚才好端端的，为何吩咐大军驻扎，饮酒取乐，平白耽误许多工夫？

王世钊却心知肚明叔叔为何突有此举。

他千辛万苦赶到叔叔身边后，第一时间将这两个月来所发生的事巨细靡遗地告诉了叔叔。

从前因着自负而有所隐瞒的事情，如今失了顾虑，统统如竹筒倒豆子般倒了个彻底。其中自然也包括平煜对傅兰芽的情愫。

因着那日险些丧身平煜刀下，他挫败之余，越发对平煜生出滔天的恨意。

自己苦练五毒术，乱七八糟的蛇虫鼠蚁吃了无数，本以为有朝一日可狠狠羞辱平煜，没想到平煜不费吹灰之力，内力竟也无端暴涨许多。

他越想越觉得憋闷。

在叔叔面前说起平煜和傅兰芽之事时，他有意添油加醋，非但说平煜痴恋傅兰芽，更是无中生有，说他二人背地里如何颠鸾倒凤，平煜的内力又是来得如何之怪。

只恨不能借用叔叔手中滔天的权力磨刀霍霍，立时将平煜斩于手下。

原以为傅兰芽是叔叔志在必得的"药引"，绝不能落入旁人之手，没想到叔叔竟索性安排人在皇上面前进言，大肆夸赞傅兰芽的姿色，分明有意要将傅兰芽送到龙床上去。

他纳闷，傅兰芽到了皇上手中，还怎么做药引？且以傅兰芽的聪敏，若真承了雨露，对他们是福是祸，尚未可知。

可他也知道，叔叔行事向来有章法，否则也不会在皇上还是太子时，便成为皇上第一信重之人。之所以将傅兰芽推举到皇上面前，恐怕还是为了对付平煜。

皇上虽然见惯了美人，但骤然得见傅兰芽，难免不会动意。

而为了让君臣离心，美人计是个屡试不爽的好法子。

叔叔这么做，无可厚非。

让他想不明白的是，叔叔素来最得皇上倚重，不像是会怕平煜在皇上跟前进谗言的模样，究竟有什么把柄落在平煜手中，且严重到动摇君心的地步，让叔叔不得不防？

想了一会，他突然冒出个念头。

难道说，叔叔之所以这么做，不是怕平煜挑拨离间，竟是为了让平煜彻底恨上皇上不成？

大军紧赶慢赶疾行了近百里，近天亮时，终于赶至旋翰河下游。

然而沿着河畔跋涉了没多远，便见迎面疾驰而来数名骠骑，还未近前，听到那几人道："禀翁父，前方终于发现平烺及荣屹等叛军的踪迹。奇怪的是，上段河床里的河水不知去了何处，河中无端冒出一座屋宇，看上去……竟有些像神庙。"

河里有神庙？王世钊闻所未闻，惊愕地看向叔叔。

刚一转头，便吓了一跳，就见叔叔的脸色瞬间阴沉下来，五官狰狞的程度，似乎恨不得下一刻便要吃人。

晨曦初露，夜色渐退。拂晓的寒风中，大军的纛旗猎猎招展。

王令率领明军往前疾行百米，抬目远眺。果不出所料，平烺等人率领的两路大军早已沿着河畔层层布阵，乍眼望去，如巨龙般匍匐于广袤草原上，乌压压一大片，威势赫赫。

出乎意料的是，所列阵法正是防守上最为复杂的流沙阵。

数百年前的一场著名鏖战中，这阵法起了至关重要的作用。阵法看似朴实无华，实则守得极为稳固。哪怕现在己方兵力远胜于对方，也难以在短时间内取胜。

这阵法失传已久，本少有人知晓，他也是于几年前机缘巧合之下搜罗汉人奇门之术时，无意中在一本古籍上习得。没想到对方阵营中竟也有人知道这法子。

想起当年西平老侯爷率军击溃元军时那变幻无穷的阵法，他越发懊悔没早早取了平家人的性命。

其实来时路上，他对眼前情形早有所料。平煜等人为免背负上乱臣贼子的恶名，定会负隅顽抗。

但他也知道，荣屹和平烁手下不过区区一万多军马，自己所率明军却足有数万之众。

尤为让他心定的是，数十里外的另一处草原，坦布已等候他的指示多时。只要他一声令下，坦布便会率领麾下大军前来，跟他合力围歼被诓入北元腹地的明军。

除此之外，千里外的甘州，伯颜帖木儿即将攻破城防；辽东的脱脱不花鏖战多时，也已胜利在望。

倘若皇帝及明军一众老臣在蒙古境内被剿杀的消息传开，分散各地的北元军定会士气大振。届时，蒙古数万铁骑自可如入无人之境，一鼓作气击溃中原防线。

换言之，收复被明军夺走的大好河山，指日可待！

为了今日这一刻，他已隐忍了数十年，好不容易得见曙光，怎容旁人坏了大事？

念头一起，他恨不得胯下坐骑生出翅膀。

一定要在平煜当着明军的面揭穿他的底细之前先发制人，尽早将对方一干人等碾杀。

可万万没想到，平煜等人为了拖延时间，竟布下了流沙阵。

他眼睛里渐渐透出一抹可怖的猩红，疾驰一段之后，眼前事物越发清晰可辨。

等看清耸立于河床当中的高大神庙，心头顿时如遭重锤猛击，再也沉不住气，狠狠一勒缰绳，任由马儿惊得尥起前蹄，在原地打了个转，紧接着再次厉目盯向前方。

古怪的是，哪怕离得最近的军士，与庙门也有数十丈距离。而庙门口则空空荡荡，根本未见平煜等人的踪影。

剑拔弩张的时候，根本容不得多想。他赤红着眼睛，对面露犹豫之色的几位将领喝道："叛军就在眼前，尔等一味发怔做什么？还不摆开阵形，从速击溃叛军？"

听了此话，一众将士中，旁人也就罢了，几位老臣却面露犹疑之色。因为哪怕他们再昏聩无用，也多少知道平煜等人的品行，心知这几人都是素有傲骨之人，大义当前，断没有里通外国、转而投靠坦布的道理。

可惜的是，给不给平煜等人辩驳的机会，全在皇上的一念之间。

皇上看着那座古庙，脸上一片漠然，眸底却仿佛有一小簇火焰在跳跃。

说来也怪，他虽然明知平煜绝不是背信弃义之人，意识却仿佛被外力搅成了一盘散沙，怎么也无法集中，处事时也失去了原来的底气。恍惚间，仿佛有人在他耳畔低语了一句什么，他勉强振奋了几分，想也不想便道："攻！"

话一说完，背上一凉，又有些懊悔，忙要出口阻止，王令却已厉声喝道："吾皇有令，即刻斩杀叛军，一个不留！"

大军得令，正要分作三队，包抄对方，谁知兵马还未动，前方传来一阵骚动。王令凝眸一看，就见古庙中忽然涌出数十人，每人手中都持着火把。

当先那人下了台阶后，一撩衣摆，对着这边跪下，遥遥朗声道："臣等救驾来迟，累得皇上险些被潜伏在身边的鞑子所害，还望皇上莫要责怪。"

说话之人正是平煜。

少顷，荣屹和平烁也从庙中出来。

一见皇上，荣屹忍不住怆然泪下，直挺挺跪下，大声道："皇上，王令根本不是汉人，万望皇上明辨，莫再被一个狼子野心的鞑子所蒙蔽。"

这说法太过匪夷所思，众人骇然相顾。王令的生平来历俱有所考，千真万确是汉人，怎么可能会是鞑子？然而明知荒唐，细思前因后果，心底压了许久的疑惑却纷纷冒出头来。

王令心中狂跳，岂容平煜他们再说下去，不怀好意地笑道："叛贼现身，尔等还愣着做什么？为免他们伤及皇上，速搭弓，狙杀！"

恰在此时，平煜身后的锦衣卫四散分开，不知做了什么手脚，手中火把越发烧得旺起来，随时可将古庙点燃。

王令如同被掐中了命脉，心中不由得大恨，唯恐平煜由着性子将古庙焚毁，不得不喝止将士，阴着脸看着平煜。

李攸在一旁含着讽意道："庙中躺着何人，你心知肚明，想来你也不忍心庙中人的遗体被我等付之一炬吧?"

他声音并不算大,离得又远,却不知何故,偏能一字一句送到众人耳中。

李伿接着说道:"布日古德——不,应该说是布里牙特,吉日列大汗的最后一名嫡系后裔——亡国太子的滋味不好受吧?这些年你隐瞒身份,蛰伏于京中,想必熬得分外辛苦,时日久了,难保不露出马脚。亏得你能隐忍,二十年后,竟真叫你成了事。如今你跟坦布里应外合,巧言令色哄得皇上随你深入你早已设下的埋伏,好祸害我们大明江山!"

众人听得这话,一片哗然。

傅兰芽在古庙中听得一清二楚。旁的也就罢了,让她纳闷的是,自从刚才在地殿中见到那具棺木,心口为何会时不时发闷。而且越靠近棺木,胸口的不适便会越发强烈。

在平煜及陆子谦的辨认下,那棺木中的尸首被证实是多年前那位著名的大汗,而从地殿中翻出的画像来看,王令极有可能便是大汗的后代。

"荒谬至极!"

王令死死盯着神庙门前的平煜,眼里几乎能喷出火来。俄而转过头,坦荡荡地对皇上道:"皇上,臣在皇上身边服侍多年,心无旁骛、矢忠不贰,臣是什么样的人,皇上再清楚不过。平煜和荣屹为了拖延时间,竟丧心病狂编出这等拙劣的谎言,当真可笑至极。皇上切莫被他们的花言巧语所骗,若是不小心误中了他们的离间之计,可就错失对付叛臣的良机了——"

平煜那边一字不落听见,冷笑一声,侧过脸,冲手持火把的李珉等人点了点头,高声道:"这古庙既是鞑子所建,对我等大明子民来说无异于外道邪魔,便是一把火烧了也无碍。——烧!"

李珉等人得令,立即作势要点燃身后古庙。

王令额上青筋陡然暴起,情状甚为骇人。唰的一声,一道刺目的亮光闪过,他已然拔出腰间的长剑。随后长剑一指,厉斥身旁几位按兵不动的武将道:"尔等痴怔了吗?再耽误下去,坦布大军很快会被平煜等人引来。难道你们想眼睁睁看着皇上被叛军擒去?还不速将这几个扰乱军心的乱臣逆首诛杀!"

周遭死一般地寂静。

非但无人应答,有几名反应敏捷的武将甚至拍马上前,不动声色地将皇上跟王令隔开。

如果众臣先前对李攸的话还只是半信半疑，在见了眼下王令的反应后，心中已有了答案。再面对王令时，态度已发生了微妙的变化。

人人在心中暗忖：

怪不得王令明明在家乡中了秀才，偏偏在风华正茂时选择自宫，跑到京城做太监。

怪不得在我朝跟瓦剌的马市交易中，王令屡屡利用自己的权力损害大明边贸利益，反而对坦布大行方便。

怪不得在瓦剌频频驱兵侵略边境时，王令千方百计怂恿皇上亲征瓦剌。行军路上，又一再打乱原有的作战计划，致使宣府、大同两处要塞失守，两城守军全军覆没。

种种不合情理之处，在得知王令竟可能是鞑子后，统统都有了解释。

一想到满朝文武竟被一个伪装成汉人的鞑子玩弄于股掌之上，哪怕再无血性之人，心中亦涌起了强烈的愤恨。

风声掠过，嗖的一声，不知从何处射来一支利箭，状若流星，迅疾至极，眼看便要正中王令的背心。

不料还未没入王令的皮肤，便听"叮"的一声，那箭竟硬生生被弹至一旁，宛如触到最坚硬的硬物，箭尖都弯折了几分。

这变故太过耸人听闻，不远处一干正准备效仿此举、暗算王令的士兵，都诧异地停下了动作。

静了片刻，王令的眼睛如同染血一般越发猩红，缓缓拧过头，面无表情地看向身后暗算他的那名武将。

那武将一手箭弩功夫天下无敌，从来都是百发百中，刚才为了一招除去王令，更是使出了所有内力。原以为定会一击而中，没想到王令竟刀枪不入……

正惊愕莫名，不防对上王令那红得不正常的双目，心中寒意上来，突突打了个冷战。

忽然眼前人影一闪，阵阵马嘶声中，有什么迅猛至极的东西直朝自己抓来。速度之快，竟如劲风刮过，身旁之人甚至根本没看清王令究竟是怎么从马上飞掠下来的。

那名武将大骇，虽明知自己身手不差，然而面对这等来势汹汹的袭击，亦毫无招架之力，只能眼睁睁看着对方的长臂探向自己的胸膛。相信下一刻等待他的，便是剜心之痛。

身旁众人错愕了片刻，纷纷挥动手中武器，杀向王令。

而皇上身边的几名近臣更是如梦初醒，忙一拥而上，将仍在怔忪的皇上团团围住。

正要护送皇上速速离开，谁知王令明明已经欺到那名武将跟前，却如大鹰翱翔一般，倏地在半空中掉转方向，身形快如闪电，越过众人头顶，探臂往下一抓。

一片惊怒交加的呼喝声中，皇上被王令抓住肩头冲天而起。更让人意想不到的是，到了半空中，王令竟从怀中取出一道烟火棒般的物事，扬臂一掷，便要释放消息。

平煜早在揭穿王令底细之时，便已在随时防备王令给近处的坦布传递消息，早抢了身后暗卫的弓箭在手。

眼见王令掳了皇帝，又丢出怀中的烟火棒，他想也不想便拉满弓弦，抬臂射出一箭。

王令因着多年研习五毒术，内力已臻化境，经由他全力掷出的东西，等闲之辈根本难以阻止。

谁知烟火棒刚离开王令手中，还未来得及在空中放出绚烂的烟花，便听一声闷响，竟被平煜准确无误地射下。

不止王令，连一众武林中人都始料未及。

秦门的白长老早在金陵时便已弄明白平煜这内力的来源，看得心中大悦，忙转头，对秦晏殊道："那鞑子已练至五毒术第十层，满身阴毒功夫，刀枪不入，寻常锐器根本无法伤及，比之金陵的金如归更为邪门，唯有赤云丹养出的内力乃是五毒术天生的克星。掌门，你也曾机缘巧合服用了一粒赤云丹。这鞑子不好对付，我等哪怕近前也奈何不了他，万不得已时，只有掌门和平大人可以协力与之一战了。"

秦晏殊目光一炽，冷笑道："早就等着取这鞑子的狗命了！"

眼见王令意图掳走皇帝，他未及多想，连忙拔地而起，追赶平煜和王令而去。

如今是忠是奸已经一目了然，他无须当心明军阵营中有人与他们为敌，行事更多了一份酣畅。

白长老目送秦晏殊一纵而去的矫健身手，大声道："没想到这鞑子为了复国，竟对自己这般狠毒。须知五毒术越往后练，越会损伤男子的精气，到最后等同于废人一个，根本无法绵延子嗣……"说着又觉着疑惑，摇头道，"不对，他既是北元皇室，就算为了复国，也不至于自绝子嗣。难不成……这鞑子是身子先受了损害，再想着练五毒术？"

因他音量不低，对面的王世钊听得一清二楚。

他因练五毒术的缘故，无论耳力目力都比常人敏锐很多，白长老的话随风送来，当即叫他吃了一惊。甚至比得知叔叔是鞑子更为惊骇。

刚才一番变故，他先是大吃一惊，随即有些惶然，想到日后之事，正不知如何应对，谁知下一刻竟听见这等难以置信的消息。

"精气受损……"

"自绝子嗣……"

一个字一个字回响在耳边。

他目瞪口呆地盯着王令的背影，想起这段时日以来身子的奇怪变化，的确全都出现在习练五毒术之后……

良久之后，目光里的骇然被了然所取代。

怪不得他当时提起最近在房事上力不从心时，刘一德的表情会那般古怪，原来他们早就知道这五毒术会损害精气。

然而叔叔为了操控他去对付平煜，依旧哄骗他学练这阴毒至极的功夫。

他愣怔了一瞬后，牙齿咬得咯咯作响，眸子里涌起刻骨的恨意。悲凉地想，亏他还打着回京之后搜罗美人的主意，如今被这鞑子坑害到这般田地，就算日后再遇到傅兰芽这样的美人又能如何？他再也无法人道了！

雄心壮志都化为乌有，一时间，胸膛都险些气炸。一双细长的眼睛里更如王令一般染上了血红，说不出地可怖。

"老匹夫！我跟你拼了！"

这边王世钊刚越过众骑追赶王令而去，那边平煜已向王令追去。他紧追了一响，眼看要追上，谁知竟出其不意杀了个回马枪，撇下王令，回身飞纵到众军士当中。随后，抢过一骑，一抖缰绳，纵马拦在正要绝尘而去的英国公张达面前。

张达乃是此次皇上钦点的随军出征的右元帅，刚才骤见皇上被王令掳走，正急声指挥诸将士进行部署，以求在最短时间内将皇上解救出来。

见平煜阻拦，张达白眉一竖，勒住缰绳，喝道："平煜小儿，汝意欲何为？"

当年先帝去世时，为了稳固江山，曾留下五位股肱之臣辅佐皇上。两年过去，五位重臣老死的老死、下狱的下狱，唯有一个张达留存了下来。张达人虽平庸无能，资历却少有人能及，便是平煜的祖父西平老侯爷在世时，也得尊称张达一声大哥。故这声"平煜小儿"无半点唐突之感。

平煜告一声罪，肃然道："张公，王令机关算尽，此次更是有备而来。欲救皇上，光对付王令一人远远不够，另有一事迫在眉睫，急需借用张公手中的兵权进行排布。"

张达怔了一下，一双因年迈而略显浑浊的眼睛紧紧盯着平煜，心知此子是西平老侯爷在世时最喜欢的孙子，足智多谋，这两年在朝堂上游刃有余，尤为让他青眼相看。旁人的话他可以一哂置之，唯独此子不容轻怠。

思忖间，平烁和荣屹已疾驰而来，且从二人急迫的神色来看，多半早已知道平煜接下来要说的话。

张达心念一转，急声道："如何解救吾皇？"

平煜将目光投向队伍最后所列的三千营，见王令果然只顾一味盘桓，有意引逗得众弓弩手不断挪移箭矢的方向，偏不肯跃出三千营的地界，越发了然于胸，答道："眼下最紧要之事，便是须提防王令策反。"

傅兰芽人在庙中，注意力却始终放在外头的平煜身上。她离得远，触目之处满是军士，根本无从瞥见平煜的身影。且自从王令被揭破身份后，明军便仿佛炸开了锅一般，再没有片刻沉稳。皇上被俘后，一干将士更是拉弓的拉弓、呼喝的呼喝，状甚急迫。

她清楚地知道，王令哪怕再武功盖世，也难以一人之力抵御数万名军士的围剿。之所以掳走皇上，除了用皇上做人质外，定还有旁的倚仗。

记得刚才王令将皇上从马上拽起时，曾从怀中取出一物挥至半空，看样子，似是意图释放消息，引来援兵，不料被平煜持弓射下，平白坏了打算。

可是以王令的谋算，怎会这么容易便让自己陷入困境？故而除了引坦布前来，王令定有后招。

正想着，却见原本在神庙前的平烁和荣屹拍马而去，似是打算跟对面的明军会合。

稍后，密集的队伍忽然如同被剑劈开一半，分作两列。

当中几名将士引领大军，浩浩荡荡朝前奔去，分明已在短时间内另有了部署。

她不由得微松了口气。

无论如何，王令绝不可能是孤军作战，他所仰仗的，是瓦剌的数万之众。

若是以为单单擒住一个王令便万事大吉，只会让己方陷入王令的陷阱中。故不论对方阵营中的明军如今是由谁在指挥，那人既然肯放下疑虑，选择跟平煜等人合作，胜算总算又多了几成。

只是，自从她和平煜在云南相遇，在面对这等危境时，两人还是头一回分开。

她心里有些空落落的，更多的是担忧。在窗后立了一会，转而将目光投向庙门口的诸人。这才发现除了身旁平煜留下的人马外，神庙外还留下了数千精兵，将整座神庙围了个严实，似是怕王令派人前来掳她。

秦门及形意庄诸人守在殿门口。秦勇和李由俭虽因被众将士阻隔，无法接近傅兰芽主仆，却不时回头看看身后，确认她们主仆是否安好。

傅兰芽本非容易放下戒心之人，到了眼下，免不了对秦勇等人生出感激。

她一开始虽未随李攸等人下去地道，但在李攸派人上来传话后，再也按捺不住好奇心，跟随平煜到了地殿。

地殿第二层及第三层都未设机关，一路可谓通行无阻。

第四层时，原本平缓的地面突然凹进去一个圆坑，周围供奉着香火。圆坑当中有一座巨大棺木，不知装着何人。

墓室当中堆放着大量器皿，墙壁上亦悬了几幅保存尚且完整的画像。

初见这墓室，只觉平平无奇，可是早在他们下来前，李攸等人便发现棺木周围藏有无数凶险无比的机关，但凡触动其中一处，便会引来意想不到的灾祸。

林之诚及平烁等人通力合作，花费了九牛二虎之力，都只能破除三处，根本无法接近那棺木，更无从研究棺木中究竟躺着何人。

最后还是在殿门口的一个箱子里发现了一摞书页，通过推敲上面鞑靼文的含义，才知道神庙供奉的是被鞑靼人视作天神的某位大汗。

箱子里另有一卷画像，虽有些破损发黄，但所画之人眉目栩栩如生，不难辨认出生前相貌。画上题的文字，更证实画中人正是那位大汗。

巧的是，画中人的五官竟跟王令有些相似。平煜等人因而得以确认王令便是这位大汗的后裔。

回到主殿后，王令正好率军赶来。平煜索性将那幅画像交与她保管，等一出神庙，便用火烧神庙的主意，逼得王令承认自己的身份。

没想到平煜一试就中，想来王令哪怕再丧心病狂，也无法坐视先人遗体葬身火海。

想到此，她收回目光，缓缓展开手中的画卷。

晨光熹微，一些原本在昏暗地殿无法发现的细节得以在眼前清晰呈现。盯着看了半晌后，她生出一丝疑惑。

她虽不算辨识丹青的高手，但在父亲和哥哥的耳濡目染下，多少对品鉴古物有些心得。心知但凡是上了年头的画作，水墨的颜色和纸笺的脆度都会留下独一无二的辨识痕迹。而眼前这幅画，虽然乍一眼看去天衣无缝，十足十是百年前的遗迹，但细辨之下，可发现画上水墨有些微妙的违和感。

她忍不住轻轻摩挲那发黄的纸张，心中暗暗起疑：莫非这画是有人故意伪造而成？可是，这人伪造大汗的画像，目的为何？

正凝眉思索，却听到外面传来沸水般的骚动声，与之相伴的，还有激烈交战的声音。抬目往前看去，只见原本在队伍最后方的若干骠骑似有异动。

再听李由俭低呼一声，大恨道："三千营……三千营竟反水了！"

傅兰芽一惊。三千营乃是先帝招安及收编的蒙古骑兵，因骑术出众，常被当作先锋使唤。但因满营都是蒙古人，先帝是既用之也防之，真正出征时，从不带着他们。

没想到王令竟哄得皇上同意将三千营带离京城。王令本就是鞑子，想要收拢由蒙古人编成的三千营并不意外。

只是，自本朝建立以来，不少蒙古人选择了归顺，骨子里的野性少了很多。在利益的诱惑下，很多蒙古人明明有机会回归北元，却宁愿留在京城。蒙古骑兵在营内个个养得膘肥体壮。单凭王令的一张嘴，恐怕难以令他们割舍下朝廷给的高官厚禄。

尤其是元亡后，三大部落常年厮杀，其中以瓦剌最为强大。哪怕同为蒙古人，部落间的首领彼此见面，也从未有一刻放下芥蒂。

只有王令搬出大汗嫡系后裔的身份，才有可能驱策这些如同散沙的鞑子俱都听他号令。

正想着，就听外头传来震天动地的呼喊声，极虔诚也极癫狂，细听之下，才发现说的是鞑靼语。

白长老歪头听了一会，讶道："他们似是在高呼太子殿下。"

傅兰芽喉咙卡了一下。看样子，王令不只已收服了瓦剌的坦布，在这帮本已归顺明朝的三千营骑兵面前，也享有极高的声望。之前所料的王令的后招正应在此处。

三千营名为三千，麾下实则有七八千有蒙古血统的骑兵。有这些骁勇善战的兵士相护，王令不愁无法带着皇上顺利突围。等他们成功跟坦布大军会师，想要击败在骑术上稍逊一筹的明军，并非难以做到。

这般想着，她大感焦灼。忽又听得高呼声被骤然打断，只剩激烈的厮杀声，且不知何故，军队阵形瞬间又发生了变化。

正听得入神，外面廊下传来秦勇的声音，含着几分雀跃："三千营的偷袭似未成功，万万没想到，王令埋了许久的杀着竟被人抢先一步给破了。如此一来，王令无异于被砍了双臂，再也无法带皇上成功突围，只能硬着头皮跟大军作战了。敌寡我众，我军胜三千营多矣，击溃王令不在话下。"

激荡的气氛顿时在神庙内外弥漫开来，众人脸上神情一松，连傅兰芽也暗吁了口气，暗忖，也不知是谁预料到三千营会反水，竟抢先一步做了安排。

震天动地的呐喊声中，箭矢如密雨般覆盖了战场。明军分作两翼前后包抄三千营的骑兵，呼啸迎击，然而对方骑术强悍，交战处又是蒙古人自小摸爬滚打着长大的草原，激烈地对峙半晌，己方竟久攻不下。

然而也因为这个缘故，王令迟迟无法挟持皇帝去与坦布大军会合。

第三十九章 伏王令

此次皇上亲征，京城三大营几乎倾巢而出，除了京师精锐，更急调各地备操军、备倭军，加在一起共有近十万人马。

宣府、大同一役，驸马、辅国公等因王令跟瓦剌里应外合，不幸误中陷阱，两处明军死伤无数，折损过半。

后土木堡被围近半月，水粮消耗殆尽，更有不少军士活活饿死城中。此役细说起来，不仅惨烈，更是说不出的窝囊。

直到平煜等人用坦儿珠诱使王令前往北元，土木堡才告解围。

经过这三番五次的折腾，明军人马如今只余不到五万，兵力大有折损。

至北元境内时，经王令授意，特令三千营殿后，故而在王令劫持皇上后，三千营可以毫无阻碍地反水，第一时间前来接应王令。

综观全局，王令几乎每一步都算到了，运筹帷幄的能力无出其右者。

若不是三千营发动突袭时忽被拦阻，此时王令已顺利带着皇上成功突围，与坦布大军会合。

到那时，他手中既有天子做人质，又有数万瓦剌大军做后盾，明军即便想反攻，因顾忌皇上在王令手中，一举一动都受到掣肘。毕竟，谁也不愿担个"不顾皇上安危"的不忠之名。

换言之，果真如此，双方胜败便成定局。

不料三千营这条暗线被提前识破，还未来得及成功撤离，便被斜刺里冲出来的五军营兵马给围住。

急攻一晌，王令几回想释放烟火棒传信给坦布，都被平煜射下。

一未能引来援军，二未能突围，本该急火攻心，可王令许是历练多年，反倒越见沉稳。

见平煜和秦晏殊咬死了他不放，忽一把将皇上提溜起来，掐住脖颈，冷笑道："尔等丝毫不顾皇上龙体的举动，可配得上一个忠字？若不想皇上立时死在我手中，尔等速速退兵。三日后，我可将皇上毫发无伤地送回明军营。"

皇上自被俘后，不知是被王令点了穴，还是服了迷药，昏昏沉沉，毫无清醒的迹象。

平煜扫一眼皇上那灰得不正常的面容，接话道："你若胆敢伤害皇上龙体，我立刻下令将那座神庙烧为灰烬！"反将王令一军。

王令冷冷盯着平煜，眼睛变得越发赤红。

除了三千营这条暗线，最让他窝火的，便是藏于河底的神庙外的机关竟被平煜等人破解。

如今他两张底牌都被抖搂出来，别说成功撤离，连皇上这颗棋子都失去了震慑力。

他知道，三千营的军士之所以愿意死心塌地追随他，只因他是大汗唯一的嫡系传人。

所以哪怕他根本不在意神庙中那具尸首的下场，哪怕他真正关心的只有神庙中藏着的坦儿珠的祭坛，也无法在三千营的军士面前流露出半点对大汗不敬的意思。

祭坛最是防风防火，根本不会受外界干扰，大汗的尸首却经不起火烤。若因他的漫不经心，大汗尸首被平煜焚毁，往后无论是在三千营还是在坦布面前，他都无法再树立北元太子的威望。多年的苦心算计，皆会付诸流水。

一句"你且烧便是"明明已冲到嘴边，当着蒙古骑兵的面，他也只能生生咽下。一双厉目往部队后方的神庙一望，见神庙门口不过数千兵马，电光石火间，心中便有了计较。

旋即一声呼哨，对已被歼灭了半数的三千营军士喝出一句鞑靼语，随后将皇帝夹在臂弯里，猛地拔地而起，蜻蜓点水般接连踩在众将士的肩头，飞鹰般朝神庙的方向掠去。

他武功奇高，更兼刀枪不入，弓弩手射出的箭还未等没入他体内便纷纷落于地上，若不是平煜和秦晏殊紧紧追赶，险些让他突围而出。

他身后，三千营蒙古骑兵血液里善战的因子被激发，已有越战越勇的迹象，其中骑术精绝的几名大将竟斩杀了周围的军士，一路紧跟在王令身后。

傅兰芽正紧张地观看远处的战况，外头的军士忽起了一阵骚动。

鼎沸人声中，李珉及陈尔升匆匆进了庙，对傅兰芽主仆道："此庙随时可能会付之一炬，再待在庙中已不安全。傅小姐速跟我等回河岸边的营帐，再另做安排。"

傅兰芽忙点点头，将那幅大汗的画像藏于怀中。随后，主仆二人接过李珉递来的斗篷，从头到脚裹得严严实实，出了神庙，遮遮掩掩地往河边营帐走。

许是为了掩人耳目，那数千名将士依旧一动不动，昂藏立于神庙门口，从远处看来，一时难以发现有人从神庙中撤离。

到了营帐中，傅兰芽因走得急，袖中一物不小心落于裙边。她一颗心跳个不停，低头一看，见是母亲留给她的那包解毒丸，忙捡起，郑重其事收回袖中。

如今绣囊中仅余两粒解毒丸，又面临这等危境，每一粒都算得无价之宝，断不能出半点差错。

等平复了心绪，她掀帘朝外眺望，才发现秦勇等人不知何时也到了帐外。而那些军士依然守在庙门口，只是不知何时变换了阵形，不动声色摆出了双月阵。

虽离得远，却恰好跟她主仆所在帐篷形成犄角，若有异变，随时可退至她所在的营帐处。

她松了口气，却更加担心平煜的安危。又一转眸，发现不远处的两个帐篷门口也有军士守候。

她知道其中一个帐篷内安置着林之诚的夫人。

平煜曾对林之诚许诺，只要肯跟他合作，就会竭尽全力护林夫人周全，故平煜一路上时刻不忘派人保护林夫人。

另一个帐篷却不知藏着何人。

正疑惑间，那个帐篷的帐帘一掀，一个十五六岁的丫鬟惊慌地探头往外看。

待看清那人面容，傅兰芽一讶，竟是永安侯府的人。

难道帐中竟是邓文莹？

邓文莹一向跟邓安宜形影不离，为何会到了平煜这边的营帐安置？

邓安宜呢，又去了何处？

她满腹疑惑，在帐中又等了一个时辰，只听外头交战的声音越发惨烈，直如怒吼的海浪，一声高过一声，显见得交战处已离神庙越来越近。

她心中焦虑顿起，再出帐往外看，才发现不知何时，朝阳已被高高的日头所取代，而神庙门口原本严阵以待的军队仿佛湖心被投入一块巨石，掀起了巨大的浪花，再也平静不下来。

王令厮杀了数个时辰，内力毫无滞缓的迹象，三千营的数千军士更是上下一心，与明军拼死作战。

因皇上就在王令手中，众明朝军士投鼠忌器，竟叫王令瞅了破绽，一路杀到了明军前方。

眼看要掠到神庙门口，平煜和秦晏殊从两侧夹击而来，齐齐攻向王令。而已等候多时的洪震霆、李由俭等人也拔剑出鞘，加入战局。

要想拿下王令，弓箭手等常见的法子根本不管用，唯有贴身肉搏尚有一丝胜算。

洪震霆功夫最为出众，身形如电，转眼便抢在众人前头，一掌劈向王令的后背。刚一触上他衣裳，只觉一股阴寒至极的内力蹿至掌心，仿佛被冰水一路灌到心房，激得他打了个冷战。

他大吃一惊，旋即收回掌力，身躯往后一翻，捂着胸口落在地上，趔趔趄趄退了几步，方定住身形。

他惊疑不定地想，谁能料到五毒术练至顶峰时，竟这般出神入化。难怪这门阴毒功夫久未在世间绝迹，想来有人明知道这功夫会损伤精气，为了练就一身绝世武功，依然不管不顾地习练。亏得他底子奇厚，才未被那股怪力伤及心脉。

思忖间，王令已一掌抓向神庙前的一名军士，活活将其震死。速度之快，手法之残忍，令人咋舌。

若不是有平煜和秦晏殊阻拦，门前军士定会被王令击散。

洪震霆忽然看见李攸也鬼魅般蹿至王令身后，看样子，打算效仿他方才的法子，从背后偷袭王令。他面色一变，忙喝道："快退下。"

李攸师从八极帮，内力跟他一脉相承，连他这个师父都无从抵御王令，遑论徒弟。

眼见李攸已来不及撤回，他太阳穴突突直跳，忙要不顾一切一跃而起，将李攸抓回。

恰在此时，斜刺里有人伸出一臂，一把揪住李攸的衣领，将其远远抛开。

他定睛一看，见是平煜，不由得大松了口气。

李攸狼狈地从半空中跌下，险些摔个倒栽葱，待看清是谁将他抛开后，顿时明白过来，心中感激，嘴上却破口大骂："平煜！你别逞能，这鞑子可不好对付！"

平煜一心要将皇帝从王令手中抢回，虽听见李攸的骂声，却无暇接话。

那边白长老也忙将李由俭拉下，远远退开，喘着气道："李将军，你别不服气。五毒术乃天下至阴至毒的功夫，练到这鞑子的境地，内力堪比寒冰，我等与其相拼，除了白受折损，根本于事无补。唯有赤云丹滋养出的内力可将其克制。"

说罢，他看向平煜和秦晏殊的背影，暗叹一声，可惜，两人光有内力支撑，招数上却无法破解五毒术，以致久久无法将王令拿下。

听到白长老的话，王令顿时心头火起。赤云丹乃是至宝，本已无处觅踪，谁知竟被努敏偷偷藏下。平煜和秦家小子的内力来得这般奇怪，不用想，定是努敏传给了她女儿，她女儿又转赠给了平、秦二人。

他修炼五毒术近二十年，吃了多少苦，本以为已天下无敌，没想到末了竟又横生枝节。想到此，他目光中戾气暴涨，阴恻恻地四处找寻傅兰芽的身影，厉声道："努敏的女儿呢？"

二十年前，努敏害他跌落陷阱，让他从此不能人道。他无奈之下，不得不习练五毒术。没想到二十年后，努敏的女儿竟又来坏他的好事。

他只觉光将这对母女用作任人觊觎的"药引"还远远不够，唯有亲手将她们的心挖出，让努氏一族彻底绝了血脉，方能解恨。

谁知找寻半晌，未找到傅兰芽，竟不小心瞥见一个老熟人——林之诚。

林之诚的相貌跟他记忆中一般无二，只是身形格外瘦削，面色也不好看，似受了内伤，双目阴沉，紧紧盯着他。

跟二十年前一样，林之诚背着两个灰扑扑的包袱，一望便知里头装着那对双生儿的骸骨。

他双眼一眯，看来此子依旧对当年双生儿之死耿耿于怀，不由得一哂。此人生就一个绝顶聪明的脑子，于武学上更是不世出的奇才，可惜遇事偏爱钻牛角尖，这些年白白耽误多少工夫，始终未能奈何得了自己。如今又受了内伤，更不足为惧。

想到此，他目光里透出一抹轻蔑。却听林之诚毫无波澜的声音传来："攻他右肋下的章门穴。"

诸人皆是一怔。

王令一惊，暗道不妙。当年林之诚一对龙凤儿死于他手，以林之诚的性子，一日都未放下这深仇大恨。此人又善拆解招式，纵然内力无法跟他一较高下，免不了会细细钻研五毒术招式上的破绽。

果然，还未等他反应过来，平煜一旋身，屈肘狠狠撞向他右肋。

应变之快，让他措手不及，而他原本密不透风的招式终于露出颓势，狼狈万分地往旁一退。

一回头，恰对上平煜含着讥讽的黑眸，不由得大恨，此子恐怕天生便是他的克星。

林之诚的声音不大，却极清晰平稳，一字一句，随风送来。想是长达二十年的刻骨仇恨终将得报，他面容虽平静，眸中却隐约可见涌动的波澜，声线也有些僵硬嘶哑。

平煜根本来不及仔细推敲林之诚的话，只觉林之诚的每次指点都正中王令的软肋，几招过后，直如醍醐灌顶，应对王令时，再不如方才那般艰难。

而秦晏殊本就有秦门多年的功夫打下的基础，不过一眨眼的工夫，也听出林之诚指点中的玄妙之处。

只不过，他体内被赤云丹滋养出的内力不如平煜那般顺畅平滑，跟王令对招时，不时有寒气逼来。

他虽有些不服气，却不及细想为何自己会跟平煜在内力增长上有所差别，眼见平煜如有神助，忙也沉下心来，全神贯注与王令拆招。

十来招过后，平煜越发得心应手。突然一个翻身，从王令头顶掠至他背后，趁王令回身的工夫，迅速跟秦晏殊对了个眼色。

见秦晏殊会意，旋即卖了个破绽，一矮身，引得王令拍向自己的肩头。

秦晏殊在王令身后，假装中了王令之计，探臂向前，拍向王令的右腰。

哪知王令不过虚晃一枪，不等秦晏殊掌风逼至背后，竟硬生生将本已拍向平煜肩头的掌收回，转动手腕，一掌劈向身后。

平煜等的便是这一招，趁王令注意力贯注在偷袭秦晏殊上，直直往上一跃，屈掌为爪，抓向王令的双目。

林之诚远远看着，见二人一点就透，声音不免昂扬了几分，道："点其颈上人迎穴。"

平煜听得真切，左手去势不减，右手中指及食指却迅速并在一处，宛如利剑出鞘，欺向王令的脖颈。

王令偷袭秦晏殊不成，反倒被平煜和秦晏殊前后夹击，更兼眼部及颈部两处大穴暴露人前，直恨不得咬碎满口钢牙。

若是旁人出招也就罢了，平煜的内力恰好能克制五毒术，假如叫他暗算成功，自己就算不死也会废掉一半功力。

王令不得不迅速收回右臂，勉力挡住平煜的攻势。

因太急于化解平煜的招式，原本紧抱皇帝的左臂情不自禁一松。他暗暗一惊，忙欲收拢左臂，哪知就是这一晃神的工夫，身后的秦晏殊竟使出全力劈向他左胸。

顿时，一股辛辣无比的热力沿着筋脉直冲入天灵盖，喉咙里更是涌出一股甜腥味。

王令如野兽般低吼一声，迅速将全身内力运至后胸，一举将秦晏殊震开。

正要回身对付平煜，不料身旁黑影一闪，一人来势汹汹，直抓他的腰侧。

此招生猛至极，唯有极为了解五毒术破绽之人，方能一眼识别他的虚招，一出手便是杀招。

他眼风一扫，待看清来人，瞳孔一缩——王世钊！

"老匹夫，你害我不能人道，今日我定要亲手结果了你，方能消我心头之恨！"

王世钊五官已扭曲变形如同野兽，一双眼睛更是要滴出血来，虽功力远不及王令，却因拼着鱼死网破的狠劲，甫一靠近，便将王令死死缠住。

王令三面临敌，又兼林之诚在旁不断指出他的破绽，表面上虽竭力保持镇定，招式却免不了现出颓势。

混战中，忽觉左臂一轻，等明白过来发生何事，顿时怒不可遏，风一般往前一捞。可是平煜却比他更快，瞬息之间，夹在臂弯下的皇帝已被平煜一把夺过。

他勃然大怒，双手屈指成钩，抓向平煜肩头。平煜却不闪不避，反如秤砣般猛地往下一沉，随后，背着皇上拔足狂奔，转眼间便跃回明军阵营中，将皇上交到荣屹等人手中。

众人一哄而上，以最快速度将皇上围住。

眼看手中最大的筹码被平煜夺回，王令恨得目眦欲裂，立刻屈指呈环，呼哨一声。

不远处的三千营骑兵本正与明军殊死搏斗，听得呼哨，面上闪过一丝决然之色，未有片刻犹豫，便齐齐扯开身上甲胄，露出缠绕在身躯之上的沉重物事。

离得近的明军将士看清那物，顿时脸色大变："火药！"

王令冷冷一笑，嘶声道："数千军士身上均装了硝石、硫黄、木炭等物，虽不能炸毁巨物，但若是齐齐引爆，尔等难免会被炸为肉泥。若是不想死在此处，须答应我两桩事。"

众人哗然，说不出地愤怒，却因忌惮那火药，不敢轻举妄动。

好不容易皇上获救，王令的魔功也已被破，眼看胜负已定，谁能想到，竟又横生波折。

平煜面色沉了下来，淡淡扫向不远处的众蒙古骑兵。那群人脸上是如出一辙的毅然决然。

这帮蒙古人一向不好驯服，没想到对王令这北元太子倒是马首是瞻，宁肯赔上自己的性命，也要听其摆布。

他又迅速眺望一圈众人身后茫茫无际的草原，暗暗皱眉。论骑术，明军又怎是蒙古骑兵的对手，就算速速撤离，也难免被其中一两股骑兵追上。若是数百名骑兵齐齐向人群抛掷身上火药，定会造成巨大伤亡，一味蛮干必定行不通。

除非，有什么法子可离间三千营和王令。

可是蒙古人向来视那位大汗为天神，对其嫡系传人自然景仰无比，一时间，又能想出什么好的离间计？

他沉吟不语，脑中却飞转起来。

王令见平煜等人脸上都现出犹疑之色，越发沉稳下来，对平煜大声道："第一，将你手中的两块坦儿珠速速交出。第二，退兵百里，尔等不得再靠近神庙。"

他知道，只要他安全撤离此处，往西疾驰百里，便可见到坦布麾下的哨兵。一旦与坦布会合，反败为胜自然不在话下。

明军一片寂然。不说王令的前一个条件，如真答应第二个条件，无异于放虎归山。

平煜双眼微眯，转头看向不远处的神庙，忽然想起刚才在地殿中发现那幅大汗画像时，傅兰芽脸上曾浮现出困惑的神情，可惜当时耳目众多，他来不及细问。难不成，她有什么发现？

一片哑然中，耳边忽然传来"呱嗒、呱嗒"的声音。这声音出现得极突兀。抬头一望，只见一骑从营帐中奔来，远远看着，像是大哥旗下一位精通蒙古语的副将。刚才他忙于对付王令，曾托付大哥安排精兵保护傅兰芽，这位副将也在其中。

那副将在众目睽睽之下到了近前，不紧不慢举起手，一抖手腕，展开一幅画卷。

平煜定睛一看，竟是地殿中发现的那位大汗的画像。他讶然，这画像不是在傅兰芽手中吗？

奇怪的是，一见这物事，王令脸色就变得难看起来。

而三千营的骑兵却齐齐用一手捂胸，庄严无比地对画像行礼。

只听那副将高声用蒙古语对三千营的骑兵道："诸位皆知，当年大汗埋葬之处成谜。留存在世之人，几乎无人见过大汗真正的画像，是以一见到埋葬大汗的地下陵寝中放着此像，难免先入为主，将这画像中的人当作大汗——"

他话未说完，王令眸中杀气暴涨，横身一扑，双臂直直探出，便要挖出此人的心脏。

三千营的骑兵正听得入神，见状，不由得面面相觑。

平煜心中豁然开朗，忙纵身一跃，拦住王令。那边秦晏殊调匀了气息，也扑向王令。王世钊一心要取王令的老命，根本不关心劳什子画像，大吼一声，也跟着加入战局。四人顿时缠作一处。

那名副将一夹马腹，往旁驰了一段，拉开与王令的距离，接着道："当年有人得知了大汗的埋葬之处，为了伪装成大汗的嫡系后裔，有意偷梁换柱，照着自己的模样画了一幅大汗肖像，就为了哄骗尔等为其卖命。其实此人根本不是大汗后裔。"

他说着，抖了抖画身，对众人道："须知百年前所作的画像与百年后伪造之作有许多细节差别。诸位若不信，在下这就当众辨别此画真伪。"

这时，蒙古骑兵中终于有人按捺不住，接话道："你是说，这画是假的？"

"是。"那名副将从怀中取出一个酒壶，用嘴将壶盖咬开，"若是百年前的肖像画，虽因墓室中干燥低温，表面颜色可保持鲜亮，但一旦拿到外头来，画像颜色立时会黯淡不少。诸位看这画像，已拿出墓室许久，颜色依然分明，此乃其一。"

"其二。"他忽然一抖壶身，将壶中酒水滴落在画像上，"如是近世之作，若以酒水淋之，表面颜色脱落，内里也会随之晕染；但封存百年之久的物事，因颜料已被风干，很难被酒水等物所浸染。"

那帮骑兵一眼不眨地盯着那幅画。果然，酒水淋过之处，很快便晕染成一团。

平煜听那副将言之凿凿，想起先前傅兰芽望着画像思忖的表情，心中顿时如明镜般透亮无比，有些佩服又有些好笑。若不是此时大敌当前，恨不得背后生出双翅，立刻见到傅兰芽才好。

"如诸位所料，有人为了哄得诸位沦为帮凶，无所不用其极，诸位莫要上当。"

蒙古骑兵果然喧哗起来，夹杂着怒不可遏的痛骂："布里牙特！你竟敢戏耍我等！若是真中了你的奸计，吾等岂不是白白丢了性命？你这杂种！"

众人激愤不已，纷纷扯落腰间火药，再不肯为这来历不明的人卖命。

王令听得五内俱焚，招式都乱了几分，一不小心，被平煜和秦晏殊前后夹击，劈中胸骨。

一阵巨大的热浪传来，他眼前发黑，胸口痛得险些裂开，再也支撑不住，连退数步，跌倒在地。

不等他挣扎，脖子上已横了一柄亮闪闪的利刃。

他不用仔细打量，也知是平煜那柄绣春刀。一撇头，脖子上竟被那锐气割出一道血痕，心知内力大损，再也无从护住己身，不由得面如死灰。

粗喘了一会，他猛地抬起头，目光触及远处那轮金灿灿的落日，忽然定住。只见夕阳在广袤的草原上投下巨大的阴影，暮色苍茫，触眼处说不尽的苍凉，与他此时的处境何等相似。

他咬了咬牙，不甘地闭上双目。

平煜见王令总算不再挣扎，又点了他背后几处大穴。稍后，令许赫等人将锦衣卫特制的玄铁锁链取来，将其双手双脚禁锢住。

平煜仍不放心，正要再点王令其他大穴，谁知秦晏殊因先前挨了王令一掌，内力多少有些受损，忽然眼前一花，身子晃了一下，单膝跪倒在地。

平煜一惊，忙要将其扶住，手下的力道微有松懈，只觉一股巨力灌来，才发现王令不知何时竟冲破了那玄铁锁链。

他错愕不已！难道习练五毒术之人经脉走向与旁人不同？忙欲一掌拍下，王令却已经去如箭矢，一飞冲天。

骇人的是，王令刚一冲破束缚，竟如同野兽般张开口，直往离得最近的林之诚咬去。他已不只是双眼赤红，连牙齿缝中都沁出丝丝血痕，状若恶鬼。

平煜想也不想便飞身跃起，抓向王令的背后，脑中却忆起王世钊有一回因练功走火入魔，也是如王令这般情状可怖。

他忽然冒出一个念头，五毒术练到王令这等境界，是不是蛇虫鼠蚁根本不能再满足需求，唯有人血方能令其餍足？看王令露出森森牙齿瞄准林之诚，这推论并非不可能。

果然，耳边传来王世钊喘着粗气的声音："他现在血气乱蹿，须得吸食人血才能恢复内力。一旦叫他吸了血，功力又可恢复八成，快拦住他。"

他便想起自己如今的处境，不但日后不能人道，还会沦落到这等人不人鬼不鬼的境地，恨意又涌将上来，挥舞双臂，也跟在平煜身后扑向王令。

林之诚功力尚未恢复，脚上又系着玄铁脚镣，见王令朝自己咬来，仓促间无处可躲，只能束手待毙，目光中却有释然的意味。

二十年前，因着狂妄自负，他不小心中了王令的圈套，不但痛失双生儿，更惹得发妻伤心欲绝，弃他而去。时至今日，妻子依然不肯原谅他。

没想到二十年过去，因着机缘巧合，在他的相助下，王令总算阴谋败露。就算王令功力恢复一时又如何？败局已定，此獠无从挽回。

虽不甘心死在王令手中，他却也无处可躲。一想到大仇得报，心中多少安慰少许，仰头看一眼晚霞蔚然的天空，胸中渐趋宁静。却听身后传来一声凄厉的喊叫："之诚！"

这声音再熟悉不过，他心头一震，转头望向身后。只见妻子不知何时从帐中奔出，正跌跌撞撞朝他跑来。

眼中蓦地一酸，他低声唤道："贞娘……"

妻子却猛地停住脚步，满面骇然，露出绝望至极的神情。

林之诚望着妻子，听颈后劲风逼来，心知王令已欺至近旁，眷恋地看了妻子最后一眼，缓缓闭目受死。

妻子最是胆小，若是见到自己死状，不知会怕成什么样。想到此，心仿佛被什么重重捏住，狠狠一揪。过去二十年，妻子虽独自一人生活，总算有自己在一旁暗暗相护，若连他也走了，妻子可就真算得上孤苦伶仃了。

正想得胸中发涩，身后却传来一声闷哼，随后便是重物倒地的声音。讶然回头，才发现平煜不知何时已抓住王令的衣领，用力往后一勒，不顾王令的挣扎，死死将其制住。

他目光微凝。初见平煜时，此子武功尚未有如此精妙，也不知习练了何术，短时间内竟拔高了这许多。

下一刻，便将注意力重新转到背后的脚步声上，

那步伐如此急迫又如此熟悉，他就算闭着眼睛，也知是妻子朝自己奔来。

喉头仿佛被什么东西堵住了，他红着眼圈转头，眼见那瘦弱的身影越跑越近，不顾沉重的脚镣，强行迈开步伐，跌跌撞撞地朝她迎去。

平煜重新点住王令的大穴，将其内力彻底废除，随后里外三层将王令关押于神庙中。

他不愿将王令交与旁人看管，却因皇上已然苏醒，正召他前去，虽不放心，却不能留在原地看守。

秦晏殊调养一晌，身子已恢复原样，自告奋勇看押王令。英国公等人又点了近百名武艺高强的兵士守在一旁。

见状，平煜多少放心了些，匆匆离去。

路上，却想起王令先前提起傅兰芽母亲时曾直呼努敏，且从语气来看，似乎对傅兰芽母亲怀着刻骨仇恨。

他心中隐约有一种预感，傅兰芽的母亲恐怕并非普通人。暗想，不论王令最后会吐露什么，绝不能将他交由旁人审问。

除此之外，还须尽快从王令口中拷问出坦布大军的行藏，好早些采取应对之法。

御帐前早围了数位重臣，见他过来，纷纷让道。

皇上正茫然地看着帐顶，听得平煜进来，忙挤出一个苍白的笑容，掀

开盖在身上的薄毯，坐起身道："你来了。"

平煜跪下行礼："见过吾皇。"

"今日之事，多亏了你。朕当时虽然不能言语，心里却清楚着呢。"皇上目光和煦地望着平煜，"只是，朕一想起过去两年的种种，仿佛身在梦中，也不知怎么就犯了糊涂，竟叫王令蒙蔽至斯。如今想来，朕甚愧矣。"

平煜笑了笑道："皇上何出此言？"心中却暗想，皇上神志时而清楚时而糊涂，眼下看着倒是明白，就不知下一回发病又是什么时候。也不知王令做了什么手脚。以此人之能，就算下毒，恐怕也非一般的毒药，也不知何药可解。如今王令既除，倒是可以好好盘查一下皇上的膳食了。

忽然想起傅兰芽那包解毒丸，不知可还有剩余的药丸。若有，不妨拿来一用。

须知傅冰父子尚在狱中，若是借此机会翻案，倒是个顺水推舟的好法子。

一想到傅冰，他仍有些意难平，但既已和傅兰芽到了这般田地，过去的事就算再介怀又能如何？总不能到了迎娶之日，她身边连一个送嫁的娘家人都没有。他不但想娶她，而且要给她十足的体面，恨不得让她日日都称心如意才好。

傅冰父子的事，只要能筹谋一二，总要尽力为之。

皇上望着平煜，还要说话，忽然剧烈的头痛袭来，情绪也跟着变得烦躁不安。只是与从前不同，他不但头痛欲裂，眼前还不时晃动着一个出尘脱俗的美人。此女身段婀娜，只一眼，便叫他魂牵梦萦，恨不得立时将这女子召来，共享鱼水之欢才好。

这欲望来得太过莫名，似是在王令跟他提起傅兰芽之后，才不时冒出来作乱。

他虽然疑惑，却无法可解。

第四十章　敏公主

平煜怎料皇上头疾说发作就发作，当即唤了御医进来。

英国公张达等几位近臣闻讯，忙也进入帐中，关切地询问皇上病情。

此次随军出征的大夫本有四位，因不堪路途颠簸，路上坠马摔死一位，土木堡被围时，又不幸病死一位，如今仅剩两人。

二人跪在榻前给皇上诊视一番，未看出个子丑寅卯，于是仍保守地按照从前治头风的方子，给皇上施针服药。

忙碌一番，皇上脸色总算稍有好转，过了一会，安然睡去。

几位臣子从帐中出来，满腹狐疑。

从前不知道王令是鞑子时，诸人虽恨他谄媚皇上、玩弄权术，但从未想过他会用毒药之类的下流手段控制皇上。如今再看皇上的病症，确有许多值得推敲之处。

不说旁的，皇上的性情近年来变了许多，全没有十七八岁时的宽厚仁义，大多时候都浑浑噩噩，有时却又暴躁得出奇。尤其是近一年来，越发变得喜怒无常。于女色上，也比从前恣意放纵不少。更别提这时常发作的头疾了。

倘若王令真用阴损的手段蛊惑了皇上，以皇上中毒的年头，不知可有什么法子可解？真要解了，性情又是否能恢复如前？

平煜抱臂立在一旁，任凭英国公等人长吁短叹，一句话也不接。

123

就算傅兰芽处还藏有赤云丹，在不能保证物尽其用之前，他轻易不敢拿出给皇上服用。按照他的打算，最好能借着这个契机，帮傅冰父子翻案。

而且说句诛心的话，相比皇上究竟中的何毒，他眼下更关心的是坦布大军的行藏。毕竟，后者可是直接关系到北元境内数万明军的生死。

晚上皇上还未召见平煜时，想起荣屹和平烁几个宁肯顶着叛军的骂名，也要深入北元给予王令致命一击，不由得大为感慨，不但升荣屹为大元帅，更任命平烁为左前锋。

至于平煜，经此一役，更已升为皇上心中第一人。皇上仍令其任锦衣卫指挥使，又将王令一案交与平煜及兵部尚书邝埜，让他们一并审理。

因皇上下了口谕由平煜及邝埜一道审讯王令，一干人等到了神庙门口，除了邝、平二人，余人为了避嫌，都很有默契地停步。

待众人离去后，邝埜正要进庙，一名军士过来道："邝大人，英国公有急事要与大人相商，还请大人过帐一叙。"

邝埜怔了一下，转头看向平煜，面露为难之色。王令一案，牵涉甚广，就算皇上再信任平煜，也不敢让其一人经手此案。审讯时，他二人务必均在场。

平煜早知这番安排，见桩桩事情均按着他的安排在发展，为免邝埜有所察觉，忙佯作惊讶，正色道："邝大人只管去忙。正好我锦衣卫尚有一桩要务亟待安排。等邝大人忙完，我再跟您一道进庙。"说罢，转身离开。

邝埜见平煜果然往营帐方向而去，这才放了心，匆匆去寻英国公张达。

平煜走了两步，陈尔升及李珉迎面走来。见到他，二人行礼。

李珉低声道："右护法那边，派去的人依旧未回消息。邓小姐则一日都待在帐中，未见旁的举动，直到永安侯爷及世子前去寻她，邓小姐及其身边仆妇才从帐中出来，现下已由永安侯另行安置。

"至于叶珍珍，晚上时，她曾出营一趟，在附近转了一圈，形迹可疑，似在寻人。我和陈尔升见她未跟什么人接洽，不好无故将她拦下，只好暂且按兵不动。刚才已遵照大人的吩咐在叶珍珍的晚膳中下了迷药，叶珍珍现已睡去，约莫可睡两个时辰，足够傅小姐前去旁听对王令的审讯了。"

平煜"嗯"了一声，边走边道："傅小姐无端被王令指为药引，里面兴许有咱们不清楚的内因。为求审问明白，不得不安排傅小姐在场。"

李珉宽容地呵呵一笑，并不接话。陈尔升脸上线条绷得紧紧的，目光却有些闪烁。

平煜素来敏锐，怎会没注意二人的神情，当即噎了一下，胸口直堵得慌。

傅兰芽白日里目睹外头两军对弈，脑中的弦始终绷得紧紧的，直到王令被俘，整个人才如脱力一般松懈了下来。

晚膳时，她想起在神庙地殿中莫名出现的那股心慌，说不出地倦怠疲惫。于是晚膳也未吃，只对林嬷嬷说声困乏，便展开被褥，将身子蜷成一团，睡了过去。

也不知睡了多久，被林嬷嬷摇醒。惺忪睁开眼，就听林嬷嬷道："平大人令人送了衣裳来，让小姐速速换上。看样子，是打算安排小姐去亲自听审。"

她知道小姐始终对夫人的死耿耿于怀，对王令更是恨之入骨。王令好不容易被俘，小姐自然巴不得亲耳听王令吐露当年真相。

果然如她所料，小姐一听这消息，脸庞便倏地一亮，不等她多说，便一骨碌爬了起来。

傅兰芽心几乎欲从胸膛里跳出，往枕旁一看，见果然是上次那套锦衣卫的衣裳，忙催促林嬷嬷帮她穿上。跟上次不同，这回除了锦衣卫的衣裳，还多了一柄绣春刀。

主仆二人依照平煜平日佩带绣春刀的模样，将刀柄在腰间挂好。所幸此刀极轻，系在腰上，并不累赘。

偷偷摸摸到了帐外，李珉和陈尔升果然在帐外等着。

许是平煜提前做了安排，周遭锦衣卫的帐篷门口，没有一个人影。

为怕引人注目，傅兰芽有意将头埋得低低的，默默地跟在李珉身后走了一段，就听二人道："平大人。"

只见平煜虽然脸上有些疲色，身姿却依旧挺拔。让傅兰芽意想不到的是，平煜身上竟齐齐整整地穿着指挥使的三品官服。

她微微讶异。白日平煜所着的是件石青色的锦袍，怎么这会竟换上了官服？想了一会，暗忖，莫不是皇上已醒，临时召见了平煜不成？

想到皇上那暮气沉沉的模样，她心头掠过一丝疑虑，下意识摸了摸袖中那包解毒丸。

记得几年前父亲刚入阁时，她曾意外瞥见过一回当时还是太子的皇上。

印象中，皇上目光清亮、进退有度，性子平易近人，虽不似哥哥那般天纵奇才，却难得有股温煦儒雅的气度。

如今变得这般昏庸，也不知是不是被王令下了毒所致。若是，她的解毒丸不知能否解毒？

她是个最擅于把握机会的人，既起了意，忍不住便细细筹谋起来。

父兄被关押多时，解毒丸是替父兄翻案的唯一契机，若是算计得好，一家人也许可借这机会团聚。

只是此事说来简单，做起来却不易，绝非她一人之力所能达成。在实施前，还须跟平煜好生筹划筹划。

可一转念，想起平煜始终未放下当年之事，眉头忍不住蹙起。平煜是个软硬不吃的人，若是性子上来，不肯插手此事，可如何是好？

念头一起，她蓦地停住脚步，咬唇瞪向平煜，暗想：他敢！

平煜正静静地望着傅兰芽走近。

两人分明只一日未见，不知为何，竟像分离了许久似的。

想起她胡编出分辨古今字画的法子，哄得三千营那帮武夫阵前倒戈，要多慧黠便有多慧黠，平煜脸上线条都柔和了下来。

只是好不容易傅兰芽肯跟他对视了，却根本不是他预想中的柔情似水，竟是含着一点怒意的瞪视。

他疑惑，不知自己又有何事得罪了傅兰芽。绞尽脑汁想了半晌，毫无头绪，不由得惴惴不安。

傅兰芽在平煜的引领下走到神庙门口，随后又在李珉的暗示下，站于被阴影遮蔽的角落里。

片刻后，又有一名官员率人匆匆赶来。平煜唤其为邝大人，低声交谈了几句，一行人便进入神庙。

刚一进去，便听里头传来野兽般的低吼声，一声比一声凄厉，瘆得慌。

她听得暗暗心惊，抬目朝殿中一看，就见王令浑身上下满是铁链，被捆于殿中梁柱上。五官早已痛苦得变了形，一双眼睛更是红得能滴出血来。

她看得一阵恶寒，忙跟在李珉等人身后，静悄悄走到一旁。

一回身，却见平煜施施然走到王令跟前，负手停步，居高临下望着王令，似笑非笑道："你想要的东西，我立时就能给你，虽非人血，不能恢复你的内力，却能解除你血脉逆流之苦，只要你肯将坦布大军的下落乖乖告诉我——"

不等他说完，一阵砰砰声传来，却是王令已受不了这啮心之痛，竟使出全力用后脑勺撞击坚硬的梁柱，以求痛痛快快一死。

可惜的是，在他身后的梁柱上，早被人缠绕了一层厚厚的松软被褥，他狠力撞了一晌，别说求死，后脑勺上连个疙瘩都未撞出。

平煜笑道："王公公怕是已忘了锦衣卫是做什么的了。在没问出我们想要的答案前，就算想死，你也得看我答不答应。"

王令听得此话，顿了一瞬，身子又剧烈地颤抖起来，痛苦的哀号声再次响起。

平煜却火上浇油，摆了摆手，令人端进来一桶热气腾腾的鲜血。

这味道腥得离奇，傅兰芽甫一闻见，便险些作呕，连端坐一旁的邝埜都露出不耐之色。

王令却仿佛闻到了这世上最美味的佳馔，挣扎的动作陡然停了下来，双目死死盯住那桶鲜血，神情是掩饰不住的垂涎。

平煜索性令人将那物抬得更近些，诱哄道："如何？"

偌大一座神殿只能听见王令的粗喘声。

等了一晌，正当邝埜失了耐性之际，只听王令咬牙切齿道："在……在旋翰河上游的伊达草原。"

坦布手中的瓦剌大军，据其对外宣称，足有五万之众。虽然以坦布一贯浮夸的做派，这数目也许含了水分，但以瓦剌如今的实力，纵算不及，多半也相去不远。

且伯颜帖木儿和脱脱不花手中各有大股兵马，一旦攻下辽东，这两路军马迟早会赶来北元，与坦布会合。

到那时，瓦剌一方可谓占尽天时地利人和。

在这种情势下，若明军跟瓦剌大军在北元境内狭路相逢，别说想要取胜，连能否安全撤离都成问题。

换言之，坦布如今的下落直如扎在众人心里的一根刺，恨不得立时拔出才好。

见王令总算松了口，邝埜霍地起身，因太过激动，甚至来不及细想王令的话，目光炯炯地望着平煜道："平大人又立一功！"

他身为兵部尚书，对此次出征负有不容推卸的责任。好不容易得知坦布大军藏在何处，当务之急便是召集部下进行部署。一定要抢在坦布采取行动之前，打对方一个措手不及。

平煜却阻拦他道："且慢。"

待邝埜疑惑地停步，平煜转头，看向王令，笑了笑道："忘了告诉王公公了，这桶血，须得在确认你所言非虚后，方能喂给你。若是你胆敢哄骗我等，别说尽情饮个痛快，连闻一闻这血腥味都会成为痴心妄想。不论你如何哀求，也只能活活遭受血脉中如千万毒虫啮咬之苦……"

说完，撇过头，悠然对邝埜道："军情紧急，还请邝大人立即着人安排。"

邝埜恍悟过来，若有所思地看了看王令，冲平煜点点头道："此地离伊达草原不过百里，我这就派兵前去打探，来回不出两个时辰，便可得知坦布到底是否藏在那处。"说完便要快步离去。

还未走到门前，王令突然爆发出困兽般的一声嘶吼，声音如被撕裂的帛布一般，极为粗哑难听。

邝埜脚步陡然一缓。

果然，王令终于松口了，断断续续道："不……不在伊达草原，在……在西北方的乌满草原……"

平煜扬扬眉，笑道："王公公这回可想好了?"

王令并不作答，喉咙里咕咕作响，一双赤目饥渴地盯住盛血的桶，恨不得立时扑上前痛饮。终于，他禁不住那东西的诱惑，僵着脖子点了点头，算是默认。

平煜这才回头望向邝埜，示意其可放心下去安排。

自皇上下了那道口谕，兵部大权不再由原来几个平庸之辈掌握，平炼和荣将军如今也已手握实权。以二人之能，他再也不必担心制订不出完备的作战计划。

为了让邝埜放心离去，他又亲自用一柄长勺舀了桶中的血，不紧不慢递到王令嘴边。

王令鼻息咻咻，脖子伸得老长，一眼不眨地向着木柄靠近。好不容易能够到木柄，立时如饿狼般猛地探头，迫不及待就着那勺大口大口饮起血来。

邝埜瞧见这情状，脸庞一紧，忙一撩衣摆，疾步往外走，口中道："既已问出坦布的下落，我这就去跟荣帅和平将军连夜商议对策。"

他并非贪生怕死之辈，然而一想到白日里王令的凶残手段，就不免生出几分怵意。

平煜听见邝埜匆匆离去的脚步声，撇撇嘴角，继续喂王令。

邝埜走后，殿中只余一干锦衣卫及兵部几个老油条。

殿中空荡，静得发慌。

王令却越喝越欢。随着他大口吞饮的动作，不断有鲜血顺着他的脖颈及上下滑动的喉结淌下，殷红的血与他惨白的肌肤形成鲜明对比，状若恶鬼。

众人看在眼里，心中多多少少都生出几分寒意。

平煜只当未察觉身后诸人闪躲的目光，只管一勺又一勺、面无表情地给王令喂血。

等觉得火候差不多了，这才淡淡开口道："犯人所习功夫世所罕见，为防审讯期间出乱子，需拨出几人到庙门口守候，以便及时唤人前来救援。"

那几名兵部官吏如蒙大赦，忙自告奋勇出去。

外头不但有近百精兵，更有如平煜一般能克制五毒术的秦公子在，怎么着都比跟这怪物共处一室来得强。

待该走的人都走得差不多了，平煜又遣散几名锦衣卫部下。

傅兰芽隐约猜到平煜是为了让她亲耳听王令说出当年真相，但又怕横生枝节，所以才苦心做了这番安排，下意识望了望平煜的侧脸，见他坚毅如山，胸口浮躁不安的情绪仿佛被一双看不见的手抚过，慢慢沉静下来。

很快，殿中便只剩傅兰芽扮作的叶珍珍和李珉、陈尔升几人。

在畅饮了半桶血之后，王令脸上可怖的表情也有了恢复正常的迹象，猩红双目变得清明，肤色也不再苍白若纸。最为明显的是，他狂躁不安的挣扎动作终于迟缓下来。

平煜见火候差不多了，拔刀出鞘，用刀尖抵住王令脖颈，另一手却从怀中掏出坦儿珠，眸光微沉，望着王令，道："马血的效力有限，也就是说，距下一次发作不足四个时辰。你若是不想再狠遭一番罪，不如趁早将知道的都说出来。第一，坦儿珠究竟有何用？地殿中又到底躺着何人？"

擒住王令不久后，他便从王令身上搜出了坦儿珠。加上原有的两块，他如今手中共有三块坦儿珠。剩下两块，不用想都知道在右护法手中。

白日里为了集中人马对付王令，他仅仅派了两百精兵前去擒拿右护法，一日过去，未有消息传回。

因放心不下，就在刚才，他已加派数百名武艺高强的精兵前去驰援，加上自告奋勇的白长老等秦门中人，相信过不了多久，便能顺利将右护法擒住。

到了眼下，他最关心的，便是这宝物究竟有什么妙用。

王令经过刚才一番折磨，虚弱无比，额头上细细密密出了一层汗，气息也极为紊乱。

怪异的是，他本该意志消沉，然而待他将气息调匀，却转而望向殿顶，仿佛看到了令人极为愉悦之物，淡棕色的眼珠竟漾起一点笑意。

傅兰芽隐在廊柱的阴影中，注意力却始终放在王令身上。见状，下意识地顺着他的目光看向殿顶，不料入眼之处，只能看见布满鞑靼文的乌黑房梁，看不出半点异常。

平煜也有些疑惑，盯着王令看了一晌，缓缓地将坦儿珠放于怀中，随后摆了摆手。

李珉和陈尔升会意，快步出了殿。于是殿中只剩平煜和傅兰芽。

沉默一会，王令收回投向殿顶的目光，嘴角扯了扯道："坦儿珠一事，我虽扯了诸多谎话，唯在其用途上，并无半句虚言。"

这消息太过耸人听闻，顾不上细想王令为何交代得这般痛快，平煜和傅兰芽都露出惊愕之色。

王令得意地笑了起来："你不信？百年前，大汗东征西伐，无意中得到此宝。也不知大汗受了哪位神明指引，竟得知此物能让灵魂转换，哪怕躯体已死，亦能将灵魂召回。换言之，此物有起死回生之用。"

平煜素来不信鬼神一说，听得心头火起，一句"胡说八道"已冲到嘴边，怕打断王令，又生生咽下。

"得到此宝后，一次征伐途中，大汗不慎得了急病，眼看药石无效，忽然想起坦儿珠，便含着一丝希冀，将坦儿珠交与当时的太子，又细细交代了此物的用法，随后便阖目而逝。

"大汗临终时，笃定太子会启用坦儿珠将其灵魂召回。可惜大汗纵横一世，英明神武无人能及，偏漏算了一样——人心。太子怎会甘心将唾手可得的至尊之位重新交给大汗？须知跟天下比起来，所谓的父子亲情又是何等脆薄！"

"于是这坦儿珠在元朝皇室中传了一代又一代，直至到了最后一任皇帝妥懂帖睦尔手中，都未有哪位皇帝享受到这东西的妙用，得以起死回生。

"因妥懂帖睦尔昏庸无能，未过几年，天下大乱，大都被汉人攻破，江山也因此易主。

"宫变时，妥懽帖睦尔死在汉人手中，太妃却侥幸逃得一命，草草收拾了皇室一干宝物，带领公主及太子逃往蒙古。

"不料在逃亡途中，不幸遇到镇摩教教主苏天仞。太妃及太子身死，手中宝物也被那夷人洗劫一空，其中……自然包括了坦儿珠。"

平煜和傅兰芽越听越是心惊，只因王令口中的每一句话，都能跟他们这一路得到的信息严丝密缝般吻合。

平煜忍不住打断王令道："努敏是不是就是傅夫人？她究竟是什么身份？你和她之间又有什么过节？"

傅兰芽的手紧紧抓住衣袍，指节因太过用力而明显发白。

王令听得努敏这名字，脸色瞬间阴沉下来，冷笑道："这就说来话长了。

"当时天下大乱，为求稳定人心，太妃及太子身死的消息隐而不发。在一众忠臣的护送下，公主得以顺利逃往蒙古。我因着是兀哈良部落的传人，很早便入宫做了护卫，也在护送的队伍中。

"当时很多蒙古人认为，之所以丢了天下，全拜昏君妥懽帖睦尔所赐，故对他的子女也大为不满。

"因为这个缘故，公主虽身份贵重，日子却一点也不好过。好不容易到了蒙古境内，还未遇到其他部落前来迎接的人，我等第一个见到的竟是兀哈良当时的大汗多穆儿——也就是我的叔父。当晚安置好后，我叔父见我跟太子年龄相仿，连面貌也有几分相似，忽然临时起意，竟劝说我将唯一知道太子已死真相的公主杀死，就此顶着太子的身份，再慢慢图谋日后大事。

"我早有此意，经不住叔父再三劝说，当夜便打算趁公主熟睡，暗杀公主。谁知公主因太过机警，不等我杀至她帐中，便仓皇逃走。当时公主身边从人已不多，我一路追赶，到了一处树林中，眼看公主躲在一株巨树后，想她虽一向狡黠，到底是个弱质女流，一时掉以轻心，还未等走到公主近旁，便踩中了林中陷阱。而陷阱内，竟早被公主藏了无数锐利石头——"

平煜和傅兰芽听得心惊肉跳。

平煜厉声道："你是说，傅夫人便是当年那位侥幸逃生的公主？"说话时，望着王令的眸中已涌起浓浓杀意。

"可不是？拜努敏公主所赐，我受了重伤，从此不能人道，绵延子嗣也成了痴心妄想。按照我们蒙古人的习俗，我这种人纵然死了，魂魄也无处皈依，不但无法享受后代子孙的祭拜，且永世只能在天地间做一个孤魂野鬼。"

王令说着，胸膛抖动起来，齿缝中挤出瘆人的微笑，恨声道："我倒宁愿当年努敏直接取了我性命，总好过我像现在这般人不人鬼不鬼地活着。"

他喘了片刻，再次缓缓道："当晚掉落陷阱后，我因失血过多，昏死了过去。被我叔父派人找到后，调养了数月，方能下地走动。

"而在我养伤期间，叔父已借用我等从皇室中带出的玉玺等物，对外宣称我是妥懽帖睦尔的太子。蒙古人因着亡国之恨，对我这假冒太子毫无兴趣，消息传开来，未在蒙古境内激起半点波澜。而叔父为了隐瞒真相，将当时随我一道护送公主的宫中近臣都杀了灭口。

"奇怪的是，无论叔父事后怎么派人找寻，都未能在北元境内抓到努敏公主。努敏公主身边的从人都已被我叔父清除干净，她一个十五六岁的小丫头，能否在草原上活下来都未可知。叔父找了几月，未有消息，也就慢慢懈怠了。

"半年过去，我因意志消沉，甚少抛头露面。一想到自身境况，便恨不得立时寻死。

"万分绝望的时候，我忽然想起护送公主途中，曾无意中见公主翻阅一本小书。书上所画图形极为简单，一眼看去便知是地图，我曾疑心这上面指出了皇室藏宝之处。

"当时太妃及太子未死，我好不容易从公主随身行囊中偷出那本书，只匆匆做了描摹，未来得及检视其他书页上的内容，公主身边侍女便惊醒。我不敢让他们发现丢失了物事，忙又将那书放回原处。

"忆起此事，我在行李中翻出那书，重新翻阅。见书上画的乃是托托木儿山，遂带着那书前去旋翰河，日夜观摩。数月后，终于发现了书中玄机。在叔父的相助下，找到河中机关，启动了大汗的陵寝。

"大汗埋葬之处最为神秘。为了以防万一，在修建大汗陵寝时，当时的太子在地殿中特地设下了启动坦儿珠的祭坛。

"我因日夜追随太妃等人，对坦儿珠的传闻早有耳闻，知道此物因能转换灵魂，不但可起死回生，更可将病弱之躯与健壮之躯对调。

"见总算找到了坦儿珠的祭坛，我忽生一念：坦儿珠被皇室中人视为异宝，代代相传，起死回生的传言绝非空穴来风。若是夺回被镇摩教教主抢走的坦儿珠，是不是意味着我可借着灵魂对调，重获一具正常男子的身子？自此后，该人道便人道，该繁衍后代便繁衍后代，再不会如现在这般人不人鬼不鬼。

"我当时已经身处阿鼻地狱，再也不会有更糟糕的境地了，于是抱着赌一把的念头，开始谋划此事。"

王令目光不经意划过殿顶，打定主意拖延时间。

"彼时，因几大部落纷争不休，北元境内越发衰败。不少蒙古人怀念当年权力集中时的稳定局面，开始重新正视我这大汗'嫡系传人'的价值，我慢慢尝到了权力在握的甜头。

"我清楚地知道，倘若在此基础上，再用坦儿珠获得一具健全身躯，那么便意味着我很快也能如当年大汗一般，尽享被子民景仰的尊荣。更有甚者，只要以大汗名义慢慢统并几大部落，也许终有一日我能带领蒙古人打回中原，夺回江山。

"我再也坐不住了。为进一步坐实我的嫡系血统，我和叔父合力，想法子伪造了一幅大汗画像藏于地殿中。半月后，我又点了一帮武艺高强的亲随，出发前往夷疆。

"谁知叔父怕我生出异心，日后再不肯听他摆布，竟以镇摩教教主武艺高强为由，哄骗我习练能快速提升功力的五毒术。我不知这法子最后须靠终日吸食人血度日，为了能在最短时间内得到坦儿珠，自出发之日起，便开始习练起来。

"因我不肯吸食蛇虫鼠蚁的血液，部下中竟有人偷了当地百姓的婴儿来给我吸血。此事被前来参加武林大会的林之诚得知，他一路紧追不舍，终于在蜀山中追上我等，将我一众随从杀死。

"混战时，因林之诚听部下唤我伪装太子的称呼'布里牙特'，误以为是常见的蒙古人名字'布日古德'，并从此误会了二十年，倒阴差阳错替我隐瞒了身份。

"恰好当时镇摩教的左护法欲寻林之诚的麻烦，无意中撞见林之诚杀人。她本就爱与武林正道作对，见我未死，便顺手将我救回了镇摩教。

"我苏醒后，见自己不知何故竟到了镇摩教，虽吓了一跳，冷静下来后，又暗道天助我也。于是便扮作汉人，隐瞒了五毒术的内力，步步为营，开始在镇摩教度日。

"一年过去，我逐渐得到了镇摩教上下的认可，又因为性子沉稳，最懂揣摩人心，左护法更是一日比一日倚重我。

"我在镇摩教站稳脚跟后，便开始日夜筹谋如何偷得坦儿珠。见教主身边如有铜墙铁壁，根本无从下手，想起这一路见过的中原武林人氏，便生出借旁人之手夺取坦儿珠的念头。第一个，便将主意打到了当年险些害死我的林之诚身上。

"因当时我已能四处走动，手中也有了银钱，所以暗中与族人取得了联系，令人速赶到中原与我接应。与此同时，我想起当年努敏害我之事，便将努敏的模样画了下来，让我一个部下扮作流浪到中原的北元贵族，编造了药引、北元皇室宝藏、起死回生等一系列传言，在江湖上四处传播。

"当时镇摩教教主因一次比武受了重伤，身体一日比一日衰弱。听得此话，只当总算弄明白了坦儿珠的妙用，当即下令，让右护法带领大批教众四处找寻画上女子。

"我本是抱着胡乱一试的心态，没想到几个月后，竟真叫右护法找到了努敏，带回了教中。

"我万万没想到，努敏当年未死在北元，竟也逃亡到了中原。只是不知何故，她似是曾大病一场，丧失了部分记忆，骤然见到我时，面目茫然，似是根本没认出我来。我见此情景，正中下怀，一口咬定她便是药引，务必要将她置于死地。"

傅兰芽不知母亲当年竟吃过这么多苦，听得泪眼婆娑，须得紧紧咬住牙关，才不至于放声痛哭。

"之后镇摩教被闻风前来的江湖人士搅得乱成一锅粥。混战中，我那帮留在山下的部下未能及时赶至，致使坦儿珠被夺走四块，而我也因抢夺坦儿珠，不小心再次被努敏暗算，不幸跌落悬崖。亏得山下尚守着几名部下，因着他们的救护，我才未摔得粉身碎骨。

"在努敏推我下崖的时候，我听她在身后咬牙骂了一句我的本名，声音清晰，再也不见半点糊涂之态。这才知道，努敏不知何时已想起了当年之事。"

傅兰芽听到此处，胸中大恸，快步从黑暗中走出来，厉声打断他道："后头的事无须赘述，我等早已知晓。我只问你，后来你在京中流杯苑外无意中撞见我，认出我是努敏的女儿，究竟用的什么法子暗害了我母亲！"

她双眼通红，喉头一阵阵发哽，吐出的每一个字都含着刻骨的恨意。

平煜听在耳里，口中发苦，心知傅兰芽已悲痛到了极致，却因不敢离开王令，只紧了紧牙关，未朝傅兰芽看去。

王令没想到傅兰芽竟藏在此处，错愕了一下，随后幽幽地盯着傅兰芽，只恨自己被废了功力，无法一掌结果了她。

良久，才皮笑肉不笑地嗤笑了一声，悠悠道："自然是想法子害她了。我被她害得吃尽了苦头，不但沦为废人，还几次差点丢了性命。

"而她呢？虽未恢复公主之尊，却因着傅冰一路青云直上的缘故，风光无限地做起了首辅夫人，夫妻和睦、儿女双全，要多称心如意便有多称心如意。

"我得知努敏境况，恨得要发疯，只觉独独取了她的性命还不足以解恨，最好害得她家破人亡，让她的丈夫和儿子尝到备受摧折的滋味，让她的女儿被无数野狼觊觎，且因着药引的传说，一代又一代地祸害她的子女，让她死后都得不到安宁！"

"你住口！"平煜心知傅兰芽本就对母亲之死万般愧疚，怎受得了这样的话，便欲结果了王令的性命。

谁知王令又道："可惜，没等到我下手，努敏竟一夜之间病入膏肓，短短几日，便病死了。我筹划了许久，正要出口恶气，哪知一拳竟打在棉花上。消息传来，半点不觉痛快，只觉说不出的憋屈。

"我后来才知道，当年在镇魔教时，左护法为了控制努敏，给她下了蛊。这蛊阴毒至极，无药可解，且会随着胎盘血液传给子女，待子女长至二十多岁时，便会发作。唯有母亲死了，子女身上的蛊毒才会不药而解。

"努敏当初嫁给傅冰时，许是根本不知道自己中了这种蛊，十几年后才无意中得知此事。当时她一对儿女都未满二十，蛊毒不至于发作。因而在我看来，努敏之死，既不是中毒也不是蛊毒发作，极有可能是怕累及你和你哥哥，选择了自戕。"

傅兰芽露出不敢置信的表情，定定地望着王令，胸膛剧烈起伏着。眼眶中蓄了许久的泪终如断线珠子般，无声地滚落了下来。

王令见傅兰芽痛不欲生，心中大快，抬头看了看房梁，唇边的笑意越发加深。

当年大汗的太子建造陵寝时，为防有人借大汗陵寝生事，特意在地殿外设下了阵法。

只要陵寝在外头暴露超过十个时辰，那阵法便会启动。届时，神庙会沉入地底数十米深的陷阱内，连周围数十丈内的物事都会一道塌陷。

换言之，地殿内外的人无一能幸免，全都会沦为大汗的祭品。

他估摸了一下时辰，陵寝乃是昨夜被平煜等人所发现，如今过去整整一日，也就是说，距离机关启动已不足一刻。

他越想越觉得舒畅。到那时，平煜也好，傅兰芽也好，甚至神庙外的一众汉人，全都要给他陪葬！

平煜见王令神色有异，顺着他的目光望向梁顶，依然未发现不妥，疑惑地收回目光。想着王令吐露得差不多了，为防傅兰芽的身世泄露，便要了结他的性命。

正要下手，回想王令古怪的目光，怎么都觉得不对劲。忽一转念，想起先朝时帝王在陵寝周围设下的机关，脑中灵光一闪，低喝道："不好！"

他忙狠狠刺向王令颈部大穴，血雾喷洒到脸上的同时，一把将傅兰芽夺到怀中，一纵而起，往殿外掠去。

果然，在他一跃而起的同时，梁上已扑簌簌往下落灰，地面也随之传来震动。而身后，则传来王令那可怖至极的怪笑声。

他心中大恨，怪不得王令交代得如此痛快，原来竟是打着让众人陪葬的主意，忙冲殿门口的人大喊："快跑！这地殿要塌陷了！"

　　守候在殿外的人听得异响，纷纷回头。

　　待听清平煜的声音，面色一变，忙跃下台阶，拼力四散而逃。

　　近旁的秦勇等人听到这动静，惊讶地朝这边顾盼，等看清陵寝周围的地面隐隐有下沉之势，都骇然地怔住。

　　想起秦晏殊和平煜等人都在神庙中，秦勇一颗心直往下沉，冲身后仍在发蒙的秦门弟子喊道："快救掌门！"说罢，发足朝神庙奔去，口中大喊："晏殊！"

　　李由俭跟在秦勇身后跑了一晌，见前方河床及周围草原都迅速往下塌陷，怕秦勇救人不成，反倒落入陷阱，不由得大急。忙要拦阻秦勇，却晚了一步，秦勇转眼就跑了个没影。

　　"阿柳！"他面色一变，拔步紧追不舍。

　　神庙门口本就设了数千精兵，变故一出，众人四散逃命，场面混乱不堪。

　　秦勇极力找寻了片刻，未能于涌动人潮中找到秦晏殊及平煜，怕他们仍困在神庙中，紧张得连思绪都冻结住，只能凭着本能往庙前奔。

　　突然脚下一空，却是裂开的地缝已如闪电般蔓延到了脚下。变故来得太快，她根本来不及做出反应，身子便直往下坠去。

　　跟刚才不同，真等事情发生在自己身上时，她反倒迅速冷静下来。

地陷已无可避免，身后人人自危，无人有暇前来相助。

　　电光石火间，她眼风一扫，掠过身侧，下意识便使出全力攀住地面边缘，试图借力一跃而起。

　　可是还未等她跃起，手下攀附的那块坚硬地面竟又裂开无数条细缝。

　　她没想到连最后一个支撑点都失去了，面上闪过一丝灰败之色。眼见很快便要被身下深渊所吞没，一双坚实有力的大手忽然紧紧握住了她的双肩。只听李由俭心惊胆战的声音从头顶传来："阿柳！"

　　秦勇挣扎着往上一看，刚要松口气，却看清李由俭双臂下方的地面正有裂开趋势，瞳孔猛地一缩。

　　"快放手！"她急声大喊，"再不走，连你都要一道掉下去了！"

　　李由俭大吼道："放什么手！你要是死了，我媳妇就没了！"

　　秦勇双目一涩，正要再咬牙骂李由俭几句，忽然从李由俭的肩后又冒出一双手臂。那人力道大得出奇，一把拽住李由俭的衣襟，竟将他二人一并拽起。

　　她来不及抬头看头顶那人是谁，刚一上来，脚下便发出骇人至极的巨响，而李由俭身下那块原本看上去完整光滑的地面果然迅速塌陷，裂缝如巨大的蛛网一般，迅速往周围蔓延。

　　她看得心惊肉跳。抬头一看，才发现方才救她和李由俭之人竟是弟弟。她不由得大喜，原来弟弟竟早就逃了出来。

　　混乱中，三人也来不及搭腔。秦晏殊使出全身内力飞纵，掠出十多丈后，终因内伤发作，不小心松了手，三人一道从空中掉落，跌入一处灌木丛中。因着有武功在身，三人并未受伤。

　　此处距离神庙塌陷处已有十几丈，地面再无塌陷的迹象。秦勇调匀了气息，正要拍拍身上尘土起身，忽听不远处衣袂猎猎作响。须臾，半空中又掠下一道黑影，跟方才他三人情形如出一辙，似是也刚刚死里逃生。

　　因夜色已深，她竭力辨认一番，才认出那人是平煜。

　　奇怪的是，他怀中抱着一人，刚一落地，不等喘匀，便低头对那人柔声说了句什么。那人却只顾埋头在平煜怀中，一点动静也没有。

　　随后，平煜四下里张望一番，未发现藏在灌木丛中的三人，抱着怀中那人快步离去。

　　秦勇和李由俭讶然相顾。在平煜走动时，二人见其臂弯中垂下一物，从形状上来看，竟有些绣春刀的意思，再加上平煜怀中那人模模糊糊的飞鱼服下摆，难道平煜怀中抱的竟是锦衣卫的人？

李由俭一心只在秦勇身上，虽觉奇怪，却并未多想。秦勇和秦晏殊却在心里犯起了嘀咕，刚才平煜对怀中人低语时，虽听不清具体说了什么，但从平煜的音调和语气来看，竟有些温柔的意思，分明对怀中那人含着浓浓的怜惜之意。

秦勇想了一会，察觉到身旁李由俭注视她的目光，猛地想起他冲自己大吼时的模样，心里仿佛被什么东西吹过，竟有些平静不下来。

正觉尴尬，灌木丛中突然传来激烈的打斗声。三人一惊，往外看去，面色一凛，彼此对了个眼色，悄悄起身往外走去。

右护法被平煜派出的暗卫及白长老等人缠了近一日，眼见手下镇摩教及东蛟帮的人死伤大半，终于放弃趁乱浑水摸鱼的打算，拼死杀出一条血路，便要率领亲信逃走。

敌众我寡，在这种劣势下，讨便宜是别想了，但以他的轻功，要想顺利逃走并非做不到。

东奔西跑了一路，总算拉开了一点跟身后追兵的距离，他只要绕过前方灌木林，就能彻底甩开平煜手下的追捕。

刚奔了几步，忽听远方传来巨响，声音大而突兀、连绵不绝，听在耳里，说不出的怪异。

他讶然，驱马的动作未有稍缓，却下意识转过头，往声音来源处望去。

他发现那座河床中的神庙竟有塌陷的意思，不妙的是，不止神庙，连周围草原都不可避免受了波及。

他犹豫了下，脑海中浮现出邓文莹那张哭得梨花带雨的脸，速度慢了下来。

不过一会工夫，心随即硬起。纵使他赶过去又能如何，能否救到她不说，说不定还会将自己搭进去。

他一抖缰绳，狠狠一甩马鞭，疾驰而去。

正是因为这一迟疑，身后大批马蹄声又再次出现。

他暗道不妙，急忙四顾，试图找出遮掩之处，好甩开这些人。眼看前面出现灌木林，他心中大喜，还未挥动马鞭，耳后一阵怪响，风声呼呼，甩向自己的脖颈。

他心知这东西是平煜手下一名暗卫惯使的长鞭，忙一俯身，险险躲开袭击。

可是下一刻，其他暗卫也纷纷从马上一纵而起，杀向他的后背。

无处可躲，他迅速从怀中取出一管长笛，便要放于唇边，好招出群蛇。

就在此时，灌木丛中又奔出几人。一见到他，其中一人便笑道："右护法，你可真不够地道，跟了咱们一路，怎么连声招呼都不打就要走？"

却是意气风发的秦晏殊。

右护法落网的消息传来时，众将士刚刚从方才的剧变中回过神。

因撤离不及时，地陷时，有几十名兵士及官员不慎跌落深渊，丢了性命。幸好大部分人都无碍。

皇上得知此事，为慎重起见，当即下旨拔营，令大军退至一里外。

好不容易待众将士安顿下来，天边已微露曙光。

平煜做好看押右护法的安排，来不及审问，便因军情急迫，转而去与荣将军、大哥及兵部几位重臣商量突袭坦布大军的法子。

他眼下最为挂心的便是傅兰芽，却因大敌当前，不得不按捺住前去探望她的冲动。

万幸的是，大汗寝陵塌陷，王令已随那座神庙沉入地底，再也不必担心傅兰芽的血统会泄露出去。

思忖着到了帐中，就见大哥及邝埜等人正制订计划，他忙收敛了心神，上前道："荣帅、邝大人、大哥。"

如今敌明我暗，若是一切顺利，攻克坦布大军也许只需几日的工夫。

叶珍珍默默望着平煜的背影，直到他进了帐，才收回追随他的视线，往河畔走去。

昨日晚膳后，她瞌睡说来就来，还不到戌时时分，便睡得昏天黑地。若不是后半夜神庙发生异动，她被那惊天动地的巨响吵醒，没准会一觉睡至天亮。

所幸她所在帐篷离得远，她应变能力又快，那场面虽出现得猝不及防，却幸未受到波及。

只是，一想到昨夜之事，她心里便仿佛被酸涩的水泡过一般，紧紧缩成一团。

在锦衣卫任职几年，她不会不知道她昨夜的瞌睡跟锦衣卫特制的迷药有关，而能下令在她膳食中做手脚之人，除了平煜之外，不会再有第二人。

她也知道，自从上回她有心打探平煜和傅兰芽的关系，她便触了他的逆鳞，以至于这些时日一再被他冷待，别说再担任锦衣卫的要务，连想要近身跟他说句话都办不到。

自从两年前训练任务完成后，第一回去锦衣卫衙门报到，她便对他起了心思。尤其在得知他不近女色，唯独肯跟她来往后，她更加泥足深陷。她出身寒微，自小便无父无母，于尘埃中摸爬着长大，之所以挣到今天这份体面，全凭一份异于常人的耐性和毅力。

她生得不差，几乎称得上明丽，性子又沉默柔顺，对他更是忠心耿耿，只要她时常能见到他，只要他身边一日没有女人，两人相处久了，难保他不会动心。

所以哪怕他除了公务之外，一句话都不与她多说，哪怕他从未对她有过半点亲近之举，她也极沉得住气。

可是这份笃定，在见到傅兰芽之后，不可避免地发生了动摇。

自金陵与他光明正大地会合后，她出于不安，时常留心观察他和傅兰芽的不寻常之处。

借着职务之便，她很快便瞧出了端倪。正如她所担心的那样，他果然对傅兰芽起了心思，仗着手中权力，没少明里暗里关照傅兰芽。

在她唯一一次有机会与他近身接触时，她甚至闻到傅兰芽身上特有的香味。

那之后，她失眠了好几夜。若平煜纳了傅兰芽，眼里怎还瞧得见她？

更让她不甘的是，出于一种直觉，她相信昨夜他之所以对自己下迷药，多半也与傅兰芽有关。

她越想脸色越难看，眸中涌起浓浓恶毒之意，若是有不着痕迹的法子把傅兰芽推到皇上面前就好了，闷闷地走了一会，不知不觉间，她已绕过军营后方，走到了河边。

她停下脚步，望着河面，下游的河水已被那座塌陷下去的陵寝截断，上流的河水却仍滔滔东流。

忽听身后有声音道："皇上。"

她一惊，回头望去，果然见一行人从营帐中缓缓走出。前头那人穿着一身锃亮的银甲，被人前呼后拥，气度不凡。

她认出那人是皇上，正犹豫要不要回避，忽然一旁快步走来两个熟悉的身影，定睛一看，却是陈尔升和许赫。刚才她太出神，竟未留意他二人跟在自己身后。

二人到了皇上面前，下跪道："皇上，那座神庙才刚塌陷，河边恐不安全，为安全起见，还请皇上移驾别处。"话里的意思，竟似急于引皇上去别处。

皇上却越过陈尔升的肩膀，随意地往河边看了看，目光落在叶珍珍身上，不由呆住。

众人见皇上只顾望着前方，许久不说话，小心翼翼地提醒道："皇上？"

皇上依旧望着叶珍珍，嘴里却道："去把那名女扮男装的锦衣卫叫过来。"声音里有些不可察觉的激动。

没想到他苦寻一晌，竟在此处遇上了梦中之人，只一眼望去，这女子的身影瞬间便与他脑中幻象重叠在了一起。

他见惯了美人，这女子模样虽够不上闭月羞花，却有一种让人无从抗拒的吸引力。念头一起，脑中隐隐痛了一下，身体仿佛被什么牵动，竟起了淫思。心下躁动起来，恨不得立时将她召至帐中，好好行乐一回才好。哪还想得起什么傅兰芽。

叶珍珍承宠的消息很快便传到平煜耳中。

许赫立在平煜跟前，不急不慢地禀告道："我和陈千户试图阻止皇上到河边，谁知皇上不知中了什么魔障，一见到叶珍珍就不肯走了，召她近前细看。没问几句话，就急急忙忙带回帐中伺候，状甚急迫……而叶珍珍只是含羞，一点不情愿的意思都看不出。"

平煜皱了皱眉。他之所以不让叶珍珍靠近皇上，无非是因上回叶珍珍在傅兰芽面前行挑拨之事，知道她已坏了心性，怕她寻到机会接近皇上后，使些见不得光的手段祸害傅兰芽。

所以，这些时日他一直暗中派人盯着叶珍珍。

没想到跟他预料的完全相反，竟不是叶珍珍试图接近皇上，反倒是皇上主动看中了叶珍珍。

皇上近年虽喜好女色，眼界却高，似叶珍珍这等姿色，应该入不了眼才对，何至于一见到叶珍珍就如此急迫。

他心知其中一定有古怪，甚至隐约觉得此事跟王令有关。但他也知道，如今皇上时而清醒时而糊涂，要在皇上眼皮子底下将此女除去，跟捏死一只蚂蚁一般无二，何须急在一时。

目前比叶珍珍更为棘手的，乃是右护法和坦布，尤其是后者，关系到无数人的性命，眼下正是争分夺秒的时候，一个不足为惧的叶珍珍，实在不值得浪费心思。

李攸现下已被皇上提为昭勇将军，时常近身伺候皇上，陈尔升和李珉能力不及之处，可让李攸帮着找补。

叶珍珍老实倒也罢了，要是她胆敢作怪，李攸素来聪明果决，自会当机立断，进行处置。

计较已定，他敲了敲桌，吩咐道："给我盯紧叶珍珍，千万莫出岔子。请李将军过来。"

近午时，突袭坦布的计划已议到最后阶段，平煜得了空，抽身出来，提审右护法。

永安侯邓皋年得知次子被掳的消息，怎么也不相信次子被外人假冒多年，只当平煜有意诬陷，气急败坏地跟长子赶到邓安宜的帐篷，一定要验明正身。

待亲眼见到平煜将右护法脸上那张制得完美无瑕的人皮面具扯脱，一张完全陌生的三十多岁的男子面庞暴露在眼前，二人都惊愕得张大嘴，眼珠都不会转了。

想起这几年邓安宜有意无意跟他保持距离，邓皋年甚至没来得及说一句话，便因急怒攻心，眼前一阵眩晕，直挺挺地仰天往后倒去。亏得一旁锦衣卫眼疾手快扶住，才未摔出什么大碍。

邓家父子被人扶着离开帐篷后，平煜令人看住帐篷门口，随后在右护法对面的案几后坐下，直视对面那人。

跟那位容颜不老的左护法一样，右护法远比他想象中年轻得多。五官端正，鼻梁笔直，双眼细长而锐利，相貌虽不及真正的邓安宜那般俊秀，却绝对称得上英武。

两人对视一晌，平煜单刀直入道："说吧，五年前，我家中遭难之事，是不是跟你有关？"

右护法本以为平煜会问他为何要夺取坦儿珠，没想到一开口竟问起了五年前之事。神色僵了一下，旋即又恢复如常，和颜悦色道："平大人在说什么？在下怎么一个字都听不懂。"

平煜笑道："你只管嘴硬，反正我有的是法子逼供，你最好趁没受罪之前，将你知道的痛痛快快说出来。"

右护法缓缓收了笑意。

平煜看在眼里，索性提醒他道："二十年前镇摩教一战，坦儿珠一分为五。因当时我祖父曾率军参与围剿镇摩教，你怀疑其中一块落到了我祖父手中。进京后，你潜伏在邓二身边多年，直到五年前，终于等到了机会，趁邓家父子在京郊狩猎，将邓二杀死，并借装病取而代之。

"病愈后，你又借着邓家二公子的身份在京中勋贵人家中走动，来得最勤的便是我家。巧的是，在你扮作邓二后不久，我家便被罗织了好些莫须有的罪名，被人一封匿名罪状告到了御史台。"

对于当年自家获罪一事，他虽起了疑心，但因先入为主的印象，并不是真的相信此事与右护法有关，故而这番话中含了些诈右护法之意。

一番话后，眼见右护法既不反驳也不承认，他心中直如灌入一阵冷风，凉了大半截，惊疑不定地想，难道说当年之事真的另有曲折？

记得当时恰逢傅冰刚入阁，正是新官上任三把火，行起事来雷厉风行，乃至到了矫枉过正的地步，见御史弹劾平煜父亲，遂禀告先皇，主动查办此案。一番细查下来，竟真在书房中真真假假搜出好些证据。当夜，傅冰便上折弹劾父亲。

彼时，先皇正大刀阔斧查办官吏贪腐，举国上下因贪腐丢官入狱的官员不胜枚举，此时被人揭发，无异于被推到了风口浪尖。

一听傅冰之言，皇上便大发雷霆，即令严办。不过一月时间，便坐实了父亲种种罪名，平家因而遭到了抄家和发配的惩处。

他想到此处，望着右护法的目光已冷硬如刀。

镇摩教在江湖上算得上手眼通天，想要不动声色地做些找不出破绽的罪证，并非难以做到。

右护法丝毫不为所动，脸含微笑，一字一句重复刚才那句话道："平大人在说什么？在下怎么一个字都听不懂。"

笑话，他为什么要承认当年平家出事与他栽赃有关？帮平煜解开对傅家的心结？让自己死得更难看一些？

须知他谋求坦儿珠多年，几回跟那东西失之交臂，好不容易搜罗到了其中两块，本想坐观平煜和王令斗得两败俱伤，自己好坐收渔翁之利，谁知竟功败垂成。王令死了，连他也被平煜所擒，事到如今，他恨平煜都来不及，凭什么要让平煜痛快？

有些秘密，何妨永远烂在心里。

平煜见右护法如此，哪怕再不愿相信，心中也多多少少有了结论，顿时心乱如麻，原本以为不过是个异想天开的推论，万万没想到竟真有可能是事实。

当年父亲获罪的种种，摆明了是被人栽赃嫁祸，他因而疑心是傅冰有意为之，恨了傅冰好些年。

倘若当日不过是镇摩教的一个阴谋，他岂不白白恨了傅冰这些年，更别提他还曾因为傅冰的缘故迁怒傅兰芽。

他再也无法保持平静，咬了咬牙，脸上却露出一点笑意，道："上刑。"

正在此时，手下士兵在外道："平大人，将军有急事寻你。"

平煜知道这是要出兵突袭坦布的信号，万分急迫，一刻也耽误不得，他盯着右护法看了一晌，才慢慢移开视线，淡淡对属下道："细细审问，好好伺候，莫要让他死了！"

说罢，转身匆匆而去。

傅兰芽躺在帐中，眼泪流了又干、干了又流。自打从王令口中听到母亲死去的真相，她的心就如被人挖空了一块，直到现在仍汩汩流血。

神庙塌陷时，平煜带着她死里逃生，而她却因沉浸在悲痛中，一片木然。见她泪流不止，初时，平煜哄她劝她，后来见她消沉得厉害，也跟着沉默下来。旁边耳目众多，两人无法长时间待在一起，平煜想将她从怀中放下来，她却因着一份前所未有的依靠，紧紧搂着他的脖颈，怎么也不肯松手。

平煜只好将她紧紧抱在怀中，低下头吻了吻她的额头，为了宽慰她，漫无目的地抱着她沿着旋翰河走了好一会。后来怕他大哥和李攸等人担忧，他停下脚步，低声问她："可觉得心里好受些了？"

她虽悲伤，却并未彻底丧失理智，便埋头在他颈窝，无声地点了点头。平煜这才将她放下，握着她的手，带她往人群处走。

两人松开手前，傅兰芽忽然想起神庙塌陷前，平煜已将三块坦儿珠收在怀中，下意识开口向他索要。

平煜先是不解何意，有些惊讶。定定地望了她一会，许是见她语气坚定，最终还是从怀中取出坦儿珠，递给了她。随后，目光在她脸上游移，低声道："等我忙完，就来找你，你父兄之事，我会好生筹划，你莫要胡思乱想。如今王令已除，你也该放下心结，好好休整一段时日了。"

她心底起了微澜，万万没想到平煜竟主动提起为父兄洗刷罪名之事。为了让他安心离去，她挤出一丝笑容，感激地点了点头，算作应答。

平煜往她身后看了看，见再无人注视这边，抬手摸了摸她的脸颊，领着她往临时搭建的军帐处走。直到将她交到林嬷嬷手中，才放心离去。

用过午膳，她躺在帐中，将三块坦儿珠拼凑在一起，举高至眼前，静静细看。

可惜陵寝下的祭坛也随着神庙沉没，再也无从觅迹。就算坦儿珠真有起死回生之效，无法重建祭坛，坦儿珠也只能沦为一堆废铁。

因只缺了两块，坦儿珠上的图形越发清晰，跟她原先预想的地形图不同。她盯着看了一会，越发觉得那些线条的走向暗示着某种阵法。

她于阵法上远不及哥哥造诣高，看了一会，没有半点头绪，遗憾地想，若是哥哥在身边就好了，定能看出这些线条的含义。

她知道她定是疯了，因为在亲耳听王令吐露真相后，心底那份对母亲的思念已化为执念。

万一……万一坦儿珠真有妙用呢？并非没有可能是不是。

要知道百年前那位大汗天纵奇才，不是那等容易被人蒙蔽之人，连他都将坦儿珠视作异宝，也许起死回生并非空穴来风。

因着有意回避伤痛，她思绪越飘越远，心底发酵出好些想法，迫不及待想同平煜商量。

可是接下来三日，她都未能见到平煜。她整日沉浸在对母亲的思念中，也无心打探外头发生了何事。

三日后的清晨，她刚从被窝里起来，便听外头传来雷动般的欢呼。她和林嬷嬷面面相觑。

因那喊声太热烈也太激动，两人细辨了好一晌，才听明白："大军前往突袭坦布大军，打了坦布一个措手不及，在乌满草原激战三日，坦布伏诛，大获全胜。即刻起，我军便要撤离北元回京了!"

傅兰芽怔了一晌，喜意涌上心头，情不自禁露出这几日以来的第一个笑容。

林嬷嬷更是喜极而泣，连连拍手，又搂着傅兰芽道："小姐，小姐，总算熬出头了。"

她知道，平大人一向重诺，既战胜了坦布，接下来便要开始筹划回京迎娶小姐一事了，说不定连老爷和公子也可借此机会脱罪呢。

许是怕又横生枝节，明军胜利的消息一传来，皇上便下令留在后方的军队开拔，前去与主力军会合。

傅兰芽主仆也被告知立刻收拾行装。

等明军押解了一干瓦剌俘虏回返，两股兵马会合在一处，班师回京。因足有数万人之众，部队行军时，说不出的声势赫赫。

与来时的暮气沉沉不同，此番因明军大胜坦布，诸人备受鼓舞，军队上下都弥漫着欢悦的气氛。

平煜心中更是如同去了一块大石一般，放松了不少。如今内忧外患均已去除，唯一让他耿耿于怀的，便是右护法了。

开拔途中，陈尔升及李珉告诉他，三日过去，右护法一个字都未交代。

他脸色微沉，沉吟道："右护法身负异术，虽已被废了武功，路上难保不会出岔子。要么尽快问出当年真相，要么就地解决此人，免得平地生波。"

因已赶了一日路，日暮时分，邝埜等人便下令在路旁稍歇。

此举正中平煜下怀，他急欲亲自前去审问右护法，皇上却命人请他和荣屹等人近前，细细询问伏击坦布之事。

到了皇上帐中，平煜见皇上兴致高昂，笑着复述了一番当时战况。

皇上听了越发高兴，平煜却道："臣捉到的那名邪教护法不太好应对，怕生出什么变故，臣须尽速处置。"

皇上并没有将一个阶下囚放在心上，温声道："不急着正法，此人跟王令结识多年，也许也是北元鞑子，多审几日，没准还能挖出些北元军情。"

平煜听得暗暗皱眉。但既然皇上这么说，他也不好出言反驳。

在与皇上说话期间，皇上身后帷幔曾微微拂动了下。平煜余光瞥见，面色无改，连往帷幔张望的兴趣也无。能跟皇上待在一个帐中，又须回避大臣的，不用想也知是叶珍珍。

这两日，据李珉几个回报，叶珍珍在皇上面前一句不该说的话都未说过，但此女心性已坏，留在皇上身边终是一患。且皇上对叶珍珍的迷恋来得太过莫名，若是有药性的成分在里头，也许是个难得的契机。如能借题发挥，利用赤云丹替傅冰父子翻案，倒不失为一个一箭双雕的好法子。

傅兰芽手中似是还有两粒，如用其中一粒替皇上解毒，不但可帮傅冰父子洗刷罪名，更可一道除去叶珍珍。

陪皇上说了会话，他和荣将军及大哥一道告辞出来。

平煜等人走后未多久，叶珍珍便从帷幔后出来，乖觉地坐在皇上身后，含笑替皇上放松筋骨。

她阴差阳错成了皇上的侍妾，虽非本意，却因环境造就的本能，适应得极快。平煜也好，锦衣卫的职务也罢，为了接下来能活得更好，她很快便收了心，现如今一心一意服侍皇上。

皇上舒服地叹了口气，懒洋洋地闭上眼睛。

叶珍珍按着按着，思绪却不受控制地飘到了刚才那人身上，因着出神，手下力道不自觉加重了些。

皇上有些吃痛，忍不住蹙眉，轻嗔道："怎么心不在焉的。"

叶珍珍回过神，低头一笑道："是妾身走神了。"

经过这几日的相处，她发觉皇上对她极为迷恋，胆子也就渐渐大了起来，回皇上话时，不再像从前那般反复揣摩，才敢宣之于口。

皇上果然笑了笑，并无半点怪罪之意。

她转而握住拳头，轻轻捶打皇上的肩膀。听外头传来阵阵喧腾，心知那是她过去锦衣卫的同僚在说话。

锦衣卫的帐篷就设在一旁，过了锦衣卫的帐篷，再走一小段，藏在最里头的那座不起眼的帐篷，便是傅兰芽主仆的安置处。

她心中冷笑。平煜为了藏好傅兰芽，真可谓殚精竭虑，在北元这些时日，竟一日也未让皇上瞧见过傅兰芽，当真是将傅兰芽当作眼珠子来疼。

也许跟她先前想的不同，平煜不只想纳傅兰芽为妾，等回了京，没准还会开始着手操办解救傅兰芽父兄之事。到那时，傅兰芽会不会摇身一变，成为平煜的正妻，也未可知。

一想到平煜往后会跟傅兰芽双宿双飞，她心里就觉闷得发慌，明知只需制造机会让皇上见到傅兰芽，便可让平煜的打算落空，可是她却也不想因厌恶傅兰芽，平白引一个祸害入宫。

也不知还有什么旁的法子可以拆散平煜和傅兰芽，最好能做得不显山露水，也免得平煜怀疑到她身上。

她正在盘算，外头忽然传来一阵惊慌的喧哗声，伴随着古怪的嗞嗞声。

下一刻，就听有人大喊："快护驾！"

皇上一惊，急声问："出了何事？"

叶珍珍猛地站了起来，出于本能摸向腰间，却摸了个空，这才反应过来，因着伺候皇上，她已然不再佩带绣春刀。

就在这一晃神的当口，已有无数黑色的条状物从帐帘下端的缝隙里往帐内涌来。

这时，守在门口的几名军士冲将进来，可还未护住皇上，便被那蛇飞扑前来，一口咬住脖颈。一转眼工夫，那几名军士便倒了一地。

叶珍珍本已拥着皇上奔到了门前，见状，突突打了个冷战。她曾跟右护法交过手，若没认错，这蛇乃是剧毒之物。一旦被这种毒蛇咬中，哪怕内力再深厚之人也会迅速陷入昏迷，很快便会一命呜呼。

且看蛇涌来的数量，她若继续在帐中逗留，定会被咬。而若此时逃走，也许还能侥幸捡回一条性命。

想到此，她护驾的动作缓了下，然而只一瞬工夫，她已恍悟过来身旁之人是天子，再不敢有杂念，忙张开双臂拦在皇上面前。

皇上早瞧见叶珍珍的动作，眸光冷了冷，喝道："你身手不错，若是害怕，速速离去便是，不必理会朕。"

叶珍珍还未来得及作答，只听唰的一声，帐帘被人从外头一刀劈开。

平煜先是一刀将飞到皇上面前的一条蛇砍飞，随后将皇上护在身后，道："右护法已被砍断一臂，再也无法作乱，然蛇的数目太多，我等拼尽全力，也无法将其尽数驱走。"

说话的工夫，他身后又围上来好些得力干将。

皇上见此情形，如同吃了定心丸一般，大松了口气。

可谁知一转眼工夫，不知从何处又飞来十来条黑蛇，平煜虽立时挥刀砍杀了其中几条，仍有一条飞向了皇上。

诸人大惊，平煜来不及挥刀，闪电般探出一臂，便要徒手捉住那毒蛇。

皇上见平煜为救他竟不顾自己安危，滞了一下，还未来得及发出慨叹，便觉颈部被什么锐利至极的尖物戳住。紧接着，一股强烈的麻木感顺着被咬之处席卷全身。与此同时，胸口如砸下来一块沉重的巨石，呼吸都变得极为困难。在他丧失意识的瞬间，他耳边的惊呼声也随之消失。

众人眼见皇上被咬，均吓得面无人色。

平煜喝道："此处由我应对，速将皇上抬走，离此处越远越好。"

虽然方才情形始料未及，却是个千载难逢的好机会。想到此，平煜忙欲抽身去寻傅兰芽，也好尽快取回赤云丹，在最短时间内替皇上解毒。

傅兰芽的帐篷外，除了有最善对付蛇术的一干秦门中人，连李攸也在他的托付下寸步不离地守着。有这样一帮武林高手相护，他并不太担心傅兰芽的安危。

就是不知赤云丹能否解这毒蛇的毒性，要是服下赤云丹后皇上仍无起色，他又能去何处寻求解毒的法子。

思忖着快步走了一段，其间，不断有怪蛇扑到他身上，均被他一刀一条砍断。

怎料还未赶到傅兰芽处，便听身后传来惊慌的大喊："平将军！"

平煜脚步一顿，猛一回头，正好看见大哥仰天倒下。心几乎静止在胸膛，他僵了一下，须臾，面无人色拔步往前奔去。

"大哥！"

傅兰芽紧紧搂着林嬷嬷，高度紧张地听着外头的响动。因着惧蛇，明知秦门及李攸等人守在帐外，她仍害怕得不敢抬头。

一片混乱中，有人疾步朝帐篷走来，极快极大的步伐似乎蕴藏着风雷之势。

傅兰芽的心越发提起，到了近前，那人压着嗓子急声道："傅小姐，平大人说你手中有一样重要物事，最能驱毒，派我前来向傅小姐索讨两粒。"却是李珉的声音，透着掩饰不住的焦虑。

"出了何事？"李攸大声问道。

就听李珉低声回了句话。

"什么？"李攸似乎大为震惊。

傅兰芽未能听得真切，心中悄悄打起了鼓。

李珉刚才那话说得古怪，似是平煜急于索讨赤云丹，又不想让旁人知道此物，李攸的反应又太过激烈，怎么看都像是有极为要紧之人中了蛇毒。

她犹豫了下，赤云丹如今只剩两粒，平煜不会平白无故向她讨要，何况还要得如此迫切，不用想就可知中毒之人在他心目中的分量有多重。

"稍等。"她忙应了声，快步走到帐帘处，取出袖中的赤云丹递出。

李珉接过，甚至来不及说一句谢，便转身狂奔而去。

半个时辰后，外头终于平静下来。

傅兰芽悬着的心定了几分，从林嬷嬷怀里慢慢起身，走到帐前，掀开帘子，却看见在门口守着的陈尔升和许赫。

"陈大人。"她瞄了瞄前方，不远处的两座帐篷灯火通明，不断有人进进出出，每个人脸上都挂着忧虑的表情。

她越发肯定自己的猜测，刚才不幸中了蛇毒的两人中，果有一个是皇上。

可是，另一个又是谁呢？赤云丹送过去有半个时辰了，伺候的人依然未见半点松懈，从眼前情景看，无从判断赤云丹是否能克制今夜的蛇毒。

要是对症自然再好不过，以平煜的心性，定会借题发挥，想方设法替她父兄洗脱罪名。

想了想，她开口道："皇上旁边那个帐篷里不知住着哪位大臣？可是也不小心中了蛇毒？"

陈尔升喉结滚动了一下。

傅兰芽望着他，不知是不是自己的错觉，陈尔升素来严肃的脸上竟浮现一抹忧色。

片刻，他开口了："是……平将军。"

傅兰芽怔住。

林嬷嬷耳朵尖，吓了一跳，疾步走来，探头出了帐帘，颤声道："陈大人，您刚才说的可是真的？真是西平侯府的世子中了毒？"

陈尔升点点头，脖子有些僵硬。

傅兰芽心神不宁地退回帐中，再也无法像刚才那般置身事外。

万万没想到，竟是平煜的大哥中了蛇毒，难怪方才李攸兄弟的反应那般古怪。

想来皇上的安危虽然重要，而能让他们生出凄惶之态的，必定是极为挂心之人。

也不知平煜此时如何。他跟他大哥感情一向深厚，大哥中了毒，此时必定五内俱焚，可惜她不能陪在身边，无法替他分忧，盼只盼赤云丹能对症才好。

林嬷嬷在一旁焦虑地踱来踱去，喃喃道："万万莫出事才好。"

走了一会，想起什么，猛地转过头看向傅兰芽，心中暗想，可真是老糊涂了，她怎么给忘了，因着老爷的关系，平家上上下下都对小姐存着成见，进京之后，肯不肯接纳小姐还得另说。此时世子中毒，虽说万分凶险，但要是小姐给出的那颗药恰能解毒，于两家冰冻三尺的关系上，是不是算得一个转圜的契机。这般想着，一时喜一时忧。来回在屋中打转，口中不时嘀嘀咕咕，阿弥陀佛不知念了多少回。

许是林嬷嬷的祈祷生了效，后半夜时，皇上和平烁醒转的消息传来。

消息一传开，众臣心头都是一松。因太过振奋，连几位素来沉肃的老将都涕泗交流。

经过旋翰河一役，众人本以为胜利回京指日可待，怎料路上会生出这样的变故。若是皇上不幸死于蛇毒，消息一旦传回京城，朝中还不知会再起什么样的波澜。

万幸皇上无碍。

侥幸之余，人人心中都有疑惑，也不知平煜从何处弄来的灵丹妙药，竟能对付这等见血封喉的剧毒。

至天亮时，皇上和平烁不但能转动眼珠进行交流，更能在旁人的搀扶下缓缓坐起，用些帮助祛毒的汤药了。

平煜自从皇上睁开眼便出了帐，去到大哥的帐中，寸步不离地守着。他整夜未睡，双眼有些发红，望着面色依旧灰败的大哥，心头被各种情绪堵得满满的。

昨夜那蛇的毒性太过凶险，直至现在大哥依然口不能言，要不是有赤云丹相助，或是服用得再晚半步，他跟大哥已然阴阳两隔。

平家这些年经历过不少磨砺，万幸的是无论遭受何事，一家人皆平安无恙，若是回师途中大哥丢了性命……

他不敢再想下去。

平烁身上余毒未消，神志却已渐渐恢复清明。他的四肢依然无法动弹，只好吃力地转动眼珠，看见弟弟立在一旁，脸上是以往从未见过的晦暗神情，心知三弟这是担心得狠了，连忙努力挤出一丝笑容，示意三弟不必担心。可惜舌头僵麻如一根木头，开不了口说话，

平煜眼眶微涩，半跪在大哥身边，扶他坐起。

守在一旁的几位跟随老侯爷多年的副将见状，下意识地想起老侯爷，不由暗叹，老人家何等英明，能将后代子弟教养得这般出众，平家几位手足之间全无高门子弟常见的猜忌嫌隙，很是亲厚。

感慨之余，他们对那位慷慨赠药的幕后之人更为好奇。

由着三弟扶着饮了一碗粥，平烁四肢的乏力感越发减轻，与之相对应地，心里疑惑却在加深。中毒前的景象历历在目，他深知自己中的是难得一见的剧毒，也不知何故，竟能得解。

这时，帐外有人道："皇上请平大人去帐中说话。"

平煜对上大哥疑惑的目光，只道："大哥你只管好生歇息，等我回来后，再与大哥细说。"说着扶大哥躺下。

皇上帐中，皇上榻旁围了好些人。

平煜并不急于上前，请过安后，立在一旁。

用过祛除余毒的汤药后，皇上才示意众臣退至一旁，单召了平煜近前。

虽然身上仍有残毒，皇上思绪却仿佛拨云见日，前所未有地清晰。他清楚地记得旋翰河边平煜等人奋力围歼王令的景象。也忘不了出发对战坦布时，众将士上下一心、同仇敌忾的壮志豪情。更忘不了蛇群作乱时，平煜为了护住他，不顾自身安危徒手抓蛇的情形。

自然，他也没忘记自己是为何看中了叶珍珍，又是怎样召她入帐侍寝的。

让他想不通的是，醒来后再看到叶珍珍，他却再也没有先前的那等悸动和狂热，胸口只余一片漠然。尤其是想到蛇群闯入帐中时，叶珍珍在留下来保护他和拔步就逃之间，曾有过明显的踟蹰，心里更不是滋味。

其实他一贯厚道，死里逃生之后，变得更加宽仁，也知叶珍珍的犹豫乃是人之常情，但想到自己先前曾对此女万般恩宠，仍有些慨叹。

他脑中堆涌了好些念头，许多事都看得透彻无比，再没有半点之前的混沌。

能转动脖颈后，他看向守在榻前的众臣，目光扫过之处，唯独没看见平煜。他目光微凝。

李攸揣摩出他的意思，忙道："蛇群来袭时，平烨将军为了护驾，也不慎中了蛇毒，平煜此刻正守在平将军帐中。"

皇上先是惊讶，随后释然。平煜果然是重情重义之人，本该是邀功请赏的时候，众人唯恐少了在他面前露脸的机会，而平煜却宁肯守在平烨帐中。

他历经了一番变故，对真性情之人越发看重，于是立即召见平煜。

平煜来到榻前。皇上望着平煜，问："听说朕和平将军中毒后命悬一线，亏得有人及时赠药，朕和平将军才得以解毒。不知究竟是何人赠药，何以不肯露面？立此大功，朕须好好奖赏才是。"自醒来后，又过去了半个时辰，如今毒虽残存些许，他已然能开口说话，平煜以退为进，审慎道："臣不敢有所隐瞒，但此人仍是戴罪之身，未得皇上准许，臣不敢擅自替此人邀功。"

皇上果然被这话引起了兴趣："戴罪之人？"

平煜用公事公办的口吻道："三月前，因傅冰被问罪，云南巡抚一职就此空缺。恰逢云南夷民作乱，皇上便急令臣护送新任云南巡抚赴任，顺便罚没傅冰在云南宅中的家产，并押解其女进京。"

"唔，朕记得是有此事。"皇上沉吟。过去两年的某些记忆仿佛被蒙上了一层灰尘，细节处有些看不真切，但掸掸灰，还是能一一想起的。更何况傅兰芽这个名字，在来北元途中，王令曾反复在他面前提起。

皇上疑惑道："你刚才说赠药之人乃戴罪之身，莫非……是傅冰之女？"

平煜垂下眸子，在开口利用此事做文章前，他已经做好了万全准备，若是皇上要借此机会召见傅兰芽，他无法抗旨，只能不动声色生出些乱子，好做阻挠。总归不能让皇上窥见傅兰芽的真貌。

"正是。当初抄家时，臣曾在傅家搜出一个锦囊，里头有两粒药丸，因不知作何用，臣只好暂且将其封存。昨夜蛇祸时，罪眷听闻皇上被毒蛇咬中，命在旦夕，便令人传话给臣，说那药丸乃是她外祖父无意中从一夷人手中得来。傅夫人临终前，将此药赠予了她，并告诉她此药能解剧毒。皇上安危事关国体，她恳请臣将此药速速给皇上服下。"

皇上恍然大悟："怪不得，原来是此女赠了神药。"心情顿时变得复杂起来。

傅冰是父皇的重臣，三十出头便已入阁，短短几年，便成为本朝最年轻的首辅。在他还是太子时，傅冰还曾兼任太子少傅。真说起来，他跟傅冰除了君臣之谊，更有一份师生恩情在里头。

可是自他登基后，因着王令有意铺垫，他竟一日比一日觉得傅冰碍眼。不到一年工夫，他便将傅冰踢出内阁、贬至云南，后又任由王令罗织罪名，坑害其下狱。

世事难料，万没想到到了最后，他的命竟然还是由傅冰之女所救。

思绪纷杂的同时，他心底免不了生出担忧。若是从前，他的头疾多半会被牵引得发作。谁知静等了一晌，脑中依然清澈，半点不适都无。

他暗惊，难道那药竟能一并解他的头疾不成？

他并不痴钝，想了一晌，豁然得解。刚才平煜曾说那药最能解毒。自己的头疾来得奇怪，不知吃了多少药，施过多少回针，全无缓解。从前以为是顽疾，如今想来，怕是王令为了摆布自己，在自己饮食中下了毒。

没想到傅家的一粒解毒丸，不但让他起死回生，竟一并将导致他头疾的顽毒解去。

他喟叹一声。过去几年，自己竟糊涂至斯：一个包藏祸心的鞑子，他视作亲信；而真正的股肱之臣，他却视作奸佞。

忆起当年傅冰在朝中卓尔不群的姿态，他的心情再也无法保持平静，恨不得立时回去整顿朝纲，平反被王令陷害的几个大臣的冤狱。

他下意识地开口道："召傅冰之女觐见，朕要重赏——"

话一出口，忽然瞥见一旁叶珍珍的侧影，心里莫名涌起一种浓浓的厌恶感。先前他对叶珍珍有多迷恋，服过解毒丸清醒后，对叶珍珍就有多反感。

记得两人共享鱼水之欢时，叶珍珍曾在他耳畔低语，说她与随军一名罪眷身形极为相似。

虽不知叶珍珍是否有意提起此事，但随军罪眷再无他人，定是傅小姐无疑。他眼下一点也不想见到跟叶珍珍相似之人，排斥的程度，甚至强到了一起念头便犯恶心的地步。

他感激傅冰之女是一回事，给自己添堵又是另一回事。于是又将要召见傅兰芽的话收回，只道："傅小姐身陷囹圄，难得还这般深明大义，可见傅冰委实教女有方。傅冰之案，尚有许多疑点，回京之后，还需好好重审才是。"

平煜虽未能猜到皇上为何突然改变主意，但皇上不肯召见傅兰芽，倒正中他的下怀。

同时，他也敏锐地察觉出皇上与从前已大有不同。阔别多年的谨慎谦和逐渐在皇上身上重现，行事说话都与从前有着微妙区别。于是他越发笃定，这些年皇上之所以性情大变，乃至近日对叶珍珍生出迷恋，统统少不了王令作怪。

听皇上这么说，他并不接话。

荣屹余光瞥见平煜扫来的眼风，抚髯一笑，趁热打铁道："皇上龙体事关天下危亡，傅小姐危难之中奉出神药，不但救了皇上，更救了大明江山。此情此景，倒让臣想起前朝救父的缇萦。臣斗胆进一言，傅小姐如此义举，皇上不可不嘉奖。"

其余几位大臣或有跟傅冰不和者，也不好反对皇上褒奖救命之人，只好纷纷附议。

皇上沉吟一番道："傅冰父子因被王令构陷，如今仍在狱中。回京后朕便令人着手重新审理傅冰之案。若真有曲折，从速替傅冰父子洗刷冤屈。另，傅小姐救朕一命，从此刻起，免去傅小姐连带之罪，不再以罪眷身份待之。等傅冰之案得以正名，再授予县主之衔，以资褒奖。"

平煜见目的达成，面色无改，心里却如同挪开一块巨石，顷刻间轻松了不少。

李攸在一旁听得直挑眉。遥想这一路，那位傅小姐当真吃了不少苦。傅家人守得云开见月明，虽说少不了平煜的费心筹谋，那傅小姐自己又何尝不是一个奇女子。如今王令既除，傅小姐又恢复了自由身，平煜怕是心里乐开了花。平傅两家的婚事，也已近在眼前。

想到此，他不由得摇摇头。平煜这厮不过到云南办一趟差，便拐着一个天仙似的媳妇，而他自己呢，依然是孤家寡人一个。他负手望着帐顶，半晌无语。

圣旨传到傅兰芽帐中，傅兰芽只觉恍然如梦，跟林嬷嬷抱头痛哭了起来。

想起这一路的不易，她哭了又哭，直哭到漂亮双眼肿成了一对胡桃，泪水依然没有止住的意思。杀王令、重获自由、父兄翻案在望……一桩桩一件件，多少感慨堵在心头。

林嬷嬷更是老泪纵横，搂着傅兰芽哭道："老爷初犯案时，嬷嬷觉得天都要塌了，亏了小姐不是风吹就倒的性子，咱们才能一路挣命，撑到现在。咱们小姐真正了不起！"

直到哭得快脱了力，主仆二人才渐渐止了。

净过手面，换过衣裳，傅兰芽缓缓环视四周，肩上"枷锁"除去后，连帐内的空气都爽洁了不少。

而今她不再是戴罪之人，听帐外欢腾，下意识便想出去走走看看，但因平煜提前嘱她不要出帐，为免横生枝节，她只好仍旧待在帐中。

因着心事已了，她的话空前多了起来。一会跟在林嬷嬷身后收拾行囊，挑拣御寒衣裳；一会扳着手指头算回京还需多少时日，叽叽喳喳，说个没完。

林嬷嬷听着傅兰芽声如黄鹂，语调更是说不出的轻快，她何曾见过小姐这般高兴，笑着又是叹气又是摇头。

为免在北元境内盘桓太久，刚用过早膳，大军便又开拔。只是在临行前，帐外曾传来片刻的喧嚣。傅兰芽悄悄往外看了看，只看见皇上的营帐前围了不少人，似是出了什么变故。

她不解其意，待想问问平煜，可许是平煜整日琐事缠身，身边耳目又众多，始终未来寻过她。

又行了一日，眼看要彻底走出旋翰河周边草原，傅兰芽因着一份复杂的心绪，下意识掀开帐帘，远远地朝那条古老的河流眺望。

当时在地殿中，她数次出现的莫名心悸，至今让她不解。如今想来，也许是因血脉相连，又或是旁的缘故，

无法解释，她亦不愿深想。只是一看到旋翰河，她便免不了想起母亲。

亡国公主的身份，给母亲带来了无穷无尽的灾难，哪怕后来母亲跟父亲琴瑟和鸣，却也因当年在夷疆种下的祸根，最后不得不以自戕来了结此生。

细究起来，那座先人的陵寝正是祸根。

心刺痛了一下，她正要淡淡地将目光移开，视野中突然出现两人。其中一个身形高大，背着两个灰扑扑的包袱，正是林之诚。在他身旁的那个丽人，却是林夫人。他们身后，不远不近跟着几名锦衣卫。

傅兰芽大感讶异，不知林氏夫妇在大军稍歇时走开，意欲何为。

只见林氏夫妇携手慢慢走到草原上。到了一处，忽然停下，随后，林之诚单膝跪地，徒手挖起土来。因着功力日渐恢复，他挖得极快，林夫人在一旁帮着推开松动的土壤。夫妻二人联手，两人身旁很快便堆起了土堆。

傅兰芽看着看着，隐约猜到他们要做什么，眼睛微微睁大。

果然，等坑挖得差不多后，林之诚将包袱从身上解下，放入土坑中。之后，夫妻二人低着头，久久未有动作。后来林夫人终于忍不住，头靠在林之诚的肩头，哀哀哭了起来。林之诚搂着林夫人，沉默不语。等林夫人渐渐止了哭，才将那土坑重又填上。夫妻二人对着那座土堆说了句什么，又静立良久，才往营帐走来。

短短一段路，林夫人似是万般不舍，一步三回头。林之诚却坚定地拉着林夫人，不让林夫人一再流连。等二人终于走回帐中，脸上都有一种彻底放下的决然。

傅兰芽轻叹口气，缓缓放下帐帘。

157

第四十二章 喜重逢

多日后，大军终于顺利回朝。

早在此前几日，明军大败瓦剌的消息便已传开，举国欢腾。进城时，满城百姓夹道欢迎，高呼"吾皇万岁"。

已是初冬，京中正是寒凉的时候，空气却热烈得仿佛能将人融化。

傅兰芽想到父兄还未出狱，傅家还未正名，傅家在京中的宅子恐怕还在官府手中，她们主仆二人无处可去，一时不知在何处安置。

马车停在一处幽静宅子前时，这个疑问有了答案。

宅子对外宣称是傅夫人一位表亲所置。这位表亲听说侄女得救，为安置傅兰芽主仆，特将宅子腾挪出来。

林嬷嬷暗讶，夫人从来都是孤身一人，哪来的表亲？

傅兰芽佯装不知，点点头，由着门口的管事引领，走进处处考究的宅子。反正这一路上，平煜为了送她东西，曾先后借过秦当家、李珉、父亲门生等人之手，不差再扮一回"表亲"。

果然，到了第二日傍晚，主仆二人沐浴完正用晚膳时，这位"表亲"自己出现了。

林嬷嬷昨日便已猜到这宅子旧属，见平煜来了，乖觉地迎平煜进屋。候在屋外的仆人忙送一副碗筷进来。

傅兰芽含笑起身，静静打量平煜，见他换了一身石青色绉纱袍子，精神奕奕。难得的是，一对上她的视线，他眼里竟浮现出笑意。

她不由得想起昨日。此人一声不吭令人送来好些新裁的衣裳和首饰。她没想到他百忙之中还能想起她的衣食起居之事，可见他回京后诸事都还算顺利。

她暗忖，不知父亲之案审得如何，以平煜的办事效率，怕是这一两日父兄便会从狱中放出。

平煜到了桌前，并不急着用膳，先端起茶盅饮了口茶，目光落在傅兰芽脸上。

许是心情舒展的缘故，短短几日不见，她的脸蛋养得吹弹可破，凝脂的肌肤似乎能掐出水来，唇上仿佛点了胭脂，红润欲滴，一双映月般的眸子如同盈着春波，乌溜溜水汪汪。

她穿着件鹅黄色的披风，领口及袖口处绣着栩栩如生的白梨花，整个人清丽婉约，既雅致又悦目。

尤为让他舒畅的是，她果然簪上了他昨日令人送来的一套首饰中的一根簪子，簪子上拇指大的东珠与她皎月般的脸颊交相辉映，整座屋子都被衬得亮堂起来。

他看得心情大悦，傅兰芽因着罪眷的身份，头上素净了一路，如今既脱了罪，总算能妆饰一番了。可惜这两日事忙，他没来得及细细挑拣，也不知这些首饰合不合她的意。

不过，她既第一时间便戴上，而且自打进屋，望着自己的目光便柔情似水，想必是极满意的吧，他自信地想。

平煜不动声色放下茶盅，怕扰了她脾胃，虽有一肚子话要跟她说，他也打算先用膳再说。

两人用膳时都没有开口说话的习惯。膳毕，下人撤下桌上碗筷，奉了茶上来，林嬷嬷则静悄悄退到厢房。掩了门之后，她竖着耳朵留意房内动静。

先前外敌环伺，平大人都能瞅着机会将小姐给吃干抹净，眼下再无旁人相扰，平大人怕是又会起心思。若是多来几回，小姐有孕了，可如何是好？

平煜只当没听见门口窸窸窣窣的动静，从怀中取出一物，推到傅兰芽眼前。

"秦当家让我转赠给你的，一为谢你当初救秦晏殊一命，二为……"他咳了声，端起茶盅饮茶，"二为提前贺我二人新婚之喜。"

在初听到秦当家这话时，他错愕了一瞬，转念一想，这一路上秦勇日夜相随，虽然他有心遮掩，恐怕也瞒不过秦勇这等心细如发之人。反正他跟傅兰芽的亲事过些日子便会定下，对方又是诚心送礼，他便收下了。

傅兰芽脸色发烫，默了下，打开那物，是一方砚台。虽黑黝黝的一点也不起眼，却触手生温、抚之如肌，正是她寻了许久的红丝龙尾砚。她怔了怔，万没想到秦勇出手竟如此阔绰，且一出手便能送到她心坎里。

她抬眼看了看平煜玉雕般的侧脸，眸光流转间，含笑点点头："替我好好谢谢秦当家。"说罢，慎重地将那方砚台收起来。

似秦当家这样的奇女子，千万人中也遇不上一个。有些事，何必戳破，藏在心里便好。

"他们何日回蜀中？"她恳切道，"我想好好送送他们。"

这一路上，她和平煜不但经历了无数磨难，更结交了如秦勇姐弟及李由俭这等重情重义之人。这朵于刀光剑影中开出的友谊之花，她在有生之年，都不想让它凋谢。

平煜脸上显出古怪的表情，饮了一会茶，这才淡淡道："他们会等我们成亲之后再走。"语气里透着些不屑。

虽然秦勇并未明言，但他只要一想起秦勇说这话时，一旁秦晏殊目光里浓浓的警告意味，就知这定是秦晏殊的主意。无非是怕他不肯明媒正娶傅兰芽，非得看着他和傅兰芽的亲事尘埃落定，才肯放心离去。

他暗嗤一声，傅兰芽的平安喜乐，往后自有他一力承担。只要有他在一日，傅兰芽断不会受半点委屈。怎么说也轮不到秦晏殊来操心。

傅兰芽见平煜眸中闪过一丝不屑，奇怪地蹙了蹙眉。想起最为挂心的父兄之事，她正要开口询问，平煜却话锋一转，道："你可知那晚右护法为何会从帐中逃出来？又是怎么使出引蛇术的？"

傅兰芽明知平煜在转移话题，却也对此事颇为好奇。她沉默了一会，回眸看他道："何故？"锦衣卫防护严密，右护法又已武功尽失，为何能顺利脱困，她早就对此事存疑。

平煜道："右护法跟邓文莹一路同住同宿，又以邓二的身份在邓家生活多年，对邓家的秘密知之甚详。邓阜年唯恐右护法说些不该说的话，见皇上迟迟不肯处置，便派人暗中布置一番，在右护法的帐外放了一把小火。本欲于混乱中取了他性命，没想到反被右护法脱了困，趁机放出了蛇阵。"

"原来如此。"傅兰芽恍悟，怪不得那晚蛇祸出现得那般突然，"皇上打算如何处置邓家？"

平煜讥讽道："邓皋年是只老狐狸，见我查到了他的头上，索性连夜进宫，在皇上面前长跪不起，一口咬定是为了怕损害邓文莹的闺誉，所以才一时糊涂。又说此事乃是他一人谋划，恳请皇上莫要迁怒旁人。皇后见事情牵连到自家头上，也跟父亲一道请罪，直说父亲糊涂，她亦无颜再主持中宫，还请皇上废除她的后位。"

好一招以退为进。

"皇上怎么说？"

"因皇后如今有孕，胎气又有些不稳，皇上投鼠忌器，只暂且削了邓皋年的爵位，又将邓家有职位在身的男子统统免职，令其回家闭门思过。"

这已经是最温和的处理方式了，可见皇上对皇后肚中的龙嗣何等看重。但皇上毕竟险些因此事丢了性命，怎会毫无芥蒂？往后邓家子弟再想得用，怕是无望了。

邓文莹呢？傅兰芽下意识便想问，可是比起旁人的事，她显然更关心父兄，便道："我父兄之事如何了？"

平煜望向她道："你父亲和大哥的案子已于昨日重新审理，不出半月，你父亲和大哥便可出狱。"

半月？傅兰芽既惊讶又失望："怎要这么久？"

平煜眸光闪了闪，道："你父亲之案牵连人数甚广，重新审理需一些时日。不过你放心，有我在，你父亲和大哥不会在狱中受半点委屈。"

傅兰芽定定地望着平煜，咬了咬唇。她倒不是不相信平煜的话，只是恨不得明日就和父兄团聚。不知其中可有转圜的余地。若有，还得想法子请平煜运作一番才是。

平煜身子往后靠到椅背上，气定神闲地敲了敲桌，头一回未对傅兰芽眼中流露出的哀求之意予以回应。

傅兰芽越发奇怪。往常，哪怕平煜在盛怒之下，在她流露出哀伤或是畏惧之意时，他的态度都会有所软化。今日这是怎么了？

平煜见傅兰芽先是惊讶，随后露出思忖的表情，不禁暗暗好笑。可是有些事，他就是不想让她提前知道。

知她心思转得极快，怕她又缠磨自己，索性起了身，一把将她揽到怀中。平煜看向她头上珠钗，笑道："已戴上了。我也未曾挑过女子的首饰，不知可还合你的意?"

这姿势太不雅观,傅兰芽羞得不行,扭动了下,未能挣脱,只好抬眸看他。他正认真等着她的回应,黝黑的眸子上映着她小小的影子。

细细看了一会他的神情,她生出些愧意,倒是她钻了牛角尖了,他既答应了要替父兄脱罪,怎会有意拖延父兄出狱之日?

想着他一个大男人为了她,一路上又是置办衣裳又是置办首饰的,笑吟吟地点点头道:"甚好,甚好。劳平大人费心了。"这声"平大人"却与从前不同,分明含着些亲昵撒娇的意味。

平煜心中一荡,脸上却绷起,瞟一眼门口,这才转头,惩罚性地咬了咬她的唇,低声道:"平大人长平大人短的,你倒是叫一声平煜来听听?"

傅兰芽也跟着看了看门口,小声反驳他道:"难道未曾叫过?"

"何时叫的?"他不怀好意地问她。

傅兰芽仔细回忆了下,舌头打起了结。是啊,她怎忘了,叫是叫过,可是,全都是在他对自己做坏事的时候。

"你怎么这么坏?"她又羞又怒,瞪他一眼。

平煜低笑一声,抵着她的额头,目不转睛地看着她道:"我表字则熠,你不肯叫平煜也行,叫我一声熠郎也可。"他灼热的气息跟她的气息缠绕在一起,声音不知不觉低哑了几分。

傅兰芽跟他对视。因挨得极近,她长长的睫毛不时轻触到他的。他的眸子仿佛生出了旋涡,能将人吸进去。她的心跳越来越快,却仍嘴硬,嘟了嘟嘴道:"你要是方才不使坏,我勉为其难叫一声倒也使得,可是眼下却是不成了——"

话未说完,他的吻已将她吞没。

与两人最初那两回单纯的亲吻不同,在他吻住她的一瞬间,他的手已渴望地探向她的腰间,危险的意图昭然若揭。更让她手足无措的是,这一回,他似乎打算就让她坐在他腿上,以她以前从未想过的姿势,行些羞耻之事。

她虽迷醉在他的吻中,却并未完全丧失理智。在感觉到他已经要解开自己裙子上的丝绦时,顿时如梦初醒,拼命捉住他的手,不肯再让他作怪。

正在此时,林嬷嬷忽在门外发出惊天动地的一声咳嗽。

平煜侵略性的动作戛然而止。

傅兰芽虽松了口气,却难免羞窘。她只是奇怪,林嬷嬷莫不成眼珠子落在了房中？房门明明依然掩得好好的，两人也未发出什么动静，林嬷嬷为何能知道房中发生了何事。

奇怪的是，跟以往不同，这一回，平煜并未迁怒林嬷嬷，更未挑衅林嬷嬷的尊严，只搂着她吻了一会，便放开了她，低眉看着她道："今夜我还有些要事要忙，你好好歇息，明日一早我再来看你。下月初，我父母会派人上门提亲。"

不等傅兰芽露出惊讶的表情，他便啄了啄她的脸颊，一笑，起身离去。

傅兰芽越发觉得平煜今夜奇怪，目送他出门，思忖了好一会，都未能猜出答案。

翌晨，她正用早膳，外头忽然传来轻重不一的脚步声。林嬷嬷奔入房中，眼圈发红地望着她，嘴张了半天，却哽咽得说不出话。

傅兰芽心中仿佛有了预感，心剧烈地跳动起来，猛地起身，往外奔去。因着太过急迫，不小心踢倒了春凳，她却毫无所觉，越跑越快。

风一般到了廊下，就见几人正朝走廊走来。当先两人，满面风霜。

其中一个不过短短几月不见，便已染了满头银霜，万幸的是，精神尚佳，身躯更如翠竹一般，未有半点弯折之态。

另一人搀扶着此人，英俊的脸庞清瘦了不少，目光却清亮如初。

傅兰芽眼圈一红，无声捂住嘴。原来平煜昨晚是骗她的！是骗她的！

她喉咙哽得发痛，眼泪夺眶而出，飞快奔下台阶。四周出奇寂静，她只能听到自己的喘息声和剧烈的心跳声。她冲到他们跟前，还未开口，便一头埋入那两人已张开的双臂中，号啕大哭起来。

"爹！大哥！"

平煜落在傅冰和傅延庆身后几步，听得耳畔传来傅兰芽劫后重生的痛哭声，他停下脚步，转过身，仰头看向天空。

碧空如洗，目光所及之处无不透亮明耀。

时至今日，不论当年之事是否有隐情，他肩上都如同卸下无比沉重的担子，有一种淡淡的解脱之感，胸臆间更是块垒顿消，再无半点芥蒂。

许久之后，他如释重负地叹了口气。

哭够了，几人才进到屋中。

平煜许是想让她父女三人好好说会话，并未一道进屋，而是转身去了书房。

傅兰芽扶着父亲和大哥坐下，泪眼模糊地打量他二人。牢中的日子想必不好过，父亲老了，哥哥也瘦了。时隔三月再次重逢，三人都有恍如隔世之感。

好不容易止了泪，傅兰芽缓缓挨着桌边坐下，眼睛一眨不眨地望着父亲和哥哥，生恐一眨眼的工夫，父亲和哥哥就会消失不见。

看着看着，她长长的睫毛一眨，眼泪再次滑落下来。饶是傅冰和傅延庆一贯会把控情绪，也没能忍住，跟着红了眼圈。

良久，傅延庆慨叹一声，强笑道："傻妹妹，咱们一家人好不容易重聚，正该高兴才是，哭什么？"

傅兰芽听到这声久违的"妹妹"，心底最柔软脆弱的部分被触动，抬眼看着哥哥，见他俊逸的眉眼依旧生动温和，过去数月的磨难似乎未在他身上留下半点阴影。

哥哥越是如此，她心里越是绞得难受，忍了好一会，才咽下泪水，挤出笑容，强辩道："好哥哥，我这才不是难过呢，乃是喜极而泣。"

傅冰许久未见一双儿女在自己面前斗嘴，口中直发苦，想起妻子，更添一份黯然，怕又惹女儿伤心，只好强打精神道："一家人如今劫后余生，该哭就哭，无须压抑着自己。好孩子，这一路上当真不易，告诉爹爹和哥哥，都吃了什么苦？"

一家三口平复了心绪，傅兰芽将别后诸事一一道来。说了足足一个上午。傅兰芽说至惊险或是伤心处时，父子二人心中五味杂陈。

傅兰芽又将路上秦门等人仗义相助、陆子谦去云南寻她，乃至在北元如何围歼王令……统统都告知了父兄。唯独在母亲的死因上，因怕他二人得知后伤心欲绝，她有意添了含糊的几笔。

她自然知道此事瞒不了多久，只待过些时日，父亲身子养好些后，再细说其中曲折。

除此之外，还有一桩事，始终让她如鲠在喉。

当时在夷疆对付左护法时，林嬷嬷骤然见到左护法面具下的真容，曾脱口说出十年前在京中见过左护法。

古怪的是，依照林嬷嬷的说法，当时与左护法一道出入首饰楼的正是父亲。

她心知父亲与母亲感情甚笃，二十多年的恩爱经得起任何推敲，绝不掺杂半点虚情假意，父亲不可能不知道母亲的身世，那位左护法又素来诡计多端。父亲之所以如此，必定另有原因。说不定，与母亲发现自己中蛊有关。

正因如此，在开口询问父亲当年之事前，她需得慎之又慎。

一整个晌午，傅家三口都未出厢房半步，三人说来都是心性坚定之人，却数度落泪。

好不容易说完别后事，父子二人这才举目环视周遭。

其实在来时的路上，两人就已经注意到平煜行事的不寻常之处，在见到傅兰芽身上的穿戴和这宅子的考究摆设时，更加压不住心底的疑虑。父子二人都是绝顶聪明之人，自然知道男人为一个女子做到这般田地，意味着什么。

在牢中时，他父子不挂心别的，只日夜悬心傅兰芽的处境。想至煎熬处时，整夜都无法安眠。好不容易重获自由，初见平煜和傅兰芽二人的情形，父子俩都有些惊疑。

他们对傅兰芽的品性，有着任何外力都无法动摇的笃定，并不会因此怀疑到旁事上去，却也知环境迫人，唯恐傅兰芽受了什么无法宣之于口的委屈。女儿家天生羞涩，未必肯言明个中缘故，要想弄明白来龙去脉，还需当面向平煜问个明白才行。

也不知是不是早有准备，一家三口刚说完话，平煜便来了。

到了门口，他请傅冰父子移步去书房说话。说话时，态度平静，举止尊重有加。

傅兰芽一见平煜来，便忙撇过头，一本正经望着窗外，余光却时刻留意着门口的动静。她预感到了什么，心里小鹿乱撞。

傅冰父子对视一眼，四道审视的目光齐齐落在平煜身上，暗想，此人倒有担当，不等他们前去相询，他自己已经主动找来了。

很快，傅延庆目光微沉，先行起身。傅冰面容严肃地看了看傅兰芽，也掸掸衣袍，一道出去。

傅兰芽忐忑不安地目送父兄背影离去，也不知平煜会如何在父兄面前说他二人之事。她将一方鲛帕紧紧捏在手中，绞来又绞去，直到将指尖缠绕得发痛，才努力平复了乱糟糟的心绪，松开了那帕子。

这一去便是好几个时辰，傅兰芽心不在焉地翻着书，留意着院中的动静。

直到日暮西斜，父亲和大哥才一道返转。

她踟蹰了一下，尽量保持平静，起了身，出了屋，迎到廊下。夕阳投洒在院中，将父子俩的影子拉得老长。

她抿了抿嘴，迎上前去。可父亲和哥哥都是喜怒不形于色之人，光从二人脸色来看，根本无法推测刚才的谈话内容。

一家三口进了屋。

一进门，傅冰先饮了口茶，随后开口道："平家下月便会上门提亲。"说话时，喜怒不辨，静静看着女儿。

傅兰芽心里一阵慌乱，脸上却保持镇定，垂下眸子，也不吱声，白皙的脸蛋和脖颈却不受控制地都氤氲上一层霞粉。羞涩自然是羞涩的，然而她一点也没有掩盖自己想法的打算。

傅冰噎了下，心中了然，女儿这副模样，分明很愿意接受这门亲事。

他虽早早出仕，又曾在朝堂上挥斥方遒，实则骨子里最是离经叛道，对繁文缛节一向嗤之以鼻，否则当年也不会对来历不明的阿敏一见倾心，后又排除万难娶她为妻。

女儿这个反应虽出乎他的意料，却恰好吻合平煜方才那一番求娶的话。果然，因着这一路的种种变故，女儿早已和平煜互生情愫。

他并非冥顽不灵之人，此事又恰好触动了他对妻子的思念，心情不由得变得复杂起来。

细究起来，平煜委实算得上良配，他也深知，若不是此人放下前嫌、一路相护，女儿早已身陷绝境。

只是，他并未忘记当年西平侯府是在谁手里定的罪，又是因着谁的缘故被发配三年，就算平煜肯放下芥蒂，西平侯府其他人呢？

在未确定西平侯夫妇的态度前，为了避免女儿受委屈，他绝不会松口。

想到此，他和儿子对视一眼，再次转眼看向女儿。须臾，他温和地开口了："我虽已脱罪，傅家家产仍罚没在官府中，近日恐怕无法发还。就在来时的路上，已有几名门生前来寻我，念及我们一家暂且没有下榻之处，收拾了好些住所。这几名门生在我身陷囹圄时曾四处奔走。说起来，因着我的缘故，这几名学生曾在王令手底下吃了不少苦。我感念他们的为人品性，不忍拂他们的意。再者，这宅子的主人与我们傅家非亲非故，长久住下去恐惹人口舌。我和你大哥既然已出狱，不如接了你一道去往别处安置。"

傅兰芽本以为父亲会顺着她和平煜的亲事往下说，没想到父亲话锋一转，竟说起了搬离此处之事。她虽讶异，也知父亲的话甚有道理。平煜想来也是怕生出是非，才有意对外宣称这宅邸是她母亲表亲的私产。如今既有了旁的下榻处，随父兄一道搬出去才合情合理。

可是，关于她和平煜的亲事，父亲选择闭口不谈，似乎还另有考量。

她隐约能猜到其中缘故，也深知父亲是珍视她才会如此，便乖巧地点点头道："女儿听父亲安排。"

转眸看向一旁的哥哥，就见哥哥正面色复杂地看着她。哥哥的目光直如明镜，简直能把她心底每一个角落都照得透亮。她心虚，若无其事地端茶来饮。

傅延庆见妹妹分明有些窘迫，微微一笑，不露痕迹地给妹妹递台阶道："天色不早了，诸事都已准备停当。一会，平大人会亲自送我们离府，车马也已候在门口。你和嬷嬷收拾一番后咱们就出发吧。"

茶盅放在唇边停了一瞬，她暗讶，原来这里头还有平煜的主意。

她放下茶盅，歪头看了人精似的哥哥好半天，却没能从他脸上看出半点端倪，只好懊丧地暗吁口气，假装高高兴兴地点头道："这样再好不过，我和林嬷嬷这就收拾，还请父亲和哥哥在邻屋稍等。"

她才不会在父兄面前流露出半点对亲事感兴趣的意向呢。

父子俩很配合地出了屋，任由傅兰芽收拾行李。

到了府门口，傅兰芽隔着帷帽往前一看，出乎她的意料，平煜早已上了马，正等在一旁。

她定了定神，目不斜视地上了车。

马车启动后，她又悄悄掀开窗帘一条缝，只见平煜又一路不紧不慢地跟随，似是怕惹人注意，始终跟傅家人的车马保持一段距离。直到她一家人在父亲门生处安置妥当，平煜才一抖缰绳，疾驰而去。

接下来几日，对于她和平煜的亲事，父兄都极有默契地选择闭口不谈。

她出于矜持，自然也没有主动追问亲事。

到了这处宅子，平煜出入不便，从未来找过她。她虽然思念他，但更多的是沉浸在与父兄团聚的巨大喜悦中。

傅冰获释的消息一传开，每日都有从前的门生或是朝中官员前来拜访，明明是寄人篱下，但这宅子俨如傅家府邸一般，从早到晚热闹非凡，直如回到了当年。

傅兰芽身处内宅，整日莳花弄草，十足过了一段悠闲时光。她并不知道在此期间，陆晟曾携陆子谦亲自上门赔罪，更不知陆晟竟自动"摒弃前嫌"，厚着脸皮开口替儿子求亲。

陆晟老脸通红，含羞带愧地说：陆子谦为了帮傅兰芽脱困，曾集结了众多武林高手，千里迢迢远赴云南相帮，后在回京途中，还不幸染了痢疾，险些病死。一待病好，儿子便在二老面前长跪不起，恳请父亲答应他上门求和求亲，只说此生除了傅兰芽，他谁也不娶。他被儿子逼得没法，这才舍了老脸，亲自登门致歉。

陆晟引经据典地说了一通，只望傅冰看在儿子一片痴心的分上，莫计前嫌，应允了这门亲事。

陆家父子自然被傅冰盛怒之下扫地出门。

傅兰芽在家中待了半月，未盼来平煜的半点消息。

对平煜，她素来有信心，也很沉得住气，整日吃吃睡睡，调养了一段时日，倒将因路上颠簸染上的虚寒给祛了病根儿。

只是四处无人时，她时常将那三块坦儿珠取出，拼在一起放于桌上，托腮望着出神。想起王令当时所说的事，心里仿佛有什么东西跃跃欲试。

她心知右护法如今关在诏狱中，身上那两块坦儿珠想必早已到了平煜手中。若是五块拼凑在一处，不知会呈现出一幅什么样的图案。

此事究竟该不该告诉父亲和哥哥？父亲对母亲的感情极深，万一陷入执念如何是好。

她一时间举棋不定。数日后，两道圣旨从宫中传来。

她这些时日曾听哥哥提起过，皇上自打从北元回来，便励精图治、躬勤政事，短短十来日，朝中面貌已焕然一新，正是人尽其才的时候。

传给傅家的第一道圣旨，便洗刷了傅冰冤狱，授予傅冰户部尚书之职，拟待重新重用傅冰。又恢复了大才子傅延庆翰林院编修一职，封傅兰芽为嘉怡县主，除此之外，傅家被罚没的家产也一一发还。

只是，许是为了瞒下皇上曾于回京途中中毒一事，圣旨上只大大褒奖了一番傅兰芽的品德，对她用解毒丸救皇上之事只字未提。

傅兰芽正担心解毒丸的事传出后会平地生波，听完第一道圣旨，暗舒了口气。

可还未开口谢恩，宫人紧接着又宣第二道旨意，却是给傅冰之女与西平侯幼子赐婚的旨意。

傅兰芽脑中蒙了一瞬，忍不住抬眼看向父亲和哥哥。两人脸上都没有半点惊讶之色，显然，平煜在求这道赐婚旨意前，已与父亲和哥哥达成了共识。

想起平煜曾郑重许诺要风光体面地迎娶她，她眼眶微涩，心里却沁了蜜一般地甜。

是夜，傅冰请旨进宫，只说年老昏聩，再不堪大用，婉拒了皇上让他重新入仕的美意，却将自己在狱中写的几篇除腐去弊的策论呈给了皇上。

皇上见傅冰身在狱中仍不忘国事，大为感动，一再挽留。后见傅冰去意已决，怅然若失地准了傅冰告老的奏折。又索性重新拟旨，将傅延庆提为户部左侍郎，即日开始重用傅延庆。

傅兰芽得知消息，并没觉得奇怪。父亲为政多年，因着性子刚硬，在朝中树敌众多。当初倒台，除了王令推波助澜，父亲自身的性格也占了一部分因素。父亲在狱中这些时日，多半也想通了许多事，该放手时，不如聪明地选择放手。要是重新回到朝中，万事需从头开始，以父亲眼里容不得沙子的性子，定会吃力不讨好。而哥哥却外圆内方，行事作风比父亲温和许多，一旦入仕，游刃有余不说，且恰逢皇上兴利除弊的时候，哥哥正可以大展手脚。父亲选择在此时引退，明显是在为哥哥铺路。

过两日，傅兰芽才从哥哥口中得知，京中人事大有变动。王令一党被连根拔起，朝中上百名官员落马。因征伐瓦剌有功，荣屹、平烁、邝堃等十数名官员皆受了封赏。

一众人事变动中，最让傅兰芽意想不到的是——平煜不但因护驾得力被封了镇海侯，更从锦衣卫指挥使的位置上调离，转任五军都督府都督，成为本朝最年轻的二品大员。

傅兰芽怔了许久，她心知平煜从不任人拿捏，这番官职变动，定少不了平煜本人的意愿。

傅家人接了旨意后，翌日便搬回了傅家老宅。

因傅冰赋闲在家，亲事又定在年底，刚一回府，全府上下便开始操办傅兰芽的嫁妆。

家中没有女主人，傅冰身边更是连个姬妾都没有，他又当爹又当娘，拿出处理政务的劲头，极其认真地打点傅兰芽的亲事。

所幸的是，因傅兰芽和陆子谦的亲事本就定在今年，在傅家遭难前，傅兰芽的嫁妆早已备妥，而今不过是再添些物件，并不怎么吃力。

　　因着平煜连得擢升，亲事又定得突然，京中有些勋贵人家眼热之余，难免生出猜测。平家那位公子一向桀骜，先前不知拒过多少回亲事，怎么不过到云南办差一趟，回来就转了性子？非但肯应允与傅冰女儿的亲事，竟还求了皇上赐婚。联想到二人在赴京途中曾日夜相随，众人口里便有些瓜田李下的揣测。

　　有一回西平侯爷做寿，西平侯夫人听得些风言风语，勃然大怒："无稽之谈！这门亲事分明是我和侯爷在皇上面前求来的恩惠，怎叫那帮小人传得这么不堪？傅小姐身遭遽变，心性却坚韧如前，路上又曾数度涉险，傅小姐却不曾有过半点摧折之态，一路隐忍至京，终于盼到父兄出狱。这样一个水晶心肝的好孩子，我和侯爷稀罕得不行，唯恐被旁人抢了先，所以才巴巴地到皇上面前求了旨意，跟我那个犟驴似的三子又有什么关系？"

　　众人皆知，西平侯夫人一向豁达大方，从未在人前动过怒，她头一回这般疾言厉色，竟是为了那位未过门的傅小姐，可见西平侯府多么看重这门亲事。而侯爷和夫人都目光如炬，若是傅小姐品行上有瑕疵，怎会这般维护她？

　　西平侯夫人这一番坦坦荡荡的呵斥，不出几日便在京中传扬开来，彻底将闲言碎语镇压了下去。

　　转眼到了婚期。

　　出嫁前一晚，傅兰芽在床上翻来覆去，想起左护法之事，心知今晚是从父亲口中问出真相的最后机会，怎么也无法安寝。辗转了小半夜，她索性起身，穿了衣裳，由着丫鬟婆子簇拥着，前去寻父亲。

　　傅冰父子正在商议明日宴客之事，也未歇下。见傅兰芽过来，父子俩都有些惊讶："怎么这么晚都还未歇下？"

　　傅兰芽摇摇头，坐下，默然片刻，开门见山地问道："父亲，我在进京途中，曾遇到一位夷人。巧的是，林嬷嬷十年前也曾在京中见过此人，那女子似懂驻容术，十年过去，容貌未有半点改变。且此人与母亲是旧识，来京后，还曾私下里见过父亲。女儿也知此事定有曲折，更知父亲一向磊落光明，却依旧如鲠在喉，还望父亲解惑。"

　　傅冰脸色微变。傅延庆却难得地露出困惑的神情。

傅兰芽瞥见父兄的反应，心中有了结论。果然，此事只有父亲一人知道，连哥哥也不知情。

屋子里的氛围变得压抑起来。

过了许久，傅冰忽然起身，走到窗前，负手望着窗外。仿佛是下定了决心，良久，他终于幽幽地道："当年在云南结识你母亲时，我正好因守城中了镇摩教的邪毒，因着你母亲出手相救，才侥幸捡回了一条性命。相处一段时日后，我对你母亲日益倾心，明知你母亲是蒙古人，也明知她有许多事瞒着自己，依然满心欢喜地娶了你母亲为妻。

"成亲后，你母亲只说怕被过去的旧识认出蒙古人血统，会影响到我的仕途，于是在人前出现时，总是用一张人皮面具掩盖真貌。

"回京后，风平浪静过了许多年，直到十年前，你母亲身子突然出现不适。我当时已任吏部尚书，便利用手中职权，前后寻了不少名医给你母亲诊脉。遗憾的是，始终未找出病因。所幸你母亲病的时日少，大部分时日身子都康健无恙。

"有一回，我跟几位友人在外饮茶，有位部下问起你母亲的病。正说着，忽听外头一个夷人女子跟人说话，她自称善于治病，再奇怪的病症到了她手中，也能药到病除。我挂心你母亲的病症，闻言，便令人请那女子进来。那女子却说，她诊金高得离奇，要想请她看病需得先奉上一份让她满意的诊金才可。我明知此女古怪，但又隐隐觉得，你母亲曾在云南生活过一段时日，这夷女没准真知道你母亲的病因。想着天下女子无不喜爱珠宝首饰，便就近领她进了一家首饰楼，唤了店家出来，任那女子挑拣。

"那女子得了首饰后依旧不满足，又从怀中取出一幅画像，说想借用我手中的权力，在京中寻人。我一眼认出那画像上女子正是你母亲真貌，心中大骇，但怕那女子起疑，只是若无其事接过那画，道：'这有何难。'那夷女没能从我脸上窥见半点讶异之色，有些疑惑又有些释然，便笑道：'这就有劳傅大人了。'

"我想起你母亲这些年不肯以真面目示人，又想起当年在云南作乱的镇摩教，怀疑你母亲要躲避的不只是蒙古人，更有镇摩教的教徒。而这女子，说不定便是镇摩教之人。便令人暗中做安排，打算将这女子擒住。

"哪知刚出首饰楼没多久，那女子便递给我一本书，说这上面都是夷人用来治病的偏方，虽不一定对你母亲的病症，但常有意想不到的药效。又说等我手下人有了画中人下落，她再另赠送几枚药丸。那女子武功奇高，还未等我手下人出手，便挤进了人潮中，一眨眼便踪影全无，走时只说等我消息。我怕那人怀疑到你母亲头上，只好按兵不动，另派人暗中跟随。

"不巧的是，我与那女子出首饰楼时，恰好被你母亲撞见。回家后，你母亲问我那本书的内容，我却因担忧你母亲，逼问你母亲到底还有多少事相瞒。说着说着，便起了争执。我一怒之下搬出了内院，自行在外书房歇息。那本书也被我一并带到了外书房。我见上面记载着一些药方，又有些古老的夷人蛊术，但细细看去，似乎无一处记载对应你母亲的病症。看了几日后，越发觉得此书不祥，便将此书丢于火盆中，一把火给烧了。

"与你母亲龃龉期间，我令人满京城擒拿那女子，可惜那女子却仿佛凭空消失了似的，找了许久都未能找见。

"又过了数月，你母亲身体渐渐康复，那怪病再也未发作过，直到两年后，才又突然陷入昏迷，短短几日便撒手人寰。我事后回想，曾疑心那女子与你母亲的死有关，可是从那女子出现到你母亲去世足足隔了两年，有什么毒药或是伎俩能延后这么久才发作？"

傅兰芽听得心痛如绞。父亲果然不清楚母亲的真正死因。

自己身体的异样，母亲比谁都清楚，想来母亲当初也是在偷偷翻过那本书后，才得知自己中了同心蛊。而以母亲的聪慧，事后又足足花了两年工夫来确认。

左护法怀疑到了母亲，却碍于当时父亲的权势，无法堂而皇之掳人，于是只能用这种方式试探母亲。原以为母亲会主动前去寻她，谁能想到母亲为了子女，宁愿选择自戕。

这真相何其残忍，父亲和哥哥若是知道，定会肝肠寸断。

她生生咽下喉间的涩意，强笑道："不论那女子是什么来历，也不论母亲与那女子有什么恩怨，如今镇摩教两大护法已除，皇上又已下旨剿灭镇摩教余党，母亲当年受过的委屈，暂且可以放一放了。"

心里却道，平煜是唯一一个知道所有真相之人，如今右护法虽在牢中，左护法却下落全无。如有机会，不知可否让平煜想法子将这女子寻到，一笔一笔清算当年的账。

第四十二章 金陵夏

　　数日后，一辆马车从西平侯府驶出，往京郊驰去。马车上坐着的正是傅兰芽，平煜则骑马在车旁随行。因着秦勇等人今日便要离开京城，他们夫妻二人正前去相送。

　　傅兰芽端坐在车内，低头静静地望着膝上的几个包袱。一个包袱里装着打算送给秦当家等人的礼物，另一个则装着一件曾累得她险些丢了性命之物。

　　正发着呆，忽然马车一停，平煜舍了马，掀帘上来了。傅兰芽瞅他一眼，挪了挪身子，任他在身旁坐下。

　　新婚这几日，平煜如同脱了缰的野马，每晚都以折腾她为乐。虽说其中有几回，她也尝到了难以言说的快乐，但平煜显然不知道适可而止的道理，一折腾起来便没完没了。

　　于是这些时日，她知道了好些她以往从未想过的五花八门的地点和花样。

　　尤为气人的是，林嬷嬷自从陪嫁进了西平侯府，简直跟从前判若两人，非但再未念叨过女诫女德那一套，甚至还做了好些样式羞人、颜色旖旎的抹胸。因配色鲜亮、针脚一流，比平煜在金陵置办的那些布料做的小衣不知讨喜多少。以至于平煜这些时日再见到林嬷嬷，要多客气便有多客气……

她简直没脸再想下去。

平煜刚一坐下，便瞥见傅兰芽脸色发红，想了想，咳了一声道："身子可舒服些了？腰还酸不酸？"

傅兰芽轻哼一声，不肯理他。

是又如何？他知道归知道，该折腾她的时候可一点也不手软。

平煜也知道这几日自己有些得意忘形，想着她身娇体软的，怕是经不起他这般折腾，索性搂了她，低声哄道："今晚咱们好好歇歇，谁也别撩拨谁。"

傅兰芽正要松口气，听到后面那句，又气不打一处来："我何时撩拨过你？"

平煜似笑非笑地盯着她："好芽芽，你别哄我，你敢说你一点也不喜此事？"

傅兰芽撇过头，潇洒地说道："不喜。"

"真不喜？"

"真不喜。"

"那昨晚，你为何在我身下熠郎熠郎叫个没停——"话未说完，腰间传来一阵剧痛，却是傅兰芽恼羞成怒地拧了他一把。

"好好好，是我胡说八道。"他对上傅兰芽怒得如天上皓星的双眸，心知她恼得狠了，不敢再惹她，连连道歉，低笑道，"我的芽芽可一点也不喜此事。"

一路到了京郊，傅兰芽因顾及正事，气才稍平，暂且饶过了平煜。

马车停好后，夫妻二人等了一会，就听马蹄声由远而近，掀帘一望，果是秦门及形意庄的人马。

傅兰芽戴上帷帽，由着平煜挽着下了马车。

秦勇姐弟及李由俭见状，忙也下了马，大步迎了上来。

"平都督、平夫人。"

傅兰芽对上秦勇姐弟坦荡的目光，心中微涩，将早已备妥的礼物呈上，含笑道："此去蜀中，路途迢迢，各位一路保重。闲暇的时候，记得给我们来信。"

秦晏殊看了看平煜，又看了看傅兰芽，目光微凝，接过那礼物，笑道："多谢。"

秦勇看着眼前这对极出众的夫妻，不知为何，忽然想起一句"金风玉露一相逢，便胜却人间无数"，笑着摇了摇头道："能结交如二位这样的人中龙凤，是秦某毕生之幸。二位自管放心，一等到了蜀中，秦某便会写信报平安。"

平煜道："那再好不过。往后秦门及形意庄有什么用得上平某的地方，只管派人来知会。"

李由俭笑道："正好，我和秦当家的亲事定在明年开春，若是平大人事忙，不能亲自来喝喜酒，随份礼我们也是高兴的。"

平煜笑了起来："那是自然。"李由俭这哪是索要随礼，分明是将他视作挚友才出此语。

夫妻二人送了又送，直送到京郊驿站，才依依不舍地回城。

路过盘龙涧时，平煜忽令五军都督府的部下停马，携傅兰芽上了山。

走到那深不可测的涧前，他停下脚步，转头问傅兰芽："可想好了？"

傅兰芽默然片刻，决然地点点头，将手中那个包袱打开，取出五块坦儿珠，递与平煜。

平煜接过，未有丝毫犹豫，扬臂一掷，将那曾几度掀起腥风血雨又引得无数人丢了性命的所谓"宝物"扔入涧中。这才拉了傅兰芽往山下走去。

见她仍有些唏嘘，便笑道："今日岳父大人过寿，咱们爹娘和大哥二哥他们早已到你家拜寿去了。可别等开了席，咱们两口子还未露面。"

傅兰芽被这句话引得心头一松，于是彻底将那不祥之物抛至脑后，笑吟吟道："今日替父亲祝寿是一桩，你可别忘了，你还答应过些时日带我去云霭寺摘梅花的。"

"我何时说话不算话了？只是你别忘了，云霭寺除了梅花是一绝，于求子上也甚是灵验。"他回头看她，低笑道，"你可想好了，咱们是不是这么快就要子嗣？"

两人说话的工夫，头顶的天色越发显得幽蓝，清冷的北风刮过，漫天雪花扯絮般飘落下来。

傅兰芽停下脚步，伸指拭去落在平煜脸上的一滴雪水，似笑非笑道："若真这么灵验，为何皇后每年都给云霭寺供奉无数，几年都未有子嗣，直到上月才得了一位公主？"

平煜微滞，索性一把将傅兰芽拦腰抱起，自信道："旁人是旁人，我是我。"说着笑了起来，搂着傅兰芽往山下走去。

夏日炎炎，蝉鸣声声，庭院里处处是浓得化不开的碧绿，芭蕉被吹得飒飒作响，海棠也在夏风中微微垂下了头。

本该寂寥的夏日内庭午后，却被一阵由远及近的脚步声打破了。

平煜一路进到内院，听庭院里隐隐约约传来小儿清脆的咿呀声，原本皱着的眉头不由一松，脚下步伐加快，穿过游廊，进到内屋。

待丫鬟打起帘子，他抬眼一看，果见满屋仆妇正静悄悄地看着窗边榻上，个个都眉开眼笑，似是眼前有什么再有趣不过的景象。再一转眼，就见妻子坐在桌旁，一手支着下巴，一手缓缓摇着团扇，明眸里盈满了笑意。

听到仆妇们的请安声，妻子转头一望，旋即讶然起身，迎过来笑道："怎么提前一日回来了？"

半月前皇上去西山三大营巡视，一众王公大臣随行，不仅平煜，连公公也在其列。按照行程，平煜最多明日才能回返，没想到竟提前回了京。

每回见到妻子，平煜心里便是有再多愁烦都能烟消云散，只恨屋子里杂人太多，没法跟她好好亲昵，只好轻描淡写地笑道："京中有几桩政务急需处置，皇上接了消息，只好下旨提前起驾回京。"

说着，目光情不自禁落在妻子身上，见她穿着件薄软轻盈的茜色夏裳，领口松散，乌鬓蓬松，脸颊上还留着淡淡的胭脂色，显是午睡刚醒。

也就半月不见，妻子身上仿佛有什么若有若无的东西勾住他似的，将他的目光粘住了，怎么也挪不走。

夫妻俩一对眼的工夫，热辣辣的气息便在屋子里弥漫开来。众仆妇悄悄对了个眼色。

林嬷嬷自打三年前跟他二人从云南回京，便已对这种情形习以为常，连眼皮都没掀一下。其余年轻些的丫鬟虽然有不少尚且不通人事的，却因一种天生的本能，暗觉心跳加快。

为了避免自己碍主人的眼，不等平煜吩咐，众人便自动自觉退了下去。

这期间，平煜始终负着手、淡着脸。傅兰芽则若无其事地亲自走到盆架前绞了帕子，慢吞吞回转身，将帕子递给平煜。

很快，房中再无一个杂人。

平煜接过帕子胡乱净了手面，随手一扔，一把将妻子揽在怀里。

这半月，是他和傅兰芽成亲以来，头一回分开。

回京路上，他曾听军中士兵说过不少浑话，诸如"小别胜新婚"之类延伸开去的笑谈，他听是听了，却觉太过露骨粗俗，也懒得接茬。

直到眼下，他才对这些话感同身受。而他想做的，可远不止话里提及的那些事。

两人身体相依之处一丝缝隙都没有，妻子望着他的目光水汪汪的，呼吸也变得急促，可见也甚是思念他。

正要抓紧时间亲热，就听耳边传来一阵啪啪的声音，伴随着小儿异常兴奋的咿咿呀呀声。

这声音一传来，妻子便如梦初醒，扭了扭身子，含笑推开他。

就知会如此。他懊丧地往榻边一望，果见两个大胖小子不知何时已扶着那木制的护栏站了起来，正拍打着胖乎乎的小手，目光晶亮地望着这边。

若不是知道这两个臭小子不足一岁，光看他们兴奋的程度，简直会误认为他们正为父亲刚才的行径喝彩。

离家半月，他心里委实惦记儿子，可是这两个臭小子简直是他天生的克星，只要他们俩在场，他就别想跟傅兰芽亲热。

他杵了片刻，总算找回做父亲的自觉，走到榻边，先是将阿满举到跟前，仔细看了看。放下阿满后，又将阿意举高。

两个孩子又长高了不少，一见到他，便如胖猴似的缠住他，眨眼工夫就笑呵呵地将口水糊了他一身。

他一点也不嫌弃，只盯着阿满乌溜溜的眼珠，纳闷道："好小子，到底每日都吃些什么，怎么见风就长？"

两个孩子如出一辙的高壮，自出生以来，从未有过小病小痛，壮得跟两头小牛犊似的，格外结实。

平煜虽觉得自家孩子就该如此，总疑心还有旁的缘故。要知道三年前，他可是连吃了两粒赤云丹，这东西滋养内力可谓一绝，也不知他这做父亲的服用后，是否会将药性传到儿子身上？

傅兰芽知他又在琢磨孩子的体格，不免好笑道："不到一岁的小儿能吃些什么？不过是些奶水、粥汤罢了。"

其实她也觉得孩子很壮。关于赤云丹的疑问，她也曾私底下跟平煜讨论过。讨论到最后，两人莫名其妙滚到了床上，折腾出了满身大汗，也没能讨论出个究竟。

上月，蜀中来信，秦晏殊喜得贵子。傅兰芽和平煜得知消息，虽不能亲赴蜀中道喜，却随了一份厚重的礼。

想起三年前，秦晏殊也曾服用过赤云丹，事后，傅兰芽有心让平煜去信询问。既然秦晏殊如今做了父亲，不知秦家小儿是否也比旁人来得壮实。

秦晏殊很快便回了信，似是一早就知道平家一对孪生子结实彪壮，在信中对自己的孩子满口夸赞，秦家小儿出众的程度，几乎到了天上有地上无的地步。

平煜看得直皱眉，傅兰芽却暗觉好笑，看这信上的语气，怕是别想从秦晏殊处得到真消息了。

可惜自去年起，秦勇便正式将秦门一众事务交与秦晏殊，之后便跟李由俭四处游山玩水，如今尚未回秦门，否则的话，还可从秦勇口中打探打探实情。

这样想着，她将两个孩子放回榻上，随手放了一把圆滚滚的小食在几上，任两个孩子拿着吃。这法子还是婆母所教，说平煜和他两个哥哥小时也常吃这东西。小食的材料出自米汤羊奶，真正入口即化，正适合小儿用来磨牙。

一岁左右的孩子，已经开始牙牙学语，阿满吃得快，转眼便将自己面前的那堆小食吃光。阿意却是个慢性子，一边吃一边玩，嘴里咕咕哝哝，偶尔还慷慨地将小食举高送到他父亲嘴边，邀他父亲同吃，动作因而慢了许多。

阿满吃完后，吮着手指眼巴巴看了一会，到底没忍住，笨拙地伸出一对胖手，想要将阿意面前那堆偷偷扒拉到自己跟前。

平煜怎会注意不到大儿子的动作，心里好笑，索性一把将阿满提溜到自己眼前，扬了扬眉，似笑非笑道："你小子，偷偷摸摸想做什么呢？"

阿满当场被抓了个现行，搂着他父亲，口里呜呜哇哇，浑然不理他父亲的质问，乐呵呵的，一啵一个响，倒把平煜弄得一点脾气也没了。

在榻上陪着两个小子玩了一会，平煜身上的锦袍早已被揉得面目全非。

玩够了，傅兰芽亲自给平煜换了衣裳，又忍笑替他拭净了满脸的口水，随后让林嬷嬷带着乳娘将阿满和阿意抱下去，夫妻俩这才坐在一起说正事。

"你提前回京，是不是护法那边有了消息？"傅兰芽摇着团扇问。

平煜正饮茶，听到这话，抬眼看向妻子，果然什么事都瞒不过她，便从怀中取出一张画像，递与傅兰芽道："你可还认得此人？"

傅兰芽缓缓展开画轴，见上头画着一位满面皱纹的老妪，看上去衰老不堪，直如七十许人。她目光定了一刻，摇摇头，刚想说"不识"，脑中闪过一个念头，心一沉，错愕道："难道是左护法？"

她忙又重新拿起那画像细看，狐疑地想：不对，以左护法的年龄，就算失了驻颜术，断不至于老迈至此。

平煜却道："确是左护法。前几日，我派出去的人在荆州境内的一座山庄内找到此人，想是此人三年前因坦儿珠跟右护法起了龃龉，右护法路过荆州时，为了行路方便，特将此人丢在山庄中。"

"竟真是她……"傅兰芽依然不敢相信。

平煜皱了皱眉道："镇摩教教主研习了一种能驻颜的邪术，因左右护法一向得力，教主在自己受益的同时，也将这邪术传给了他二人。谁知二十年前，教主无意中发现这邪术能反噬习练之人，至多不过二十年，练习驻颜术之人便会一夕之间内力尽丧、苍老不堪，短短数年便老死。"

傅兰芽缓缓将视线从画像上移开，看向平煜："你是说，哪怕不足四十之人，也会一夜间油尽灯枯，如同古稀之人？"

平煜讥笑道："不错。不知是因为这邪术太过逆天，还是因为镇摩教当年坏事做绝遭了报应，这驻颜术一旦生了效，在维持容颜的同时，也会加速五脏六腑的衰老，且无药可解。"

所以在手下将如同八十老妪般的左护法带至眼前时，他曾误以为左护法之所以变得如此苍老不堪，是跟在诏狱中迅速衰老的右护法一样，乃是功力尽丧所致，

审问过后，才知道两人不过是驻颜术已到了终末阶段，虽细究起来他们不过四十多岁，却从外皮到内腑，都已跟行将就木的老人一般无二。

"岳母之事，左护法也做了交代。"平煜静了一瞬，开口道，"在教主临终时，左右护法得知了驻颜术的真相，由此开始漫长的夺回坦儿珠之旅。她不知所谓药引一说不过是王令的一场骗局，因当年曾在岳母体内种下蛊毒，是以她第一个要找的便是岳母。"

虽距离知道真相已过去了三年，傅兰芽再一次听到这话，仍觉得鼻根被人打了一拳，闷胀得说不出话。

沉默了良久，她胸口的痛感才好转少许，抬眼看他道："左护法现在何处？"

平煜不语。

傅兰芽心猛跳了两下，失声道："别告诉我她已死了——"

平煜淡淡道："是。"

左护法早就已经苟延残喘，交代完当年之事，便气绝而亡。巧的是，狱中的右护法也于今晨在诏狱中咽气。

见妻子满眼不甘，他低叹一声，将她搂在怀中，看着她道："此人一心想要容颜永驻，却因贪婪死于提前衰竭，也算是罪有应得，如今岳母之事总算有了了结，你心里应该放下了，又何苦执着于此。"

傅兰芽将头埋到他颈窝里，长长地叹口气，

这道理她怎会不明白？要是不明白，三年前，她就不会放下心中执念，将坦儿珠投入盘龙涧。

她清楚地知道，母亲当年选择自戕，无非是想要她和哥哥好好活下去。若是她和哥哥一味沉浸在执念中，非但白白辜负了当年母亲的牺牲，且会带来无法预知的后果。

道理她明白，心里却酸楚得厉害，眼泪无声地滑落了下来，沾湿了他的衣领。

她知道这些时日哥哥已从陆子谦处得知了坦儿珠的真相，曾上门一再向她确认坦儿珠如今的下落。

在她一口咬定坦儿珠已随着大汗陵寝的塌陷沉入了旋翰河底后，哥哥又开始有意无意地打听坦儿珠上头可有什么关窍。

被哥哥几回旁敲侧击，她内心万分纠结，唯恐哥哥得知真相后，会重新用坦儿珠上的纹路复制祭坛。

经过这几年的揣测和推敲，她已猜到坦儿珠拼凑在一起的纹路是复制大汗地殿祭坛的关键，以哥哥在阵法上的造诣，一旦亲眼见到坦儿珠，定会短时间内就发现坦儿珠真正的秘密。到那时，难道她和哥哥真的要复制已沉入河底的祭坛，召回母亲亡故多年的灵魂？

一想起此事，她在跃跃欲试的同时，心中也腾起强烈的不安。世间从未有人力逆天之事，倘若启用坦儿珠真如预想中那般不必付出任何代价，何以坦儿珠在元皇室中供奉多年，从未有人敢尝试？

想到此，她万般踟蹰，心如同泡在盐水里头一般，难过得缩成一团，却听平煜在耳边道："你嫂子如今已有了身孕，不过几个月便要临盆，若是你大哥在这个当口出了什么差错——"

她心一紧，忙搂紧平煜的脖颈摇摇头。

不甘心又能如何？逝者已矣，活着的人却要好好活下去。不管怎样，她不敢也不舍得让哥哥和父亲冒任何风险。

平煜何曾不知道妻子心里的煎熬，搂住她，轻轻拍抚着她，尽自己所能宽慰她。

良久，一声喟叹几不可闻。

傍晚时，因着城中办七夕灯会，平煜为了带妻子散心，索性携了傅兰芽出府赏灯。

在摘月楼一间格外雅静的厢房里坐下，傅兰芽推窗往外一望，见街上游龙戏凤，热闹非凡，想起三年前在金陵时，平煜为了哄她开心，曾搂着她飞纵到屋顶上，带她赏月、赏灯乃至吟诗。如今想来，当真恍然如梦。

想起当时情景，她心里的郁结消散不少，转眸看向平煜，正要开口打趣几句，忽见平煜正偏头看着窗外。

顺着他的目光往外看去，只见一个戴着帷帽的华服妇人从对面首饰楼中走出，无论步态还是身形，都熟悉至极。她怔了怔，正要再仔细分辨那妇人是谁，对方却已上了马车，转眼便消失在茫茫人海。

她狐疑地转头看向平煜，只见他脸色淡淡，早已收回视线，仿佛刚才从未留意过窗外景象。她暗忖，若没认错，刚才那身姿窈窕的妇人正是叶珍珍。

平煜似乎颇为忌惮此女，自回京后，一日未松懈对此女的监视。他也曾说过，皇上自北元回京后，许是身上残毒得解的缘故，非但不再迷恋叶珍珍，甚至未带其一道进宫，只给叶珍珍在京中安置了一处宅子，另拨银钱和下人伺候。此后再也未去看视过她一回。

她不知叶珍珍如今过得如何，但看方才叶珍珍出入皆有香车众仆环绕的模样，似乎很有些趾高气扬的意味，想是对这眼下的软禁生活很是满意。

她无法理解，也不想去理解，只是一想起三年前此女在她面前行挑拨之事，扎根在心中多时的疑惑又浮了上来。

平煜察觉妻子的沉默，转脸看向她，见状，蹙了蹙眉，干脆将窗户关上，起身，坐到傅兰芽身边，笑道："你想问什么？"

正如妻子总能准确猜到他的想法，他也总能敏锐地发现妻子情绪上的不对劲。

傅兰芽放下酒盅，静静地看着他。

这几年因着跟婆母关系亲密，她听到了不少平煜成亲前的事。其中自然包括那两个成亲前就被他打发走的美貌丫鬟，以及自平家平反回京后，平煜那几年过于清心寡欲的生活。

记得两人相遇之初，每回在不小心与她接触时，他都恨不得退避三舍，厌恶的程度，直如她身上藏着剧毒。

而在两人定情后，他又由最初小心翼翼的搂抱，到亲吻，再到后来一发不可收拾的一再求欢……

成亲前不明白的事，经过这三年成亲后的生活，她早已重新有了认知。

平煜身上的不寻常之处，她不是没有细细推敲过。

她知道他在她面前一向坦诚，过去的种种——乃至在宣府三年充军的经历，他都曾毫无遮掩地跟她说起。

可是，一想起三年前在旋翰河边草原上亲热的那一夜，她总觉得有什么东西悄无声息地从她指缝中溜走了。

而今她想要从他口中得到解答，但因心底的直觉太过虚无缥缈，想要询问都无从开口。

她抬手轻触他的脸颊，嘴角微微翘起，道："你可还记得三年前有一回在旋翰河边……"

"白日还是晚上？"他明知故问，黑玉般的眸子含笑望着她。

她早已习惯他人后的无赖，贴近他鼻梁，轻轻地含着惩罚意味地咬了一口，低声威胁他道："你莫要瞒我……那晚你分明有话要对我交代，为何后头不肯说了？"

平煜面色无改，顺手将她揽到自己腿上，半真半假道："我有事瞒着你？我自己怎不知？你想问什么，只要你肯给我再生个乖女儿，我统统告诉你。"

就知道他会顾左右而言他。刚才那番话他新婚时也曾说过，明显含着敷衍的意味。

女儿自然是要有的，至于她刚才问出的问题，她要是存心想知道答案，并非没有法子，可是既然平煜不肯说，她何必一再追问，尤其是经过几回试探性的"拷问"，她早已隐约察觉到那绝不会是什么愉快的经历。

他爱她敬她，正如她待他一样，这就够了。随着时间的冲刷，也许总有一天，他会放下心结，主动向她说起当年之事。

傅兰芽是被窗外小儿的嬉闹声吵醒的。

初夏时节，天亮得早，南国的夏日与北地不同，明耀晨光顺着窗棂洒入房中，将屋内每一个角落都蒙上一层金纱。傅兰芽闭目躺了一会，见天色不早，虽仍困倦，也只好起身。

坐起时，她出于习惯往身侧摸了摸，果然，衾被已然凉透。她倒也不意外，只轻叹口气，掀开帘幔，唤下人端水进屋。

两月前，浙江沿岸倭寇进犯，总督两广军务的张晋奉命巡抚浙江。

倭寇气焰嚣张，张巡抚不敢托大，一道折子回京，请求皇上派人增援。

接了奏折后，皇上不知出于什么考虑，明面上派了兵部左侍郎李天宪以祭海的名义挂衔前往浙江，另一方面，却派五军都督府都督、镇海侯平煜来到金陵督军。

两道旨意看似没什么联系，金陵更不在倭寇作乱的浙江，但傅兰芽心知，皇上之所以在这等关键时刻让一贯倚重的平煜离京，暗中定有旁的安排。

这道旨意一下，傅兰芽本已做好了跟平煜分离的准备，不料出发前几日，平煜却笑着对她说，难得有机会故地重游，他预备带她和孩子们一道前去金陵，让她连日整理行装。

傅兰芽自然愿意。平煜虽是天不怕地不怕的性子，心思却缜密稳妥，既这么安排，想来也是做了万全准备。再者，哥哥一年前外调金陵，如今正任着南京都察院右佥都御史，她思念兄嫂，也想借此机会与兄嫂一家人好好聚一聚。

眼下一家人来到金陵已有月余，本地官员闻得消息，每日都络绎不绝上门拜访，平煜却神龙见首不见尾，甚少待在府中，也不知整日在忙些什么。昨夜他又是半夜才回。

记得她睡得正酣时，忽被温热熟悉的男性气息覆盖住，接下来，亲吻雨点般落在她颊边、颈上和胸前，惑人又灼烫。似乎还说了句什么，她却无暇分辨话中含义。

早上起来后，无论她怎么回想，都想不起平煜那句话到底说的是什么。

"夫人，"林嬷嬷笑着从外头进来，打断她的沉思，"梳妆完就该用早膳了。"

她桃腮发烫，忙将目光投到妆台铜镜上，由着林嬷嬷梳发。

昨夜主屋里后半夜的动静，林嬷嬷只佯作不知，比对了一番傅兰芽身上的翡翠色薄春衫，便从身后丫鬟托着的水晶盘里挑了一朵水粉色茶花，替傅兰芽别在云鬓上。

随后，林嬷嬷在镜中打量傅兰芽，看着看着，嘴角泛起笑意。小姐嫁给平大人已有八年，正是大好年华，因着夫妻和睦，小姐比在闺中时还要婉约几分，整个人仿佛一朵清晨带露的牡丹，明艳得让人不敢直视。这不，平大人连来金陵处理公务，都舍不得跟小姐分开一时半刻。

装扮好，傅兰芽却不急着起身，撇过头往窗外看，就听廊外传来一阵吧嗒吧嗒的脚步声。她笑了起来，提裙起身，走了几步，就见几个胖乎乎的身影出现在门口，风一般卷到身前。

"娘。"几个孩子争先恐后往她怀里钻。

两大一小，如出一辙的胖大小儿。

最小那个口齿尚有些不清，力气却不小，执着地用小胖手扒拉一番后，终于得以拨开两个哥哥，隔着裙裳抱上母亲的小腿，仰头憨憨道："娘。"

傅兰芽笑着蹲下身，用帕子替三个孩子拭了拭汗，目光一个一个扫过，越看越爱得不行，重重地在每个孩子的颊边亲了一口，这才将最小的那个抱在怀中，往桌边走，嘴里却对阿满、阿意道："你们带妹妹玩耍时需得万分小心，妹妹年纪小，又是女儿家，哪比得上你们兄弟俩经得起折腾。"

阿满、阿意跟在母亲和妹妹后头，也在桌边坐下，听了这话，古怪地对了对眼，却没有接茬。

傅兰芽瞟见两个儿子的小动作，只当没看见。两个孩子都是人精，历来极有主意，只要不逾矩不乱来，她允许他们保留自己的想法。

抱着阿圆在桌边坐下，她接过林嬷嬷递过来的粥碗，用勺子舀了粥，亲自喂给阿圆。

阿圆才三岁，长得如玉雪堆出来的娃娃，漂亮得出奇，但凡见过这孩子的，就没有不发自内心喜欢的。

平煜更是对小女儿视若珍宝，只要在家，全无父亲的威严，恨不得时时刻刻将阿圆捧在手心。

唯一让夫妻俩忧心的是，阿圆虽是闺女，论起长势，一点也不比两个哥哥差，饭吃得多，个子蹿得高，就连力气都甚是可观。

起初，平煜嘴硬："这有什么不好？谁说女儿家就得弱不禁风的？"

可眼见女儿的身板超过同龄人好几寸，大有哥哥们一路猛长的架势，平煜的笑容便有些勉强了。

阿满、阿意已是出了名的结实高大，若是阿圆的个头能赶上两个哥哥，以后一众世家小姐往来，唯独女儿牛高马大的，实在不算什么妙事。

出于担忧，平煜只要在家无事，便会拿了软尺给阿圆比量，若是阿圆又猛蹿了身高，他脸上便会浮现怪异之色。

夫妻俩都隐约明白到底是什么缘故，可平煜当年吃下去的赤云丹又不能吐出来，如今养在心脉里，大有代代相传之势。好吧，眼下连女儿都不能幸免。

所幸的是，孩子毕竟还小，一时也看不准，也许长个几年，药性便渐渐融入骨血中，不再一味猛长身高也说不定。

傅兰芽决定让自己心宽起来，日后的事，眼下担忧不着，反正三个孩子都没病没灾的，这已是天大的福分。

用完膳，阿满由着乳娘净了手面，端坐于桌边，希冀地问："娘，今日是花灯节，莹莹表妹是不是今日要来咱们家玩?"

莹莹是大哥的大女儿，今年四岁，性子随了大哥，很是乖顺稳重，说话嘛，又像大嫂谢婉，轻声细语的。出于"远香近臭"的原理，比起亲妹妹阿圆，阿满、阿意显然更加喜欢莹莹。

傅兰芽看了看大儿子，三个孩子中，阿满酷肖平煜，虽才五岁，五官却已出落得俊逸飞扬，虽不怎么爱笑，但往人群中一站，仍如寒星般打眼。

她淡淡道："来了又如何，你们虽肯跟莹莹玩，却总欺负表弟子悠。怎么，今日还要如此?"

阿满、阿意摆了摆手，正要表一番决心，下人便笑着禀道："舅夫人和公子小姐来了。"

阿满、阿意欢呼一声，往外跑去。阿圆也忙扭着身子从傅兰芽腿上下来，挥动胖胳膊胖腿跟在两个哥哥身后。

傅兰芽刚迎到廊外，就见大嫂谢婉施施然走到庭院中，手中一边一个，拉着莹莹和子悠。

"嫂子。"傅兰芽笑吟吟地下了台阶。

谢婉莞尔，来不及接话，手中两个孩子便挣脱了她的手，跑到平家三兄妹跟前。

子悠记打，到了阿满、阿意面前，又缓下脚步，眼睛里浮现了一些戒备，显然对上回兄弟俩欺负自己之事还记忆犹新。

末了，他撇下两兄弟，转而走到阿圆跟前，老成持重地摸摸阿圆的头，将怀中藏了一路的糕点拿出来与阿圆同吃。

傅兰芽和谢婉笑着驻足看了一会，稍后，相偕到屋中说话，任由孩子们在庭院里玩耍。

进屋前，傅兰芽不经意往外一看，只见子悠总算放下芥蒂，肯与阿意和阿圆一处玩了。阿满呢，却居高临下杵在莹莹跟前。从她那个角度，正好看见阿满绷着小脸将手掌摊开，把一件亮闪闪的物事递给莹莹。

莹莹歪头看了一会，小心翼翼接过，胖乎乎的脸颊上露出小小的酒窝。

傅兰芽恍惚了一瞬，刹那间，仿佛时光倒流，竟想起和平煜当初相处时的情形。

谢婉在耳边笑道："这几个孩子到底还小，玩不了多久准会闹别扭，也罢，随他们闹去。"说着拉着她进了屋。

坐下后，谢婉说起傅延庆，秀眉微蹙，轻叹道："近两月比去年刚来金陵时忙上百倍，整日待在衙门，纵是回府也是深夜，不知你大哥为何那般忙碌。"

傅兰芽用帕子拈了一块点心吃，暗忖，大哥的情形倒是跟平煜不谋而合。再想到近日屡屡传来沿海倭寇溃败的捷报，越发觉得平煜跟大哥所忙之事都与浙江倭乱有关。

她目光落在谢婉的手上。嫂子一双手生得极好，手指纤细洁白，指甲莹润饱满，若不是缺了左手小指，当真毫无瑕疵。

她低叹口气，覆上谢婉的手背。当年傅家出事时，谢父虽然也曾四处奔走，但眼见傅家翻案无望，为了女儿日后的幸福，谢父便盘算着解除女儿与傅延庆的婚约。

谢婉得知此事，苦求数日，见难以撼动父亲的决心，悲怒之下，索性自断一指以明志，说："女儿并非那等愚贞之人，说不出什么'非傅公子不嫁'的话，只是眼下正当傅家蒙难之时，若谢家解除婚约，与那等背信弃义的小人行径何异？女儿不忍父亲被世人所唾骂，又不能忤逆父亲，好生煎熬，只能出此下策。"

谢父本就对傅家父子隐含愧悔，见状，大为震撼，再不忍逼迫女儿另聘人家。

此事轰动一时，传扬开去，谢婉在士大夫口中得了"贞毅"之名。

后来傅家翻案，傅延庆恢复官职，第一件事，便是上谢家提亲。

成亲后，傅延庆与谢婉何等恩爱情浓自不必说，然而一说起所谓"贞毅娘子"的称号，夫妻都很是不以为然。

两人光明磊落，行事只求心中无愧，所谓"贞毅"之名，不过是惯于沽名钓誉的世人以己度人罢了。这等一厢情愿强加于人的"馈赠"，说起来只觉可笑。

傅兰芽对这位嫂子向来是发自内心的钦佩，也知她绝非无知无识的深闺妇人，便将自己的猜测说与嫂子听，眨眨眼笑道："大哥这般爱重嫂子，什么事舍得瞒着嫂子？"

谢婉脸一红，含笑啐了傅兰芽一口，心却放了下来，道："倭寇素来在福建、浙江作乱，倒未听说过与金陵扯上关系，你大哥整日忙得不可开交，我见不到他，也没往此事上细想。既听你这么说，多半是与倭寇有关了。"

用过午膳，二人便商量晚上花灯节出游之事。

因平煜早有了吩咐，傅兰芽刚令人到外头传话，时下正任着五军都督府参赞的陈尔升便回话道："已做好安排。"

李珉因着二哥李攸定亲之事，留在京中相帮，未随平煜一道来金陵。因而这几月，府内外的防务一向是由陈尔升在把关。

傅兰芽心知陈尔升经过这几年的磨砺，虽依旧话不多，办事却日益靠谱。不过，她没想到的是，平煜连走时也不忘吩咐花灯节出游之事。

待夜色降临，傅兰芽便同嫂子携着几个小儿出了府。

阿满、阿意身量不足，尚骑不得马，兄弟二人只能共乘一车。傅兰芽和谢婉带着阿圆、莹莹、两位乳娘坐在一处。陈尔升带着一众护卫相随。目的地是护城河。

路上，两个女娃娃得知要出去赏花灯，乐不可支，不时拍着小手，咿咿呀呀唱着不成调的儿歌，偶尔还会在母亲怀中站起来，兴致勃勃地掀帘往街上顾盼。

每逢花灯节，城中百姓便会在河里放河灯，河灯顺流而去，取"去病"之意。放得越早，得着的彩头越好。

平家三兄妹虽然从无"去病"之需，傅兰芽却想让几个孩子看看金陵本地节日盛景。

莹莹和子悠都不算病弱，但因无赤云丹护体，难免有些小病小痛，谢婉一片慈母心肠，未能免俗，也想带孩子来讨个彩头。

每逢花灯节，金陵城百姓皆空巢而出，护城河边尤为人满为患。

本地官员为了自家女眷方便，常会借用手中权力封河一个时辰，待官员们女眷放过河灯后，才会放百姓进来。

傅兰芽和谢婉出来得不算早，到河边时，护城河早已戒严，百姓们都被河岸边竖起的长长帷幔隔在一丈之外，交头接耳地说着话，嗡嗡声不绝于耳。

傅兰芽本想让马车停在一边，待里头官员女眷散去，再去河边凑个热闹。谁知车还未停稳，便有几名官员得到消息，一溜小跑到了马车前，躬身笑道："不知都督夫人也来此处赏灯，险些唐突，眼下都已打点好，还请两位夫人入内。"

傅兰芽和谢婉对了个眼。

周围的嘈杂声瞬间消失，百姓们纷纷将目光转向这边。傅兰芽怕引人注目，不好再推拒，便戴着帷帽，拉着谢婉，领着孩子与乳娘下了马车。

等放了花灯，早早离开此处便是。

一行人绕过高高竖起的护帘，果见河边满是珠环翠绕的妇人，不少小儿蹲在河边玩着花灯，衣裳俱贵不可言，一眼望去，怕是满金陵城的达官贵人悉数聚于此处。

里面皆是女眷，刚才那名引路官员及陈尔升都得止步。所幸，陪同傅兰芽母子的一众丫鬟中，有平煜早在几年前便安插的数名武艺高强的女暗卫，应变能力百里挑一。陈尔升低声做了安排，便守在帷幔外。

刚走了几步，阿满、阿意按捺不住，兴奋地拔腿就往聚满了男娃娃的一处跑去。子悠连忙跟上。几个乳娘没能拦住，亏得几名女暗卫反应快，忙寸步不离护在一旁。莹莹最文静，手持一盏下人递来的琉璃灯，乖巧地依在母亲身边。让傅兰芽没想到的是，阿圆也一反常态，没随几个哥哥凑热闹。

她正要欣慰女儿身上有了几分温婉的迹象，谁知一转身的工夫，就见女儿高高兴兴地举起一盏灯，吧嗒吧嗒往河边走。从挥动的手臂动作来看，女儿似乎要将手中的灯高高举起，再甩到河中去。

不等傅兰芽吩咐，剩下两名暗卫便领着丫鬟们急追而上。

那处河畔相比别处算得安静，河边只有两名六七岁的小姑娘，两人都穿着胭脂色襦裙，衣着很是体面，身边围着几名仆妇，不知是哪个府中的小姐。

还没等阿圆跑到河边，意想不到的情形发生了，两名女娃娃中较高壮的那名回头一望，忽然起身，疾步走到阿圆跟前，仗着身高优势，猛推了阿圆一把，嘴里道："这是我们放花灯的地方，不许你过来！"

傅兰芽眉头一皱，谢婉惊讶地低呼道："阿圆！"

谁知阿圆身子不过往后微退了几步，很快又钉在原处。

那个推人的小姑娘素来霸道，刚才已使出七八成力，哪知竟未推动这女娃娃，不由得露出错愕的神色，不过很快，她又再次出手，恶狠狠推向阿圆。

傅兰芽来不及阻止，忙闭上眼，就听一声哎哟，有什么重物被甩了出去。再一睁眼，就见那名小姑娘四仰八叉倒在地上，摔得七荤八素，等反应过来发生了何事，小嘴一撇，哭了起来。

傅兰芽看着小姑娘，摇摇头。何必呢，第一次已经给了机会，非要一再欺上来。刚才她们之所以拦阻，无非是怕小姑娘摔得太惨，不承想这孩子这般不识趣。阿圆天生大力，可以单臂举起子悠，发起横来，岂是一个七八岁的女童所能抵挡，只不过以往为了低调，她和平煜从不敢对外说起罢了。

另一个小姑娘似乎吓坏了，怔怔地看了一会，也忘了扶起地上的姐姐，哭着往一旁跑去。

阿圆耸耸肩，很快便将此事抛至九霄云外，迈开小胖腿，继续往河边走。

傅兰芽却对那两名暗卫使了个眼色，让她们去打听这两名小姑娘什么来历。环顾四周，见有不少目光瞥来，心中越发有了计较，又低声嘱咐了几句。

谢婉瞥见，暗暗点头。她这位小姑子，看着娇婉，实则精明刚强，从不肯惹事，然而真遇到事，却也断无退避的道理。

果然，念头一起，事主就来了。

路上突然疾行而来一行女眷，领头那人是名装扮考究的丽人，也戴着帷帽，面貌不可见，一手牵着那名哭哭啼啼的小女孩，身边前呼后拥，派头十足。

谢婉和傅兰芽听见声音，同时转过头来。

傅兰芽静静看着那人走近，见这丽人身姿和步态再熟悉不过，暗自讶异，莫不是邓文莹？

当年右护法假扮邓安宜之事，虽然被皇后和永安侯齐力下令死死捂住，但军中耳目众多，难免走漏了风声。消息传开后，邓文莹的婚事彻底搁浅。

到了第二年，永安侯才左挑右拣选了门亲事，将邓文莹远嫁给金陵襄阳伯的小儿子。

此子虽是将门子弟，却身体孱弱，性情唯唯诺诺，不喜拉弓射马，反好遛鸟玩乐，整日游手好闲，不为襄阳伯所喜，满金陵城但凡有些体面的人家，都不愿将女儿许给此子。

邓文莹成亲后的生活，傅兰芽无心打听。但如今皇后失势，宫中袁贵妃得宠，永安侯府一干男丁都因蛇毒之事不得起用，势力早已大不如前，邓文莹未必不受牵连。

思忖间，邓文莹已牵着那名哭哭啼啼的小女孩到了跟前，不及细打量傅兰芽，先将地上那名小姑娘拉了起来，见女儿哭得伤心，又急又气，搂过女儿，抬头朝傅兰芽看来。

待认出傅兰芽，邓文莹错愕了一下，随即冷笑道："原来是你？平……夫人。"说到"平"字，她舌头咬了一下，似乎极不甘心将这称呼宣之于口，一瞬间，目光蓦地涌起浓浓的不善之意，盛怒中还夹杂着说不清道不明的恨意。

勉强维持着贵女风度，她淡淡地扫了傅兰芽一眼，见傅兰芽身姿秾纤合度，气度不凡，穿戴并不打眼，然而细究起来，身上竟无一处不矜贵，想起曾听姐姐说起过平煜自成亲后，待傅兰芽如珠如玉，而且平煜如今大权在握，偏又谨言慎行、滑不溜手，皇上倚重之，更信赖之，此事世人皆知。

看看吧，平煜不过来金陵督军一趟，满城勋贵闻风而动，连她公爹都上赶着去巴结。

她越想心里越发别扭酸涩，这样的好夫君好姻缘，她曾经唾手可得，若不是阴差阳错，怎会让傅兰芽乘虚而入。

人越是在逆境，越容易迁怒他人，这道理在邓文莹身上体现得淋漓尽致。她笑了笑，客客气气道："好端端地放着花灯呢，令爱竟无端推搡我女儿，也不知伤了何处，倒叫我好生心疼。咱们都是做母亲的，若平夫人今日不给个交代，怕是有负平夫人素来知书达理的名声。"

邓文莹一边说，一边想起几年前，她因不甘心让傅兰芽顺遂地嫁给平煜，曾在平煜和傅兰芽定亲前夕，四处散播傅兰芽婚前失贞的谣言。谣言散播得极快，眼见傅兰芽嫁入西平侯府后断不会好过，她正称心如意，不料没过多久，便因平煜母亲一番铿锵有力的维护之语，很快将谣言镇压了下去。

更怪的是，半月后，她平白染了怪病，癸水一来便淅淅沥沥不止，好不容易调养好了，等嫁入襄阳伯府，却几年未有生育。

大女儿乃是她嫁来金陵一年后，丈夫的通房所生，自小便被抱养在她身边，数年下来，倒也养出些情分。

调养两年后，她又拼命生下小女儿，原以为怪病已告痊愈，大夫却告诉她，她往后再难有子嗣。

这消息对她来说无异于晴天霹雳，万分绝望时，她因当初得病的时机太过凑巧，曾疑心身上的怪病与平煜有关，细想之下，却怎么也寻不到证据，尤其在她心底深处，无论如何不敢相信平煜竟待她如此狠绝。

想到此，她望着傅兰芽的目光越发变得咄咄逼人。

傅兰芽早料到会如此，笑了起来，既是邓文莹，她刚才何须费心安排，如今已部署下去，倒也无须拦阻。只见周围围拢来几名妇人，其中一名四十左右的紫裳贵妇尤为步履匆匆，一边快步走来，一边听左右两边贵妇耳语，频频点头。

到了跟前，那妇人先是狠狠瞪了邓文莹一眼，随后满脸歉色地对傅兰芽道："平夫人，当真对不住，老身管教无方，孙女推令爱在先，媳妇出言不逊在后，说起来，都是老身的错，返家后，老身定会严加管教，在此先诚心诚意向平夫人赔个不是，还望平夫人莫要怪罪。"

邓文莹不可思议地看着婆母，面色青一阵白一阵，怒道："母亲——"接下来的话却因程夫人一个警告意味浓重的大白眼咽下了肚子。

傅兰芽对程夫人回以半礼，和颜悦色道："程老夫人言重了。"

程夫人见傅兰芽笑容可掬，背上越发发凉，想起曾听自家侯爷说起平都督也是这般笑面虎一般，果然不是一家人不进一家门，怎么惹得起。她心里先把邓文莹痛骂了百八十遍，忙押着邓文莹和孙女致歉。

邓文莹不情不愿道歉时，场面一度十分难看。傅兰芽却坦然地受了。

末了，程夫人带着邓文莹母女灰头土脸离去，傅兰芽无心再在此处逗留，回头往河畔一望，见阿满不知何时携着莹莹走到了河边，两个人慢吞吞蹲下身子，将手中的灯笼放入河中。河灯灯光摇摇曳曳，将孩子们小小的脸庞照亮。

跟谢婉离了河边，傅兰芽见天色尚早，想起金陵城中一座凤栖楼的点心不错，便对嫂子道："难得出来一回，何不尽兴再走。"

两人一拍即合，相视一笑，带着孩子们上了马车，便往凤栖楼而去。

路过最繁华的珠市时，她和谢婉正说着话，就听一直望着窗外的阿圆道："爹爹，爹爹。"

傅兰芽心中一动，掀帘往外一望，就见对面一座乐坊，匾额上书着"于飞楼"，门口立着一个高挑男人，刚从马上翻身下来。

他身上穿着件银白色织锦袍，腰间别着块墨玉，双眸如星，脸上带着点笑意，正抬头望着匾额，身后拥着一众男子。稍后，他负手往乐坊内走去。

耳边阿圆仍在兴奋地唤着："爹爹，爹爹。"谢婉狐疑地凝眉。

傅兰芽目光从平煜背影上移开，落在那匾额上，哪怕她初来金陵，也知于飞楼是出了名的销金窟，里面的乐姬无一不是千里挑一的尤物。

又听说前些时日，于飞楼不知从何处引来了十余名绝色少女，个个色艺双绝，一度引得万人空巷。

她再左右一顾，忽然在平煜身边那群衣料耀眼的男子中发现了两个老熟人。

她目光一定，正沉吟间，忽觉两道不善目光落在自己脸上，一抬头，却见一辆马车一纵而过，窗帘落下的瞬间，她看见了邓文莹幸灾乐祸的脸。

显然，邓文莹刚才也看见平煜进了于飞楼，脸上也不知是失落还是痛快，怪异得很。

她挑挑秀眉，气定神闲地放下窗帘。

第四十四章　慰风尘

　　傅兰芽没有打道回府，而是按照原来的计划若无其事地去了凤栖楼。

　　谢婉一旁看着，倒不觉得意外，毕竟，小姑子和平都督感情亲厚，论起对彼此的信赖程度，岂是外人所能体会。

　　她也知道刚才一事定有误会，然而矛盾之处正在于此——越是珍视对方，眼里越该揉不得沙子才是，就算明知是一场误会，小姑子到底深爱自己的夫君，怎会平静得没有半点波澜。

　　在凤栖楼雅座落座后，她狐疑地打量傅兰芽——没有忧愤、没有不安，眉头舒展，举止跟方才一样恬适。

　　傅兰芽心知谢婉在担忧什么，她搂着阿圆，接过帕子给女儿净了手面，又看着乳娘给阿满、阿意擦了手换了汗巾，这才让人将茶水点心呈上来。

　　随后，她安抚性地拍了拍谢婉的手背，含笑眨眨眼，

　　谢婉怔了下，倒被小姑子这带着几分调皮意味的举动给逗笑了，那般通透，真真招人爱的性子。她是打心底将这位小姑子视作了嫡亲，才会担忧到胡思乱想的地步。到了此刻，她对上小姑子笃定的目光，决定将心放下来。

　　点心呈上来时，几个孩子都不再吵闹，安安静静用食，方才在河边玩了半晌，的确有些乏累，何况每回轮到吃饭的时候，孩子们素来都守规矩。

　　傅兰芽跟谢婉一边说着话，一边不时往窗外顾盼。

鹿门歌

193

凤栖楼与对面的于飞楼只隔了一条窄巷，坐于窗边，刚好可以将对面那座雕梁画栋的琼楼尽收眼底。

　　南国的夜是极美的，楼里灯影幢幢，乐姬的歌声缠绵旖旎，声声曼妙，越过街上熙攘人群，随风送至傅兰芽的耳畔。歌声里如同生出了红酥手一般，撩得人心思浮动。

　　她缓缓摇着团扇，嘴角含着一抹若有若无的笑意。

　　刚才她们母女瞧见平煜时，陈尔升就在身侧，以陈尔升的机灵程度，多半已给平煜递了消息。平煜明知她们母女就在左右，却丝毫动静也无，倒也真沉得住气，可见今晚他要办的事，一点也不简单。只是，也不知究竟何事，非要在于飞楼这等烟花之所来办。

　　正暗自揣测，于飞楼门口忽然又出现一个熟悉的身影，那人面如冠玉，行色匆匆，大步跨入门槛，进到了楼中。

　　待看清那位男子的背影，傅兰芽惊讶地睁大眼睛，竟是哥哥。只听耳边谢婉难以置信的声音响起："延庆？"

　　两人讶然相顾，稍后，齐齐望着窗外，一阵缄默。

　　好了，谢婉暗忖，妹夫寻欢作乐的嫌疑算是彻底摘除了，以延庆的性子，断没有跟妹夫一道荒唐的道理。两人之所以一道出现在于飞楼，只能是奔着旁的事而来。

　　但又是为着什么事呢？

　　片刻，她奇道："难道真如你所说，你大哥最近真和妹夫一道暗中查案？"

　　傅兰芽不敢下结论，静静地摇摇头。

　　阿圆净了吃完糕点的手，惦记着方才的情景，双手攀着窗沿，望着于飞楼的方向，嘴里喃喃地说："爹爹、爹爹。"她心里纳闷，为什么爹爹方才不肯理她。

　　阿满和阿意听得妹妹的咕哝，颇觉奇怪，也要挤到窗口来看个究竟，就在此时，意想不到的事发生了。

　　只听一声尖锐的哨声传来，有样物事从于飞楼的屋顶冲天而起，犹如一条银蛇蜿蜒着咬破黑沉的夜空，随后砰的一声，绽出星星点点的烟花。

　　谢婉几人都惊住了。

　　前一刻还歌舞升平的于飞楼突然间变得一片死寂，楼外的百姓却仿佛见到了什么可怕至极的物事，纷纷闪避，人群如潮水般往四处散开。

下一瞬，楼里忽飞掠出十来个黑影，伴随着锐器铮鸣相击的声音，一路飞檐走壁，边打边纵，因轻功都极其出众，一时间难分上下，缠斗个不休。

莹莹害怕起来，回头忙往谢婉怀里钻。平家三兄妹和子悠却看得眸子熠熠发亮，且有越来越兴奋的架势，无论乳娘们怎么拉拽，就是不肯离开窗边。

傅兰芽定定地看着不远处那个楼顶上被几人缠住的银白色身影，心跳漏了一拍。

四处灯火通明，屋顶亦一片明耀，此人的身形和衣裳颜色熟悉至极，别人认不出来，她却看得心都揪起——这不就是平煜吗。

楼梯间响起重重的脚步声，陈尔升率领两名副将上得楼来，神色不见半点慌张，显然早有准备。到了楼梯口，他只遥遥对傅兰芽一拱手，沉声道："夫人莫要害怕，都督早前便做了安排，眼下四周已布防妥当，几位公子及小姐只管留在房中，等都督收网，自会亲自前来接夫人和公子小姐回府。"

说话时看一眼担忧得坐立难安的谢婉，又补充一句："傅大人虽然不会武功，都督也早已着人相护，傅夫人不必担心。"

傅兰芽和谢婉齐齐深吸了口气，点点头。

陈尔升语气笃定，连一句"关上窗"的叮嘱都没有，可见不论行刺之人是谁，都有应对之策。

陈尔升说完这番话便返回楼下，傅兰芽让乳娘将阿满几个抱回屋中，掩上窗，只余一条缝隙，便于时刻观察于飞楼的情景。

谢婉挽着傅兰芽的胳膊，心里着急，大气也不敢出。

屋顶上身影交错，一行人已从于飞楼打到了对面酒楼的屋檐上。

这一回离得更近了，傅兰芽才发现一众交手的高手中，竟有十余名身形灵巧的美人，身着红色长裙，上下翻飞，仿佛游戏花间的红蝶一般，娇叱不断，看得人眼花缭乱，出起招来，却格外狠毒。

细究之下，这帮美人的武功又与中原武功有所不同，手中的刀格外地弯长不说，攻击人时又往往由下往上，喜从下盘切入。

难道是倭人？傅兰芽看了一会，想起来金陵后，有一回，平煜曾在房中展开一本宽厚的画册，坐在桌边，对卷沉吟。

她好奇之下，也曾在一旁托腮观看，见卷页上画着不同兵器，形状古怪，大多未曾见过，而平煜研究得最多的，便是眼前诸女手中这种细长的弯刀。

她问起后，他便说是倭人善用的武士刀，俱用精铁所制，为倭人中的浪人平日所用。

他当时似是在找这种兵器的破绽。

几招过后，缠住平煜的那两名美姬忽然出其不意地一矮身，齐齐扫向平煜的小腿。女子身段出奇地柔软，又形成左右夹攻之势，平煜若非出奇制胜，难保不会吃亏。

见到这情形，不止傅兰芽，连谢婉的呼吸都紧张地屏住。

眼见那两名女子的裙裾要扫过平煜小腿，平煜却一个筋斗，轻飘飘地往后一翻。那两名女子虽吃了一惊，应变极快，不等招式用老，忙要收回腿上功夫，转而要起身抓住平煜，平煜却又已欺身俯冲回来，趁两人尚未完全起身，一边一个，出掌重重地拍向两人的肋间。

傅兰芽以往见过平煜出招，知道他内力深厚，既已得手，定会使出全力，果见那两名女子闷哼一声，身子硬扛着晃了晃，到底没能招架住，跌倒在瓦片上，顺着屋檐滚落下去。

傅兰芽再要好好打量平煜有无受伤，就听一个极为熟悉的男子声音低喊道："阿柳——"

傅兰芽心中咯噔一声，循声一望，就见对面屋顶上被两名倭女围住的两名年轻公子挥剑一刺，趁倭女闪避之时，高大些的那个搂着另一个跃下屋梁，使出轻功奔开数步，这才狼狈停下。正是李由俭和秦勇。

难道是受伤了？傅兰芽担忧地望着被李由俭抱在怀中的秦勇，自第一次相见，从未见秦勇这般虚弱过。

李由俭似是急于安置秦勇，无心恋战，很快便抱着秦勇消失在夜色下的街角。

傅兰芽四下里找了一回，没能找到哥哥，只好将注意力重新放到平煜身上。

激战了几个回合，众倭女渐有落败之势，仍在负隅顽抗的，只剩下一对中年男女。两人都穿着绫罗绸缎，那妇人尤其珠光宝气，似是于飞楼的东家。

原来于飞楼竟是东瀛人所开，在金陵潜伏了这么多年，背地里训练了一帮武艺出众的高手，竟无人发现破绽。

这两人使的也是东瀛招式，却更为迅捷凶猛，远在那群倭女之上。

也不知何故，斗到最后，屋檐上只剩下四人——平煜对付那名东瀛中年男子，而另一个身形俊朗的玄袍男子则对付中年妇人。

傅兰芽看了片刻，若没认错，这人正是秦晏殊。

奇怪了，周围明明有好些平煜及秦门的人，为何那些人只在一旁看热闹，无人上来相帮。

谢婉也觉纳闷："若是擒贼，何必单打独斗，齐心协力才是正道。"

傅兰芽深以为然，既已占了上风，为何不早早收场。

见平煜和秦晏殊越打越兴起，她脸上浮现古怪之色——这两人不是在用这种方式一较高下吧？

明知荒唐，直觉却告诉她，这想法并非不可能。须知平煜和秦晏殊可是从见面起就不对付，每回碰在一起，冷嘲热讽自不必说，连自家孩子的体格都拿来比对。巧的是，八年前，两人都曾因缘际会服用过赤云丹。

很快，她这毫无依据的猜测竟真得到了证实，只见原本围在一旁的护卫又退开几步，好让平煜和秦晏殊打个痛快。而那些秦门高手更是抱臂而立，神色端肃，很有品鉴武林决斗的意味，周遭因而显得越发寂静。

傅兰芽颇有些哭笑不得，都是统一战线的盟友，就算决出来胜负又如何？

打了好一会，平煜面前那中年男子动作愈见迟缓，一道白光闪过，那人图穷匕见，一柄长刀斜刺里从手中刺出，平煜侧身一避，探手捉住那人的手腕，趁其不备，猛地将其拖曳至自己跟前，紧接着抬起一脚，踢中那人的心窝。那名男子往后一倒，从屋檐上滚下，平煜纵身一跃，也跟着落在那男子身边，扣住对方后脑勺，卸了下巴，将其彻底制住。

秦晏殊忙也不甘示弱地卸了那妇人的一双膀子，可到底慢了半招。

等平煜吩咐属下将那些倭人悉数绑起带走时，他脸上的表情几乎可以称得上满面春风。

秦晏殊却不以为然，显然觉得方才一番打斗，平煜不过是仗着诡计多端，侥幸胜了一局而已，若是单论武功，平煜未必是他对手。

这两人的官司傅兰芽无法理解，她只顾盯着平煜，见他先是蹲下身子亲自审问倭贼，又吩咐部下搜查于飞楼，再接着，抬头往凤栖楼看来。

明明隔着窗扇，傅兰芽却觉得他能看到她们母子似的，恰在此时，楼梯上再次响起脚步声，她回头一望，却是哥哥上来了。

莹莹和子悠见了父亲，顿时沸腾起来，争先恐后地往父亲身边凑。傅兰芽和谢婉也忙迎了过去。

傅延庆见妻子和妹妹都安然无恙，松了口气，蹲下身子，揽住莹莹和子悠细看一回，微微一笑，替莹莹将嘴边残留的点心屑拭去。这才起身对妻子和妹妹道："大家想来今夜都受了惊，先回府再说。"

傅兰芽惦记平煜，也顾不上细细打听来龙去脉，带着孩子们下了楼。

刚一到门口，平煜似是做好了安排，正朝门口走来。见了妻子女儿，他脸色一松，先是从乳娘怀中接过阿圆，亲个没够，边亲边道："好闺女。"见阿圆毫无惧色，越发高兴。阿圆咯咯笑个不停。

没等平煜稀罕够三个孩子，那边却大步走来几人。到了跟前，有人笑道："平夫人。"

这声音温润和煦，哪怕已过去许多年，听在耳里，仍如春风拂面，让人心头发暖。

傅兰芽转头看去，迎上秦勇含着笑意的目光，心里一时间百感交集。自京城一别，她与秦勇等人已有八年未见，没想到再次相遇，却是在千里之外的金陵。

今日许是为了打斗方便，秦勇身着男装，相貌与八年前比起来，没有半点变化。秦晏殊和李由俭却比从前多了几分青年男子该有的成熟气度。

傅兰芽感慨万千，忽然福至心灵，想起昨夜平煜那句原本怎么也想不起的话，可不就是"明日有故人至，等我忙完，再来接你一道与他们好好聚一聚"。看来平煜是早有安排。

她嗓子眼里仿佛堵着一团棉花，望着秦勇等人，强笑道："秦当家、秦掌门、李少庄主，好久不见。"

其实几年过去，诸人的身份早有变化，可傅兰芽下意识一开口，仍保留着八年前的旧称。

三人也不去纠正傅兰芽，含笑看了傅兰芽一会，少顷，又转而将目光投向阿满三兄妹。见几个孩子出落得如珠似宝，几人心中大悦，蹲下身子，摸了摸每一个孩子的头，这才令身边长老将早已准备好的见面礼给孩子们拿出来。

傅兰芽在一旁细细打量秦勇，见她果然面色不佳，想起刚才之事，只当她身子不适，有心私底下问问，谁知这时秦晏殊见三个孩子果然极为高壮，扬了扬眉，扬声笑着对平煜道："平都督，难得几位故友相见，咱们今日须得痛饮一回才行。"

平煜早已在秦淮河边备了几艘画舫，舫上设了酒筵。此刻闻言笑道："自该如此，诸位，时辰不早，这便移步吧。"

于是一行人骑马的骑马，乘车的乘车。时辰本已不早，平煜却答应了让阿满兄妹与秦家几个小儿见上一面，便令陈尔升做了安排，偕了傅兰芽母子一道往秦淮河去。

依照往常的习惯，他本该骑马，然而他近一月没捞着跟傅兰芽好好说话的机会，如今心腹大患一除，心头一松，委实痒得慌，便谎称刚才跟人打斗时扭伤了手腕，舍了马不骑，厚着脸皮上了马车。

正要掀帘，忽然瞥见陈尔升目光闪闪，他动作一顿，扭过头，冷静地道："何事？"

陈尔升犹豫了片刻，见平煜两道目光有骤然变得锐利之势，终于嗅到了一丝危险的气息，出于自我保护的本能，将那句"都督手腕受了伤，可要属下送些活血化瘀的药来"的话咽回了肚子，只摇摇头道："无事。"

平煜从鼻子里哼了一声，上了马车。

傅兰芽正轻声跟阿圆说话，见平煜进来，由着他在身旁坐下，细细看他道："可受了伤？"

"未曾。"平煜搂着妻子在怀里，亲了一口，看着她道，"方才可是吓坏了？"

阿圆正捧着秦晏殊刚才给她的装满了金锞子的香囊在手上玩，听得动静，抬头，不解地看看父亲，又看看母亲。

傅兰芽索性将阿圆塞到平煜怀中，似笑非笑地点点头道："平都督很坏，这些日子瞒着我许多事，我本就胆子小，刚才一遭那般出其不意，可不是吓坏了胆？"

平煜心中暗笑，望着妻子，心想她胆子确实"小"得很呢。见她含嗔带喜，嗓子一阵发痒，余光睨了睨女儿，突然抬手一指，对阿圆道："阿圆你瞧，那边是何物？"

阿圆撇过头，好奇地朝他手指的方向望去，平煜却猛地倾身上前，不容分说将傅兰芽两瓣红唇吮住。

傅兰芽心头一撞，这人惯会见缝插针，阿圆虽还小，却已会说话，若是这情形让她看见，童言无忌，谁知哪天会不会闹出什么笑话。

正要咬他，平煜却仿佛掐准了时机一般，飞快地放开了她。

果然，恰在此时，阿圆困惑地转过了头，摊开胖胖的小手，摇头道：

"没有，没有。"

平煜摸了摸下巴，明知故问道："没有？奇怪，阿圆竟没瞧见吗？"

阿圆圆溜溜的眼睛瞪得大大的，出于对父亲的信任，她再一次认真地摆摆手道："没有，没有。"

傅兰芽见平煜还要逗弄女儿，狠狠瞪了他一眼，替阿圆拭了拭汗，将香囊抽开，取出一个金锞子给阿圆玩。

她按捺不住自己的好奇心，继续追问："于飞楼竟藏着倭寇，莫非你前些时日便是忙着此事？由来只听说倭寇在福建、浙江作乱，为何你竟会疑到金陵。还有，秦当家他们为何也会卷入其中？"

平煜知道女儿体胖，怕妻子抱久了手酸，遂接过阿圆，道："于飞楼的东家乃是多年来潜伏在中原的浪人头领，为了不引人注目，长期潜伏在金陵，负责收集物资，以便补给中原诸倭寇及浪人。如今江南一带以于飞楼为首，早已织下了一张看不见的蛛网，因财力越发壮大，倭寇较前几年猖狂不少。早在来金陵前，我便已查到了于飞楼的头上，知道金陵的于飞楼是至关重要之处，要想对付倭寇，切断财路是关键，所以一到金陵，便开始暗中部署，就为了一举将于飞楼拿下。

"此外，于飞楼的掌柜表面上做皮肉生意，为了快速敛财，背地里偶尔也杀人越货。前几个月他们劫的一趟镖恰好是秦门的一笔重要物资，一番厮杀，秦门不只财货被劫，更有不少弟子死在倭贼手下，秦门费了不少工夫查到了于飞楼，便寄信与我，请我与他们联手对付倭贼。"

原来如此。

"既然于飞楼被查禁，岂不是能一道将倭寇在江南一带潜伏的势力连根拔起？"傅兰芽问道。

平煜"嗯"了一声："切断了财路和供给，倭寇几十年的心血功亏一篑，可谓元气大伤，沿海一带至少可以太平个十余年了。"

傅兰芽看着丈夫，想起他这些时日表现实在不算好，很快又将眸子里的钦佩之色掩去，只道："刚才秦当家脸色不好看，不知是不是刚才对付倭贼时受了伤？"

平煜古怪地皱了皱眉头，并未接话。傅兰芽还要追问，马车却已到了河边。

下了马车，只见河面上泊了好几条画舫，沿河俱是花灯，将河面照耀得金银交错。

傅兰芽正要着仆妇带几个孩子上画舫，道路尽头却又缓缓驶来几辆马车，却是秦家和李家的两位小公子来了。

傅兰芽早就知道秦晏殊的夫人连生了三个小子，秦勇和李由俭也生了一对儿女，两家却都只带了长子来金陵。

一眼望去，除了李家公子，剩下几个孩子都是如出一辙的高大，跟阿满兄妹站在一处，可谓一道奇景。

孩子们彼此见过礼后，先是安静地观察对方一晌，很快便熟络起来，玩在了一起。

傅兰芽上了画舫，进到舱中，环顾四周，只见偌大一间舱室，贵而不奢，榻几桌椅，一应俱全，几上摆着好些瓜果点心。走到窗边，她推窗一望，只见一轮皓月悬于半空，清润月光洒落在河面上，与河灯交相辉映，美不胜收。

傅兰芽倚窗看得出神，浑然忘了冷，忽听舱外有人求见，隐约是秦勇的声音，忙请进来。她含笑抬目一望，眼睛惊讶得微微睁大。认识秦勇八年有余，她还是第一回见秦勇着女装，没想到竟如此清丽脱俗，当真赏心悦目。

她忙笑着请秦勇入内。秦勇在几旁坐下，笑道："他们兄弟在一处饮酒，我如今不便饮酒，就不跟着凑热闹了。想着平夫人或许还未歇下，便不请自来，想与平夫人说说话。"

傅兰芽眸光一动，想起秦勇先前的异样，心里豁然开朗，莞尔道："说起来咱们也是曾同生共死的盟友，何必这般生疏客套？看来秦当家这是又有喜了，旁的先不说，先容我道声喜。"

她虽然跟秦勇夫妇无甚相处机会，但从刚才李由俭待秦勇的点点滴滴来看，夫妻二人的感情当真亲厚得没话说。

秦勇脸色有些发烫，从容笑道："平夫人还是这般兰心蕙质。今夜我一来是报喜，二来也是来话别。咱们几年未见，好不容易重逢，可惜，不过相处一夜，明日就要各奔东西了。平夫人，我等明日便要起程回蜀中了，早上走得早，怕扰你们夫妇休憩，就不再来道别了。"

"这么快？为何不在金陵再逗留一些时日？"

秦勇敛去喜色："方才接到门中急报，白长老昨夜病情加重，半夜殁了。白长老在秦门多年，乃我秦门德高望重之人，我们两口子还有晏殊须得从速回蜀中治丧。"

白长老？傅兰芽怔住，想起八年前那位慈眉善目的老者，面色黯了一黯。见秦勇情绪有些低落，她轻声细语宽慰了一番，末了道："我知道秦当家身子康健，然而路途遥远，还需多多保重才是。"

秦勇强笑道："劳平夫人挂心。放心，我会仔细保养身子的。对了，还有一事，想来平夫人愿意一闻。"

傅兰芽微讶："何事？愿闻其详。"

秦勇道："可还记得南星派的林之诚和林夫人？林之诚回岳州后重振南星派，林夫人放下芥蒂，与林之诚共同进退。夫妻重整门派之余，日益琴瑟和鸣，到去年时，林氏夫妇总算又得了一子。"

傅兰芽错愕了一下，笑道："真未想到。"这对夫妇蹉跎半生，直至去了北元一趟，才好不容易放下心魔，如今又繁衍了新生命，当真是苦尽甘来了。

两人又说了好些话，从云南直说到北元，唏嘘不已。秦勇似是因刚刚有孕，精神不济，坐了一会便告辞回舱。

傅兰芽亲自带着下人打点了阿满三兄妹睡下，这才卸了簪环，换了寝衣。忽听外头传来一迭声的下人请安声，却是平煜回来了。

平煜低头进入舱内，抬目一望，见妻子托腮坐于窗边，正望着窗外出神，银白色月光洒在她头顶，衬得她乌发明眸，美如画中人一般。

他净了手面，走到傅兰芽身后，拥住她，笑道："在等我吗？为何这么晚还不睡？"

傅兰芽身子微微往后一靠，倚在他怀中，目光却仍望着窗外，喟叹道："方才秦当家来找我，想起在云南时的往事。我和她说了好些话，越说越觉得怅惘。煜郎，你说时间为何过得这么快，那些事历历在目，仿佛就在眼前，谁知一晃眼的工夫，已经过去这么多年了。"

平煜在她发顶上吻了吻，也看向窗外，"嗯"了一声道："往事不可谏，来者犹可追。与其长吁短叹，何不将眼下过好？"

"眼下？"傅兰芽一听这话，便已有了不好的预感，还没拧过身，平煜已将她拦腰抱起，往榻上走去。

她又好气又好笑，这人真是，连伤春悲秋的机会都不肯给她。正要推搡他，平煜却似是因她刚才那番话有所触动，陡然沉默下来，将她放于榻上，自己却半跪于一旁，将她手指放在唇边吻了吻，淡淡道："当年在云南时，有个混蛋待你不好，欺负你，置你于不顾，险些害你丢了性命——"

傅兰芽一怔。

平煜声音有些低沉，道："那混蛋虽然早已知错了，却因着该死的自尊心，始终羞于宣之于口。今夜他幡然醒悟，向你赔罪，芽芽，你可愿意原谅他？事隔多年，他如今再诚心诚意道歉，可还算迟？"

傅兰芽静静地跟他漆黑的双眸对视。这声道歉晚了八年，迟吗？当年两人确定心意后，他待她如何，她比谁都清楚。他因挣扎和心魔所受的折磨，不比她少半点，谈什么原谅不原谅。原以为他已如她一样彻底放下，没想到时至今日，他依然在追悔。

她抬手轻轻滑过他的鼻梁，眼圈明明有些发热，嘴角却微微翘起，半真半假地嗔道："就因为你对我含有愧意，所以连我长吁短叹也不愿见到？"

平煜依旧沉默，伸指抚过她的眉间，仿佛要抚去她所有的烦忧似的，良久，才笑了笑道："是。我想看你日日展颜，不愿你有半点不顺意的地方。"

傅兰芽心中一暖，成亲这几年，这一点他不是早已尽力做到了吗？她索性起身，坐于榻旁，搂着他的脖颈，盯着他看了一会，点了点他的鼻尖，不客气地取笑他道："傻子。"眼睛亮晶晶的，双腿却悄悄环住他的脊背……

一番亲热，最后她在他怀中倦极入眠，恍惚中听见画舫下荡漾的水波声。那声音轻缓而富有节律，直达意识深处。不知为何，竟让她想起了晨钟暮鼓，和那些悄悄流逝的无形无质的时光。

红尘滚滚，似水年华。

何必多想呢？她下意识轻叹一声，翻个身，再次在他怀中沉沉睡去。

番外篇

婚礼那天，天刚蒙蒙亮，外头便已人声鼎沸。

因着娶亲之人既是西平侯府幼子，又是五军都督府的都督，正是鲜花着锦的时候，于是京城迎来近年来最热闹的一场婚事。

震天的锣鼓声中，傅兰芽含泪拜别了父亲和哥哥，由着喜娘扶着上了花轿。

西平侯府高朋满座，除了满京城上赶着来道贺的官员及勋贵，洪震霆、秦勇姐弟、李由俭等江湖人士更是被奉为上宾。

这一日平煜已盼了好几个月，好不容易盼到天黑，他心里早已生出一双翅膀，恨不得立时抽身前去寻傅兰芽才好。

李攸、李由俭等人却有意跟他使坏，不是拉着他饮酒，便是拉着他闲谈，总归不肯放他早早离去。

在李攸的怂恿下，席上诸人开始起哄，都说难得今日这般高兴，非要好好闹一闹洞房才肯罢休。

李珉见大伙说得热闹，正要高声附议，忽觉衣襟被人扯了一下，讶然转头，却见陈尔升正闷声不响地剥着花生，仿佛刚才不过是他的错觉。

他顿有所悟，复又抬眼看向平大哥，因这回留了意，这才发现平大哥脸上那原本极为舒畅的笑容已透着几分勉强，若是仔细分辨，可以琢磨出"冷笑"的意思。

他跟随平大哥多时，自然知道这笑容意味着什么，平大哥分明已耐性告罄，再被阻挠几回，面上不露，心里怕是会气炸。

他若这个时候跟着添乱，等平大哥销了婚假回都督府，说不定会好好寻一寻他的晦气。

想到此处，他惊出一身冷汗，瞥了瞥陈尔升，悄悄放下酒盅，再不肯作怪。

平煜为了跟李攸等人斗智斗勇，几乎使出了毕生绝学，好不容易脱了身，他一刻也不耽误，快步流星进了内院。

皇上另赐的宅邸正在收拾，就坐落于西平侯府后头那条巷子，离自家颇近。他和傅兰芽成亲后，还会在家中住些时日，等过了年，才会搬到那边宅邸中去。

他们的洞房在他从小到大所住的院落，因着他个人喜好，院子里除了一株参天大树、几盆松菊，再无旁物，要多简单便有多简单。

他知道她是喜好花草的，也知他那男性化的院子未必讨她欢喜，所幸的是，因着大哥获救的关系，父亲和母亲早已对傅家解开心结。成亲前，母亲特地取出好些压箱底的宝贝，亲自带了下人在他屋中布置了一番。

在案上摆了一对绿釉花瓶，又换了一对玉钩帐佩，连窗上也糊了霞影纱，忙碌一番后，母亲环顾四周，见房中总算添了几分婉约之意，这才满意地罢了手。

于这等事上，他一向没有说话的分，只能杵在一旁，任母亲布置。见总算告一段落，他也跟着四处瞅了瞅，旁的他都没有意见，可是一看见那淡红色的窗纱，便忍不住直皱眉。

母亲知道他是嫌那窗纱女气，说："你别腹诽，这窗纱如今受京中不少闺中女儿垂涎，母亲也是好不容易才得了一匹，何况你们新婚，正该到处都喜气洋洋的。傅小姐看见，必定喜欢的。"

他说不过母亲，只好挑眉笑道："好好好，您说什么便是什么。"

既然傅兰芽喜欢，便随母亲折腾去吧。想到此，他脚下步伐又快了几分。

好不容易进了院，一瞥见正房里那透过窗纱映到院中的朦胧光线，他心跳骤然快了起来。

忽然想起几个月前一行人在竹城盘桓时，他因着陆子谦的一番诛心之论，身上如同上了枷锁。

记得那晚，他心事重重回到院中，抬眼望见傅兰芽房中的灯光，心里备受煎熬，明明跟她近在咫尺，只要跨上台阶便可推门而入，却因眼前横亘着无数道看不见的坎，艰难得迈不开步。

因着太过压抑太过憋闷，他生生熬出了一场高热。

而今一切虽是他和傅兰芽努力挣来，却因来得太过不易，让他时至今日，仍觉得像梦。

不知不觉间，他已走到正房门口。推开门，一脚迈入房中，走过外屋，绕过屏风，到了内室，一抬眼，终于望见了静悄悄坐在床上的那个眉目如画的娇人儿。

明明对这一刻已早有准备，在看见她的一刹那，他仍有些目眩。

她一双美丽的眸子里盛满了思念，正大胆地、专注地与他对视。

他定定地望了她许久，喉结滚了滚，迈步朝她走去。

到了床旁，平煜停下脚步，看着傅兰芽。交杯酒喝过后，她显然已重新沐浴，身上不再是白日盛装的喜服，而是一件用胭红妆花制的绣着玉簪花的袍子，头上簪环也尽数卸去，墨玉般的长发散在肩上，乌油油的，绽着柔亮光泽。

见他进来，她梨涡浅笑，盈盈而坐。大红纱灯中透出的滟滟光晕，如清波微漾，映在她莹白的脸颊上，美得仿佛一朵梨花雪。

自仲秋分别，两人已有三月未见。

见不到她，他便只好在梦里想她，每晚独卧时，他几乎都会在潜意识里一遍又一遍地描摹她的模样。

这样的一份刻骨相思，煎熬自不必说，若不是婚期无法提前，他恨不得立时娶她进门才好。

然而真等到了此刻——洞房花烛夜，正该是称心如意时，他反倒生出种近乡情怯之感。

譬如眼下，该说些什么、做些什么，他统统没有头绪，只能含笑望着她，迟迟没有下一步的举动。

傅兰芽也正看着平煜，许是这几月冗务缠身，他比她记忆里清减了几分，一身大红喜服勾勒出他的宽肩窄腰，巍巍然犹如玉山将倾，无端让她想起那句"萧萧肃肃，爽朗清举"。

两人缠绵的光景蓦地蹦上心头，她一颗心怦怦直跳，为了掩饰，她佯作镇定地瞥向他处。

又等了一会，他依然没有动静，她忍不住再次抬眼看他，这才发现他仍在笑望着她。

在她的印象中，平煜其实不怎么爱笑，可一旦真心笑开，笑容颇有些偶佼之意。

尤其是今晚，那样打眼的大红色穿在他身上，非但不俗，反衬得他一双眼睛湛黑如墨，薄唇也添了几许艳色。

她看得失神。前院觥筹交错的笑语声、院子里下人们嘈嘈切切的低语声，及至夜风拂过花枝发出的簌簌声，都仿佛被看不见的屏障所隔绝，消失不见。

直至桌上一对臂粗的喜烛炸了声烛花，两人才回过神来。

终于，还是平煜先迈出了那一步，走到床边，挨着她坐下，又顺手将她的手指放于唇边，灼灼看着她。

"芽芽……"这声低唤如同掀开了一层看不见的纱帘，将年轻夫妻间那种情怯之感尽数拂去。

傅兰芽眸中宝光璀璨，笑靥漾开，轻声应了一声。

他额头抵住她的额头，鼻息里有些淡淡的酒气，咳了一声，道："足有三月未见了。"

说话时，他呼吸拂在她耳畔绒绒鬓发上，犹如触电一般又酥又麻，她紧张得恨不得屏住呼吸，却下意识纠正道："明明有一百多日未见了……"

没等到他的回答，却察觉他胸膛震颤，似在低笑。她怔了下，反应过来他为何笑他，倒也不恼，偏要问他："笑什么？"

平煜见她半喜半嗔，娇软不可言，搂她在怀，下颌抵着她的发顶，语带轻谑："我笑我不是一个人在害相思病。你随你父兄走的那日，正是八月二十，到今日，可不正是一百零七日。"说话时，止不住地欣喜。原来他的芽芽跟他一样，也在日夜思念着对方，也在眼巴巴盼着今日。

傅兰芽窘迫了一会，自己也笑了起来，依偎在他怀中。片刻后，听得他心跳越来越快，犹如战场上的隆隆战鼓，隔着胸壁，一声又一声，强劲有力地敲打她的心房。她嘴角悄悄翘了起来，原来他此刻的紧张和渴望，半点也不输于她。

她难为情地扭了扭身子，想要推开他，忽觉他贴于她额头的喉结滚动了一下，紧接着，灼热的吻落了下来。

虽然是意料之中，她仍怔了一下，是记忆中熟悉的洁净味道，还夹杂了桂花酿的酒香。

她不由得有些眩晕，他吻她的力道越来越重，急迫的程度，似乎要将她整个吞入腹中。

这人真是……她还没跟他好好说说话，而且他身上的酒气虽淡，却着实有些熏人，回来后，他还未来得及沐浴。她挣扎着想要推开他，可是平煜哪给她机会推阻，反抗的话语全被他吞入口中。

天旋地转间，两个人一起跌倒在身后华美繁丽的大床上。他呼吸滚烫，身子格外沉重，覆在她身上，让她喘不过气。她出于本能地抬起手臂，抵住他坚实的胸膛。恍恍惚惚中，就听见他沙哑沉醉的低喃声："芽芽，我盼这一刻已盼了许久。"

这话说得可怜，犹如一阵春日的微风，暖烘烘的，裹挟着轻絮，撩得她心湖起了轻漪。

她怔了一下，越发地意乱情迷，手臂无力地垂下，随即又软软地抬起，环住他的脖颈。然而在她意识深处，始终有根弦紧紧绷直，让她无法全身心投入。

及至迷蒙着睁开眼，看到入目处皆是绫罗喜帐，这才意识到，原来今夜是她和平煜的洞房花烛夜，一切都是顺理成章。她睫毛微颤，放松地叹了口气，开始一心一意地回应他的吻。

外头花影摇曳，月色如水。窗外有风，那样遥远。屋内满室生春。

等她再次醒来时，帘上已透进来一点熹微的晨光。

她怔怔了一会，转过头，发现他仍在闭目安睡，呼吸清浅，表情恬和，俊美无俦的脸部线条跟暗暗的光线融合在一起。

这便是夫妻吗？她默默注目他一会，心里慢慢充溢起静谧的快乐，忍不住抬起手，缓缓滑过他高挺的鼻梁，

可还未等她触碰到他的唇，他闭眼轻笑一声，抬手将她捉住，随后转过头看她，睁开眼的一瞬间，仿佛晨光乍泄，眸子黑曜清澈无比。

"原来你在装睡。"她娇嗔道。

他笑，翻身上来，一本正经道："昨夜你累着了，想让你多睡一会。"探手到她衣襟，意图昭然若揭。

她还有些疼，自然不肯依他。

两人一个哄一个躲，正耳鬓厮磨，忽然听外面道："三公子，三少夫人，时辰不早了。今日新妇见公婆，该去请安了。"

图书在版编目(CIP)数据

鹿门歌 / 凝陇著.—杭州:浙江文艺出版社,2019.1

ISBN 978-7-5339-5286-0

Ⅰ.①鹿… Ⅱ.①凝… Ⅲ.①长篇小说—中国—当代

Ⅳ.①I247.5

中国版本图书馆CIP数据核字(2018)第 160657 号

鹿门歌(全三册)

凝陇 著

出版发行 浙江文艺出版社

地　　址 杭州市体育场路 347 号

邮政编码 310006

网　　址 www.zjwycbs.cn

策　　划 柳明晔

责任编辑 周海鸣

装帧设计 嫁衣工舍

内文设计 杨瑞霖

责任印制 朱毅平

制　　版 浙江新华图文制作有限公司

印　　刷 杭州杭新印务有限公司

经　　销 浙江省新华书店集团有限公司

开　　本 700 毫米×980 毫米　1/16

字　　数 745 千字

印　　张 45.5

插　　页 3

版　　次 2019 年 1 月第 1 版　2019 年 1 月第 1 次印刷

书　　号 ISBN 978-7-5339-5286-0

定　　价 120.00 元(全三册)